論創ミステリ叢書

12

橋本五郎探偵小説選 II

論創社

橋本五郎探偵小説選Ⅱ

目次

創作篇

〈鷭ノ探偵譚〉

＊

評論・随筆篇

凡　例

一、「仮名づかい」は、「現代仮名遣い」（昭和六一年七月一日内閣告示第一号）にあらためた。

一、漢字の表記については、原則として「常用漢字表」に従って底本の表記をあらため、表外漢字は、底本の表記を尊重した。

一、難読漢字については、現代仮名遣いでルビを付した。

一、あきらかな誤植は訂正した。

一、今日の人権意識に照らして不当・不適切と思われる語句や表現がみられる箇所もあるが、時代的背景と作品の価値に鑑み、修正・削除はおこなわなかった。

一、作品標題は、底本の仮名づかいを尊重した。漢字については、常用漢字表にある漢字は同表に従って字体をあらためたが、それ以外の漢字は底本の字体のままとした。

橋本五郎探偵小説選Ⅱ

創作篇

箪笥の中の囚人《めしうど》

——昨年夏頃、ある薄暮《ゆうぐれ》の早稲田《わせだ》のさる下宿町で、筆者は時の捜査課長伴岡《ともおか》氏の、色眼鏡までかけた不審な姿を見たことがある。

筆者は銭湯の帰りであったし、伴岡氏はそのあたりの下宿の一軒から、今出て来たばかりのところのようであった。眼立たぬくろっぽい地の背広を着て、すれちがった時、たしかに筆者であることを認めたには相違ないのであるが、ふっと顔をそむけると、いつもなら先方から声をかけてくるはずの氏がそのままで行ってしまったのである。

ちょうど江東の例の事件が、五ヶ月を経ったその頃もなお何らの発展なく、当局が非難の矢表《やおもて》に立って必死の活動を続けていた時分であるから、筆者はあるいは、その早稲田のあたりに星が付いた結果かとその時は翌朝の新聞をさえ楽しむ気持ちで、そのまま別れてしまったのであったが、約一ヶ月後、事件解決のことが二面にわたって報じられた中にも、この課長の単独なる行動のことに関しては、ただの一行として書かれてはいなかった。

それから二週間して、伴岡氏隠退のことが同じ新聞によって報道されたのであるが、その伴岡氏の隠退声明の文を読んだ時に、筆者はなぜか、以前のその早稲田の件を思い泛《うか》べ、「今回、この江東の事件検査に当たって切に感じるところがあり……」

と伴岡氏が言っているその感じたものとこれと、かならず何かの関連あるもののように思い定めてしまったのである。

このことは、伴岡氏がただひとりでそんな早稲田あたりをうろついていたこと、筆者を筆者と認めながら声もかけずに行ってしまったこと、しかも事件解決後、そのわずかもが発表されなかったこと、種々《いろいろ》な取沙汰さえある急な隠退のこと、等《とう》が筆者の無雑な観念の中で、そんな風に突飛な形へまでまとまり上がったものなのであろうが、右の考えから筆者は、氏がいよいよ郊外の新居に引き移って、しばらくでも閑雲野鶴《かんうんやかく》の生活をはじめたというその数日後、都合も聞かず押しかけて行って、無遠慮にそれらの点を質《ただ》してみたのである。

結果、伴岡氏自身の口から、驚くべし例の江東事件が、実は捜査課の手で解決されたものではなく、それは変わった、一市民の教示によってあの成果を得たのであると聞かされて、筆者は文字通り眼をまるくしたのであった。

「――性は鶸《はと》ノというんだが、現在もどこにいて何をやっているのだか分からない。僕が僕の公職上の力で、できるだけのことをやって調べてみても分からないのだから、今はそのむつかしい姓名《なまえ》も何とか他に変えているんだろう。手紙もくれ、電話も度々かけて来たが、自分のこととなると何ひとつ明かさない」

その男を、いやその人物の思い出を訪ねて、伴岡氏は暮夜《ぼや》ひそかにあの早稲田のあたりまで出かけていたのである。

江東事件に関するその経緯《いきさつ》については、今は語ることができないと伴岡氏はいったが、「当時は、僕もまだ××署勤務の平巡査であったし、鸛《はと》ノもたしかまだ××中学の三年生だった」

とその変わった人物についてだけは、四五の面白い物語を聞かしてくれたのである。

ここにお話ししようとするのはその最初のもので、伴岡氏とその人物を結びつけた思い出の事件でもあれば、またその人物の、非凡というか勝《す》ぐれたというか、その頭脳の一端を覗いてみるよすがともなるべき話でもある。江東事件解決にまつわる伴岡氏のあの言葉が、真か否か、およその察しはつくのである。

「もう顔などは変わってしまっているだろう、声は電話で覚えているが、あの早稲田の同じ下宿で、鸛ノは隣国の留学生か何かのように、いつもひとりでつつましくいる少年だった。どんなことから口を利くようになったか覚えていないが、非番の夕食の時などに、昨日《きのう》あったつまらない事件をでも話してやると、眼を輝かして聞いていた。僕が恐ろしい子供だと思うようになったのは、今話すこの事件に、鸛ノが特異な意見を聞かせてくれてからだ。以来至難な事件の度に、どこからか僕に忠告や教示を与えてくれて、僕の地位をあのようにまで高めてくれた。僕は鸛ノの頭を考えると、自分の職上の地位が、いつも空恐ろしくてならなかったものだ」

鬼とまで言われた伴岡氏を、そんな言葉で嘆ぜしめた当時一七歳であったという少年は、ではどんな事件からまず人々を驚かしたであろう？　この事件は十七八年前の春にさかのぼるのである。

時間にすれば、それは勤めの人々が社から帰って、部屋着に着換えて、銭湯へでも出かけるといった午後五時前後のことであった。

伴岡巡査は原町の、己《おの》が受け持ちの一軒一軒を戸籍簿を開《ひら》いてまわっていた。表の通りは、ぞろぞろと遊散の人々が往き交うている春の薄暮《ゆうぐれ》である。だがそんな屋敷町の、露地をひとつ曲がるとさすがに静かなものが流れていて、

「香西《かさい》さん、いますかね？」

とがらっと引き開けて入った玄関の次の室《ま》に、そんな変なものが待っていようとは伴岡君も思い設けなかった。

「やあこれは、ちょうどいいところへ来てくださいました、大変なんです」

そう言った主人の香西は、その六畳の部屋の洋服箪笥《だんす》の前で、転がった妙な洋服の男の肩のあたりに手をやっていた。妙な男というのはまだ若い、髪をきれいに分けているが、その両手は胸先で縛られ、足もまた同じく固く縛られて、ぐったりして香西のなすがままにしているといった容子なのである。

その男の足の前には夕食の膳が出ていて、それはあるいは男が蹴返《けかえ》しでもしたものか、皿は落ち酒はこぼれ、それを細君が何やら呟きながら片付けていた。

「びっくりしました。私が社から帰って来て、ここで一杯やりかけると、この箪笥の中

がひどくゴトゴトいうものですから、鼠じゃあないというんで、開けて見るとこうです。どこの方ですか、この人が転げて出たので、今猿轡《さるぐつわ》だけでも解いて差し上げようと思いまして――」

主人の香西は小肥《こぶと》りな四十歳前後の男である。驚いたのであろう。その言葉にも興奮の醒め切らないひびきがあったし、その縕袍《どてら》の前はまだ乱れていた。

「おい、どうしたんだ君？」

靴を脱いで上がって行った伴岡巡査は、やっと猿轡だけを脱《と》ってもらったその男の肩に手をかけて、ひとつ強くゆすって訊ねてみたが、男は首をぐったり前に倒して急に返事もできないらしい。

「これでも召し上がったら――」

と細君が気を利かしたのか、膳の酒の残りを湯呑みに入れて口の傍《そば》まで持って行ってやると、男ははっとしたようにようやくいやいやをして、

「どうした、おい！」と伴岡君の重ねての問いに、

「私にも、わかりません」と力のない声を出した。

「ナンだ確《しっか》りしろ、これくらい痛くも痒くもないじゃあないか！」

伴岡君はまず手を解きそれから足をも解いてやった。見ると、手を縛ってあったのは多少汚れのある男物の手巾《はんかち》で、足のは、女の腰紐らしい赤地の真田《さなだ》の紐であった。

やがて男は元気づいてきて、訊ねられるままに自分の身許、現在までの経緯《いきさつ》などを語っ

たが、それによると、この男は益内則光《ますうちのりみつ》といい、年齢は二十九歳、松住町《まつずみちょう》に止宿先のあるもので、職業は××保険会社の勧誘員である。その日も毎朝のように鞄をかかえて、宿からすぐに商売に出たが、原町の電車路を若松町に向かって歩いている時、何者にか背後から脳天をガンとやられて、それきりここの篁笥の中で正気づくまで何の記憶もないというのである。

「時間はもう四時すぎていたように思います。前に電柱があったと思っていますが、くわしいことは分かりません」

男はそう言い切って、務めを果したといった風にまたぐったりした。

四時前後にそんなことがあったのだとすれば、それから現在まではわずか一時間ばかりの間である。その一時間の間に、誰が男を香西の家に運び、またどこで、その手足を縛るなどのことをやったであろう？　いや何の目的でそんな危険な真似をしたであろう？　四時といえばまだ明るい。そして町筋は織るような人波のはずである。弥次馬がおり、交差点の角には交番があるのである。

「香西さんはいつ頃帰宅しました？」

伴岡巡査の言葉にその家の主人は、

「たった今、帰って服を脱いだばかりです」

と壁にかけた背広を指し示したが、続いて細君も、

「私も一時間ばかり買物に出てはいましたけれど、でも戸締まりはして参りましたのに

——」

と主人の香西とは齢が十五六も違うらしい若々しい顔に不審の色を濃く表して、まるみのある美しい声で言い添えた。

「何か紛失したような物は？」

「別にないようでございますわ」

細君がそのあたりを見回している間に、香西は問題の洋服箪笥の奥から、ごそごそと、一個の中折れと黒革の相当な鞄を見つけ出して来た。

「この人の物じゃありませんか？　私の家《うち》の品ではないんですが——」

「あ、これですこれです、有難うございました。これさえあればもう安心です」

男は矢庭に香西の手からその鞄を引奪《ひったく》るようにして、狼狽《あわ》てて内容を調べはじめた。

「金だけが、二百円ですが失くなっています——」

男は鞄を投げ出すようにして言った。

「君の金かね？」

「そうです。月給や歩合をもらったのを一緒の封筒に入れて、持って歩いていたのです、その方が危険が少いと思いましたから」

嫌な顔をしたのは香西であった。

「ほんとうですか？　私は知りませんよ、鞄があったから出して来ただけで——」

「よろしい分かっている」伴岡君は香西をなだめて、「とにかく二人とも一度署まで行ってもらおう、ここで四の五の言ってみたところで仕方がないんだ」

それから香西は褞袍《どてら》のまま、益内は帽子を冠り鞄を抱え、巡査は猿轡に使用されていたくろ朱子《しゅす》の風呂敷と、手の手巾《はんかち》と足の真田紐とを持って、遠くもない××署へと連れ立ったのであった。

だがこの時、益内の靴がなくて、ゴトゴトの香西の物を借りて行ったことを付け加えておきたい。これは以後の物語に重要な関係があるのである。


——香西はどんな理由からか、益内が二百円の現金を所持していることを知っていた。そこで原町の往来で凶器をもって益内を昏倒せしめ、家に連れ帰って手足を縛し、猿轡をはめようとしているところへ、折悪しく戸籍調べの伴岡君にやって来られたのだ。無論二百円の金はその以前に香西が相手の鞄からぬいていた。

その署では、そんな見込みから、古参の刑事がまず香西について取り調べた。刑事がそうした見込みをする原因となったものは、不幸なことに、以前香西がある小さな詐欺のことに連座して、警察に厄介をかけたことがあるその暗い経歴と、今ひとつ、猿轡の風呂敷が香西の品——これは伴岡君は気がつかないでいたのだが——風呂敷の隅に小さな三角の布《きれ》が縫いつけてあって、それに墨で、香西用と二字、はっきり書いてあったその二点である。

香西自身がその風呂敷を使用したか、香西の宅でそれが使用されたか、どちらかは動かすことのできぬ事実となる――これは巧みな刑事の訊問によって、香西がその風呂敷が、己れの所有品で、昨日《きのう》もある買物に使用したとすでに述べていたので確実である。

しかし香西は、このたびに限って、自分はあくまで潔白であるといって毫《ごう》も弱味は見せなかった。

丸の内にある香西の勤め先の会社へは、その間にもう電話がかけられていた。またその細君ひとりの留守宅へも、別な刑事が捜査に行った。そしてその日は、香西は確実に午後四時まで会社の事務机にいたことが明らかにされ、また、その宅にも、二百円はおろか、二十円の金もなかったことが報告されたのであった。

近所を当たってみたが、香西が人を引っ張って帰ったような形跡はない。ただ細君が台所のあたりで片付け物をやっていただけだ。

出張した刑事はそんな風に報告を結んだのである。

勢い捜査の手づるは益内の口述から得るより他はなくなったのであるが、この若い男は、香西の家で伴岡君に答えた以外は、どんな巧みな古参刑事の訊問にも、いささかの変わった点ものべなかった。

二百円の金がなくなっている。被害者は猿轡《さるぐつわ》まではめられて他人の家に監禁されていた、そして今は、その金員《きんいん》を奪った人間も、益内を監禁した者も全く分からなくなってしまったのである。

しかし、捜査にあたっては何より根気のいい警察は、香西同様、まだ益内をも帰らしはしなかった。事件は翌日に持ち越された。これは表面的には小さな事件のように見えながら、その内実に、何やら不気味なものを持っていることを、その刑事も、伴岡君も、ともにその第六感に感じていたために違いない。

「益内の畜生も嘘をいってる。後ろからガンとやられたなぞと吐《ぬか》して、少しも怪我をしていないじゃないか！」

刑事がそう自信をもって呟いたように、翌日になると、果たして、この事件の怪しさを裏書するような新事実が、次々と××署へもたらされてきたのだった。

その第一は、事件の日の四時前後は、約四十分にわたり、原町の電車路は通行ができなかったことである。これは市電の電線が二ヶ所焼け落ち、その復旧工事に一時通行禁止をやったのであるが、訊問してみると、益内はそんな事実は少しも知らなかった。

第二は問題の二百円の金である。なるほど、益内は××会社の勧誘員に間違いはなく、松住町の止宿先でもそのことは認めたのであるが、その二百円の問題では、まず会社の係が首をひねった。

「益内君は成績もあまり香《かんば》しくなく、そんな多額の賞与を出したことはありません。また月給の方も、これは歩合がある関係ですが、他会社のように充分ではないのです。」

そして松住町の素人下宿では、そこの老婆が明らかに不平のこもった口吻《くちぶり》で、

「あの方は滅多にお金なぞお持ちになっていたことはございません。皆おしゃれに使ってしまって、私どもの方へ下さるのもいつも溜り勝ちなんでございます。先月の分もまだ

頂いておりませんようなわけで、その上、今朝《けさ》も電車賃を貸せとおっしゃって、私の財布から一円七十銭持っておいでになりました。二百円なんて大嘘っぱちでございますよ」

と言ったのである。

その二百円については、益内は、やれ月給の内《うち》から長い間かかって溜めただの、下宿へはいつでも払えると思っていたからだのと説明したが、もう刑事はそんな言葉を聞いてはいなかった。

「さあ、なぜそんな分かり切った嘘をいうのだ？　縛った人間を言え、そしてお前達の企んでいることを明かしてしまえ！」

刑事はひたむきに、そう益内を追求して、訳の分からないこの事件の裏面《りめん》を知ろうと努めたのであったが、不思議な被害者は、やはり昨夕来の言葉をくりかえし、己れの無実を主張して止《や》まないのであった。

――今はもう、益内が二百円の金を持っていなかったことは明白である。それを奪《と》られたなどと何の目的で彼は嘘を言ったであろう？　主人の香西に嫌疑をかけさせるためか、それなら一言、香西に縛られたといった方が早いではないか。また香西に嫌疑を向けるためなら、なぜあの、通りもしない原町のところで、背後からやられたなどと、香西に無関係な嘘などを申し立てる必要があろう？　二百円の嘘は明らかに香西に嫌疑をかける目的からではない。それなら単に警察を瞞着《まんちゃく》するための手段であるのか？

翌々日は、伴岡巡査は非番であった。だが自分の関係したこの事件が考えられて、いつもの、のびのびした春の気分には浸れないのである。表面何らのまちがいもなかったかに見える事件である。しかし疑問はあくまで疑問である。で、そこまで考えてみると、もうそれから後が分からなくなる。そこでまた新しい出発点を見つけてはあらためて出直すのである。

——益内が香西の宅で縛られたことは間違いない。それは例の猿轡が証明する。そして彼は意識を失ってもいないのである。何の薬品も何の凶器も、彼に作用した形跡がないからである。すると、益内は自分を縛った男を知っている、確かに。それなのにその相手を言おうとは頑《がん》としてしない。これは何のためであろう？　その縛った人物に迷惑がかかってはいけないからか？　では益内を縛った男は、それほども益内へ対して権力を持っているのか？　益内はその人物からなぜ縛られたろう？　益内が失策をやった懲戒だろうか？いやいや、いやしくも人一人を猿轡までかまして他人の家に監禁までしているのである。そんな遊戯的な目的のためではあるまい——

「あの細君が縛ったかな」

伴岡君はふいと口に出していってみた。だが自分の、この考え疲れた精神に苦笑いをした。細君が決して縛ったものでないことは、すでに二日間の取り調べで、彼女は左肘関節《ひだりちゆうかんせつ》に固疾《こしつ》を持ち、以前からそんな強い動作はできなかったこと、あの日彼女が買物から帰って来たのと、夫の香西が会社から帰って来たのとは、わずかしか時間の上では差がないこと、等《とう》から判っていたのである。

香西も知らぬ、細君も知らぬ、紛失物も何ひとつない、そして益内は縛られ、見も知らぬ人の家に監禁同様にされていた――

「誰が、何のためにそんなことをやったのだ！」

伴岡君はドンとひとつ机の上を叩いてみた。と、それが合図かのように、

「入っても構いませんか」

といって、もう鸛ノ少年が隣の自分の部屋からやって来たのだった。

色が白くて眼の涼しい、静かなこの少年の顔を見ると、フッと伴岡君は今自分の悩んでいる事件を語って聞かせたい気持ちになった。

「今日は面白い話を聞かしてあげるよ。どう考えてみても分からないんだ。ひとつ君の意見も聞かしたまえ」

そしてこの変な事件は、家常《かじょう》茶飯事のように、伴岡君によってこの恐るべき少年の頭脳に語られたのである。

伴岡君が語り終わると、少年は第一番に、

「そして益内という人の靴はどうなりました？　やはり見付からないんですか？」

とその点を反問した。伴岡君がそれはまだ捜査してないと答えると、しばらく考えていてから、

「僕だったら、それを最初に捜すんですがね。そして益内という人は、その奥さんが湯呑みを口のところまで持っていってやったのに飲もうともしなかったのですね？」

と半ばは自分に言いきかすようなことをいって、それっきり口を噤《つぐ》んでしまったのであった。

伴岡君はその夜から再び勤務するのである。で時間が来たので、あくる日の退署までに、どうにかしてその靴の在所《ありか》もつきとめてみるといって、この少年との話を打ちきり、自分は官服に着かえて××署へと出て行ったのであった。

がその翌晩、伴岡君が署から帰って来て、

「靴は見つからないが、香西の家でこんな物を見つけて来た」

と普通のとは多少型のちがった、だが明らかに靴紐の先の金具と思われる物を少年に示すと、

「香西の家の、これはどこにあったんですか?」

と眼を輝かして反問し、伴岡君が庭先で、椽《えん》に近いところで拾ったのだと教えると、

「じゃあこれはたぶん益内という人の物でしょう、僕が今面白い実験をしてお目にかけます。伴岡さん何か長い紐はありませんか?」

少年が何か興奮しきっているので、伴岡君は面白いと思った。そして自分の部屋から、行李をしめる太緒《ふとお》を一本持って来たのであるが、そうしながらも、少年がその金具を、益内の物であろうと言った言葉について怪しんでいた。というのは、伴岡君はその日益内を訊問して、彼の靴に使用されていた金具が、それと同種のものであることを確かめていたからである。

「伴岡さん、この紐と、それからこの風呂敷とを、この押入れに入れて置きます。それから僕がこうして中に入ります、それから押入れを締めます。もう伴岡さんには僕が見えないでしょう、僕が合図したら、押入れをあけてください。ちょっとですよ。」

鷄ノ少年は自分の押入れへ入ってしまった。伴岡君が何を訊く暇もない早さである。五分たたないうちに、そうして押入れの中がゴトゴトと鳴った。

「もう開けてもいいのかね？」

伴岡君が言葉をかけると、その返事のように、押入れの戸が二度ゴツンゴツンと中から何かで叩かれた。伴岡君は煙草《たばこ》を捨てて立って行ってそれをあけた。と中から、どうしたものだ、鷄ノ少年が、例の太緒で足を縛られ、胸先で手を手巾で縛られて、更に風呂敷では猿轡を嚙まされて、愉快げにゴトゴトと転り出て来たではないか。

「昨日《きのう》あれから、一晩、僕はこの押入れの中で考えたんです。押入れは簞笥《たんす》の代わりです。でこれだけの発見をしたんです。」

伴岡君が少年の猿轡を脱ってやると、生き生きとした調子で少年はいった。

「まず自分が自分の足を縛る。それから猿轡をする。その後で、自分の両手と口とでもって自分の手を縛るのです。猿轡も、仕様によっては口の窪《くぼ》みだけは使うことができます。順序を違えるともうできません。手を縛るのはこんな風にやるのです。」

少年は得々として、その手の縛り方をやって見せた。伴岡君は驚いてそれを見ていた。

これは、何という思いもかけぬ発見であろう——。

益内が自分で自分を縛ったのだとすると、事件は非常に性質のちがったものとなってくる。益内が何者かに香西の家へ連れこまれたのでなくて、それは自ら行き、自ら洋服箪笥の中へ入ったという仮定も産まれてくる。益内が何かを秘し、警察をまで嘘で瞞着《まんちゃく》しようとしていることは最初から分かっている。それなら、彼は何がために自己を縛り、何がためにに香西の家の、それも窮屈な箪笥の中へなど入ったであろう？　何から隠れ、何に現れるために己れを縛りなどしたであろう？

「よし、益内が自分で自分を縛ることもできるということは分かった。だがなぜそんなことをしたんだ。何の必要で——」

「それは益内という人が箪笥から出たいためです。いいや、出なければならなかったからです。たぶん」

少年は答えた。

「なぜ？　なぜ箪笥などへ入ったんだ？」

「それは香西という人に会いたくないからです」

「香西に？　どうして」

「それは僕にはよく分かりません。しかし、この益内という人と、香西の奥さんとは何か関係があるに違いありません」

そうだあの細君のことを忘れていた、と伴岡巡査は心で思った。だが二人の間に醜関係があるとして、香西が帰って来たので驚いて箪笥に入った、それは分かる、がそれならなぜ箪笥の中をゴトゴトいわして、自分から相手の前に出て来たであろう。じっと、辛棒さえしていれば、そのうちには香西は風呂へも行くだろうし、また、それほどの細君が香西を連れ出さないはずはない――

「僕は今、なぜ益内という人が出て来なければならなかったかを考えています。しかし、一度僕をその奥さんに会わせてくださったら、その秘密が判ると思うんですが……」

伴岡巡査は、翌日を待たず、このことを署に行って刑事その他に相談してみた。結果、その翌日、実に変わった取調べが、××署においてこの一七歳の少年の手によってなされたのである。そして人々は、まだ思いもかけなかった事件の性質の恐ろしさに、思わず肌寒いものを感じたのであった。

美しい香西の細君は、そのガランとした調べ室の椅子のひとつに、しなやかな形で腰かけていた。伴岡君がその背後《うしろ》に立ち、左右に刑事がつき添っていた。

扉が開《あ》くと、署長と、それから学生服の鶵ノ少年が入って来たが、少年は、左手に大切そうに湯呑みを一個、捧げていた。

「奥さん」

とやがて室内の沈黙をやぶって少年がいった。「これはご覧のようにお宅から持って来た湯呑みで、中にはお宅に残っていたお酒が入っております。今これを奥さんに飲んでいただきたいと思いますが、お嫌ではありませんでしょうね？」

細君は、少年から、湯呑みと聞かされた時、わずかに顔色を変えたようであった。だがその言葉を聞き終わると、

「とてもたくさんは頂けませんけれど、飲めとおっしゃれば少しくらいは――」

と己れの立場はすでに刑事から話されていたのであろう、寂しい微笑をして悪びれずに答えた。

「それではわずかだけでも飲んでください」

と少年は湯呑みを卓の端に置いて、同時にポケットから何やら小さな紙包みを摘《つま》み出して開きながら、「これもお宅の、茶の間の畳の目から取って参ったものですが、これを元のお酒の中へかえします。ご覧のようにあるか無いか分からぬくらいわずかですが、これで、奥さんがご主人におすすめになったお酒と同じものになりました。これで、召し上がっていただきたいと思うのです」

少年は細君の前に、その白い粉を入れた湯呑みを突きやった。

細君はしばらく笑いかけていた。調べ室は白々としていた。皆んな口を結んで、細君の手許《てもと》を見つめていた。細君はやがておずおずと白い手をその湯呑みに持って行ったが、

「ほほほほ」

と口の中で笑ったようであった。そしてすぐに固い表情にかえると、こんどは静かに人々のいかつい顔を見回して、恐ろしいもののようにちょっと手を引っこめ、

「飲めなかったらどうなりますの？」

「飲めない訳を聞かしていただきます。」

少年がいった。細君の眼尻《まなじり》がぎゅっと吊り上がって、急にその柔和な相がひきつった、と思うとすっくと立ち上がって、

「よく見ていらっしゃいよ、皆さん！」

叫ぶと、顔を空《そら》ざまにがあっと湯呑みのものを飲み下した。

「さあ、皆飲んでしまいました。飲んだらどうなるというのです？　私が、私が死ぬとでもおっしゃるの、ほほ、嫌な亭主に何を飲ませたって、そんなに、サーベル下げた方々が四人も五人も、恐い顔して、女ひとりを取りまいていなくたって、ほほ、ほほほほ、可愛いい坊ちゃんねえ――」

それから、急に左右の刑事をはねのけて、細君は鶚ノ少年に向かって飛びかかったが、それより早く、伴岡巡査の手が、背《うし》ろから彼女を抑えてしまっていた。


「僕は、益内という人が、靴を穿いていなかったと聞いた時に、もう、それは益内自身がそこへ上がって行ったのだと考えたのです」鶚ノ少年は半ばはにかみながら人々に語った。

「勝手に上がって行けるというのは、奥さんと益内とが面識があるという意味になるわけです。しかもこの面識が、主人の香西へは秘密であったことは、あの時の三人の態度で

充分に分かります。おそらく、時が来たので益内が細君と別れて帰ろうとした時に、いつもよりは多少早く、主人の香西が帰って来たものでしょう。そこで、狼狽《あわ》てて益内はあの洋服箪笥に入ったのです。誰もいない箪笥の中で、誰が益内を縛るでしょう？　益内は自分で自分を縛った、何のために、それは自分が奥さんに関係のない人間であり、また香西へ対しても、盗賊などではないということを見せるためです。二百円の紛失は、思いもかけぬ伴岡さんの出現に、苦しまぎれの答えだったのでしょう。それはとにかく、益内がなぜそんな苦心をしたかを考えると、ただひとつ、どうしてもあの時に、益内は、そんな無理をしてまでも、あの座敷に踊り出さないではいられない何かに直面したことが分かります。あの箪笥の引手のところに、五六分《ぶ》くらいの小さな穴があるそうですよ、益内は、そこから座敷を見ていたのです。そしてその座敷に、どうしても彼が飛び出さないではいられないものを見たに違いありません。何でしょう？　香西夫婦のむつまじげな食卓でしょうか？　どうして、それくらいの辛棒はあれほどの嘘をついた益内にできないはずはありません。ではもっと重大なことといえば――人、人が人を殺している、自分が出ればそれを助けることができる、そんな場合の他ないではありませんか。僕はそう考えたので、あんなトリックを用いてみたのです。いいえ、細君に飲ました酒はただの酒、粉は、白墨の粉です」

――益内は、係官の訊問に堪えかねて、ついにその事実を明らかにしたが、それはすべて鸚ノ少年の言葉同じく、彼はその良心から、身を挺して香西の一命を救ったのである。

「後で調べてみると、その細君の親というのがやはり殺人罪を犯している男だったんだが、いや恐ろしいものはいつも壁一重《ひとえ》向こうで笑っているんだ」

伴岡氏はそう話を結んで、筆者には、細君が用いたその毒薬の名前はついに教えてはくれなかった。

花爆弾

一、花火屋が焼けた火事

「敵の爆撃機がやって来ます！　消灯してください！　皆さん消灯してくださあい！」

星もない夜空を無気味なサイレンが鳴り渡ると、団服に身をかためた少年たちが、帝都の各区各町番地を、そう声を絞ってまわって歩いた。

電灯のない銀座、ネオンサインのまたたかない新宿だった。街々は一瞬にして暗黒と化し、進行中の汽車も、電車も、自動車も、自転車も、荷車さえも灯火を消した。

陸軍の聴音機は神経を尖らし、東京湾の警備艦は何分かおきに探照灯で空を掃いた。高射砲は息をひそめ、無線有線の電信電話が司令部へ集中した。歩兵の一個大隊は軍器工場の警備に任じ、少年団の若干は薪炭《しんたん》商の倉庫を守った。

工兵も出た、輜重《しちょう》兵も出た。騎兵、憲兵も任務についた。警察は非番の者をも動員し、婦人聯盟は救護班、防毒班の位置についた。学者も市民も、壮なるはみなその夜《よ》の仕事を持った。

少年鶚《はと》ノが関係した異常の事件は、実にそんな特別の夜に起こったのである。

辻々の警戒に任じた全学生聯盟の、鶚ノ、吉村二人が属するその第七十三中隊は、三年四年五年の上級生を集めて二百八十幾名、学校の所在である西本所一帯の警戒に当たるため、教官の訓示、部署の割り当てを終わって、サイレンと同時に学校を出発した。

鸛ノ、吉村は警戒第一班の第五部にいた。二人は角の煙草屋から、次の角の洋食屋までを守るのである。

「電灯がないと、世の中がすっかり違うね」

鸛ノは、ポストの根に提灯を置く時にいった。

「本物の敵の間諜でも出て来ると面白いがな。俺《おら》ぁすぐふん縛って勲章にしてくれるんだ——教官の奴、何だってあんないまいましいことをぬかすんだろ」

どすんと銃を立てた吉村はそういった。これは学校での訓示中、憎まれ者の教官が、今夜の演習は特別演習だから、抜群の功をたてた者には、敵前に準《なら》っておれが勲章をもらってやる、しっかり働け——と何時《いつ》もの流義で下手な諧謔を弄したのを多血質の彼が憤慨したのである。

「やあ来たぞ、見ろ、鸛ノ」

灯火管制がしかれてから二十分と経ってない時間だった。東の空の一角を、胸に白《しろ》電灯をつけた一機が爆音勇ましく飛んで来た。と見る、たちまち地上から、その機体に向かって飛び上がった二条の光！　光はあっと思うまに十文字に重なって、上手に偵察機の姿を上空高く浮き出させた。だがどこからも高射砲の音はしなかった。

「味方の飛行機だよ。陸軍が捜空灯の試験をやってるんだ。敵機が来るにはまだ五分や十分の間はあるんだから——」

鷚ノが優等生らしく説明する間に、吉村はこんどは地上へ現れたものを認めて銃を構えてその方へ四五歩飛び出していた。

「止まれッ！　誰だ？　どこへ行くんだ？」

「やあ吉村の坊ちゃん。親方がすぐ来いといって寄来《よこ》したもんですからね」

頭灯《ヘッドライト》を極度に弱光にした自動車の中から、そんな若い男の声がした。

「なんだ圭どんかい、馬鹿にゴタゴタ積んでんだな。それでどこまで？」

「芝だそうですがね、芝のどこか分かりません。親方のことだから、ただ来いというだけでしてね。サイレンが鳴らない間《ま》に行ってしまうつもりだったんですが、道具を積んでいたんで遅れてしまって——ごめんなさい」

吉村は路をあけてやった。自動車はのろのろと動き出した。と圭どんと呼ばれた若い男はもう一度窓から首を出して、

「あ坊ちゃん、店に誰もおりませんので、お隣へ頼んでは来ましたが、お願いしますよ」

そしてまたのろのろと行ってしまった。吉村は鷚ノの位置へ戻って来ると、

「この先の花火屋の弟子なんだ」と何かどもるような口調で説明した。「俺《おれ》ぁ親父が懇意なんで知ってるんだが、あいつの親方の平左衛門てなあ変わりもんでな、お天気に傘さして歩くなんてキ印を平気でやる小父《おじ》さんなんだ。いつも貧乏でピーピーしてるくせに花火の腕は江戸一とか日本一とか自分でもいって威張っててな、とても豪傑なんだよ」

「店に誰もいないって家族はないのかい？」

「いいや、小母《おば》さんと、娘といるんだが、どうしたんだろう？　そうだ、八重《やえ》ちゃんは救護班へ行ってんだった」

その時に、どーん、どーんと二発、遠雷のような最初の砲声がどこかでした。探照灯が非常なスピードで空の果てを掃いた。しかしそれきりでまたしばらく砲声はやんだ。

「千葉の方でやってんだな」

吉村がいうかいわないかに、

「オーイ逃げた、捕まえてくれ、搔っ払いだ！　搔っ払いだ！」

第四部警戒の方から声がして、ばたばた逃げて来た男があった。柔道二段を持っている吉村は、銃を煙草屋の店框《みせがまち》へもたせかけると、飛び出して行って走って来た男にすぐ組みついた。

「此奴《こいつ》あナ、あそこの金物屋の露地にあった古鉄板を持って行きかけたんだ。僕にビンタをひとつ食らわせやがった。野郎め！」

後を追いかけて来た第四部の五年生は、吉村が腕を捻じ上げて引き起こしたその男の頬を、そういってパン！　とひとつ食らわした。ゲートル装えに法被《はっぴ》を着て、ねじ鉢巻きをしている人相のわるい四十男だった。

「縄でもなけぁ、君では連れて行けまい」吉村がその五年生にいった。「君、俺の帰って来るまで、鷄ノと一緒にここにいてくれ。俺の代わりさ。俺がこいつを連れてって来る」

「坊ちゃん方、かにしておくんなさい。つい食えねえもんだから――」

暗いので、四十男の表情はわからなかった。だが下町に育って、そうした手合いに慣れていた吉村は、返事さえもしないで三丁ばかり先の警戒支部へぐいぐいその男を押して行った。

「なあ鸛ノ、俺も何か悪いことをしてみたい気がしたほどウントコサいたぜ。数えたら十二人いた。空き巣と掻っ払いとかたりなんだ。こんなに警戒していても、暗けれゃあんなに悪い奴が出るのかと思うと、俺《おら》や何だかうら悲しくなった」

支部から帰って来た吉村がいった。

「うん、第三部でもノッケに空き巣を捕らえたとかいっていた」

そういって第四部の五年生は帰って行った。

「暗いとね」といって鸛ノも吉村に同感しながら「三年生でも煙草を喫《の》んでる奴が相当いるとさ」

「怪《け》しからんな、そいつあ。大学の奴らはどんな警戒をやってるだろ。銃剣つきで女の子なんか脅かしてっかもしれんぞ。俺ぁこんな晩は、何か悪いことが起こると思うな、きっと」

「うん。ほんとうに敵の間諜が出てくるかもしれないね」

鸛ノは真面目にいったので、こんどは吉村の方が苦笑した。

「間諜なら俺《おら》ぁ勲章をもらうんだから――」

どこかで警鐘が乱打された。いや物凄い爆音の方が早かった。東北の空に当たって、小さな赤い電灯が二つ見えた。と思うと捜空灯の矢が四本も五本もその目標に向かって一度に立った。二台の敵の爆撃機だ！　ド、ド、ド、ドーン！　と七門も八門もの高射砲が一時《どき》に火蓋を切った。

爆撃機は捜空灯の照射をぐんぐん逃げのびながら、糸のような光をつらつらと帝都の真っ只中へ投下した。最初の物は焼夷弾だった。おそらく日本橋京橋のあたりは、消防隊と工兵隊の破壊班が大活動をやっているに違いない。次に投下したのはガス弾だった。恐るべき毒ガス弾！　ぶるうんんというように一種悲痛なひびきを伝えるサイレンが鳴った。

「ガスだぞ、オイ、ガスだぞ！」

第七十三中隊員の口から口へ、その非常の言葉が伝えられた。吉村も鸛ノも、急いで肩からかけていた、教科書用の鞄を前にまわして、とにかく防毒面《めん》を冠《かぶ》る真似をした。高射砲はなお敵二機を続撃している。西からも南からも、帝都を守る砲声がえんえんとして空に鳴った。

ちょうど、そうした騒ぎの真っ最中、吉村鸛ノの二中学生が、幼ごころにも心配したようなよくないことがとうとう起きてしまったのである。

ボーン！

とその音は砲声よりも稍《やや》やさしくひびいた。しかし近かった。そして、爆発の音には違いないが、と思う瞬間、ポンポンポン！　と三発、ほとんど彼らの真上とも考えられるあたりで火花が散った。とサッとその火花の中から流れ出した五彩の虹！

「やあ花火、花火！」

「流星花火！」

「川開きのような花火！」

第四部の方でもそんな声がした。実に見事な花火だった。がこの非常防空大演習の当夜に、何の物好きで、どこの誰が——と思う間《ま》に次の騒ぎがそのせんさくを奪ってしまった。

第二部の空のあたりがボーッと明るくなって、最初は二三の叫びにすぎなかったのが、急に二三十人もの集団の声になって、

「火事だ、火事だ、火事だあい！」

瞬後には街全体の騒ぎとなったのである。半鐘が鳴った。女が、男が、子供が年寄りが、防毒マスクをして市民も交じって潮《うしお》のように暗闇の街をにげて来た。ガンガンガンと電車路の方に消防自動車の鐘の音がした。

「さあ早く逃げて！　早く逃げて！」

警官が声を嗄《か》らして、高く提灯を振っている。半鐘は鳴りつづける。砲声もどーんどーん轟《ひび》いている。だがおかしいのはそうした音響に交じって、不規則な間隔で、ドーン、バッバッ！　と火元のあたりになお爆発の音が聞こえることだった。

「小父さんの家《うち》らしいぞ、オイ。川開きに使う花火がきっと焼けてんだ。鷯ノ、行ってみないか」東の空をしばらく眺めていて吉村が言った。「ここの警戒はお巡りさんに頼んでおけや」

いつもなら、優等生の責任上、吉村一人をやって自分は残るはずの鷸ノが、この時は何か特別な興味を惹《ひ》かれたと見えて、待っていたように、

「うん」といった。「行ってみよう。文句をいう者がいたら警戒に来たといって胡麻化《ごまか》せばいい」

一二の三で二人が銃をかついだ。重い銃は節度をつけないと軽く肩にのらない。鷸ノが左手に提灯をさげて、強行軍の形で、二人は逃げて来る人々の間を走ったのである。

二、導火線を用いた放火

吉村が案じたとおり、火元は花火屋の店だった。二人が駈けつけたのは、消防自動車がやって来る直前で、火は、強い煙硝の匂いをいっぱい撒きちらし、同時にバッバッとまだ小爆発を続けて、物凄い火勢を空天にあげていた。来合わしていた警官はまだただひとりでそれが偶然にも鷸ノとは面識のある伴岡《ともおか》巡査だったので、彼らは甚だ都合よく、しかも喜ばれて火事場の警戒に立つことができたのである。

「とんでもない場所から、花火が横様に飛び出したりなんかするもので、弥次馬がわりに近寄らないので助かった」

後で、伴岡巡査がそう語ったような変わった火事だった。

消防自動車のポンプが、滝のように太い水柱を店の上へ倒し掛けてからも、なお二回ば

かり爆発があった。しかし、さしもの火勢も、隣家の髪結いの家《うち》を類焼しただけで、機械と多くの人の力のためにやがて弱められて、いつか煙ばかりが、急に元の暗さになったそのあたりへ這うようになった。

その頃になって、本所署の係官や、憲兵分隊の曹長やが来た。弥次馬も多くなった。その中には当夜の銃を持っている者の顔もだいぶ見えた。二人は第二部の者数名とともに、それらの弥次馬をひどい努力で制禦しなければならなかった。その間に、係官や消防隊の人たちが焼け跡の検査をした。砲声はまだえんえんと帝都の空に鳴っていた。

「花火屋の火事とは珍しい、ふうん、しかしよくこれだけですんだものだ。焼死者がありはせんか、焼死者が?」

伴岡巡査から状況を聞いて、そういったのは署長らしい。肩章が提灯の明かりでキラリと光った。焼け跡の調査をやっていた係官の一人がこたえた。

「幸いに人間の被害はなかったようです。隣家も大丈夫です。しかし家《うち》の者が誰も残っていないのはおかしいですね」

「発火原因は分からないかナ?」

「は、ただ今調査中でありますが、なにぶんにも爆発物が多かったようでして――」

そこへ別な係官が焼け跡から引き返して来て、

「放火らしい疑いがありますぞ、署長、発火点と思われるところに、導火線の一部が残っております。」

「何、放火だ？　どこだ、それは？」

サーベルを握ると、署長はずかずか焼け跡へ入って行った。係官は署長の後から従《つ》いて行ってその地点を指した。そこは焼け残った壁に近い外側の一ケ所で、隣家との露地の入口に当たっている。

「ちょうどここは台所の廊下だ、上は物干しになっていたと思いますが――」

伴岡巡査が説明した。

「揚げ筒がここにあるところを見ると」といってさっきの係官は、足許に転がっていた竹製の花火筒の焼け工合《ぐあい》をちょっと靴先でさわってみてから「どうも導火線で花火を揚げたとしか思われませんね。これが外部にあるところで見ると、まず揚げ筒を物干しへ装置して、ここの露地からやったものらしいですが――」

「しかしこんな晩になぜ花火を揚げたろう、またそれだけで、火事になるとも思えんが――」

「いや家《うち》を焼いた方のも導火線をここから引っ張っているようです。あの……」と、係官は焼け跡のほぼ中央部を指して、「大鍋のところにも導火線の一部が残っています。あそこは仕事場だったと見えて、花火が置いてあったのか非常に器物が毀《こわ》れています。私の考えでは、花火を揚げると同時に、家をも焼くつもりだったと思われますが――」

「あるいはそうかもしれん。しかし何の目的で花火などを揚げたろう？　最初、ボーンと揚がった奴はわしも見た。なかなか綺麗な花火だったが、まさか、花火で敵機を撃ち落とすつもりでもあるまいからナ」

こんどは係官もしばらくだまって考えるほかはなかった。残っている状況では、どうしても花火を揚げるために家《いえ》を焼いたか、家を焼くために花火を揚げたか、あるいはその両方を一にした目的のものとよりしか考えられぬ放火でありながら、いざ何のためにそんなことをやったかとなると、誰にもちょっと想像がつかないのである。

「子供の中には、よくこんな悪戯《いたずら》をして喜ぶのがあるが、導火線を使っているところなんかはやはり大人だナ。狂人《きちがい》にしてはやり方が少々組織的であるし――」

「距離から考えますと、導火線が燃えつくすまでには、花火の方は六分か七分、家《うち》の方は十二三分かかったかと思われます」係官が署長の思案へ同情するかのように提議した。「もし犯人がこの地点から放火後どちらかへ逃げたとすれば、幸い今夜は学生諸君が辻々へ警戒にたってくれていますから、訊《き》いてみればあるいは疑わしい人間が分かるかとも思いますが――」

「うん、わしも今それを考えたところだった。じゃあ君、ご苦労でも警戒支部の方へ行って、支部長に話してひとつ取り調べてくれんか。わしは近所を当たって放火原因の方を洗ってみよう。ひょっとすると、家《いえ》を焼くのが目的で、花火は、犯行をくらますためのものだったかもしれんからナ」

「署長、べつに犯人の遺留品と思われる物は見当たりません――」

といってそこへ今ひとりの係官が戻って来た。焼け跡から露地、露地から通りへと、水にぬれた地面を物色して行った係官である。

「うん仕方がない。では君は放火原因について近所を少し当たってみてくれたまえ。きっと何か訊き出せると思うから——それから伴岡巡査、君はこのあたりは委《くわ》しいはずだナ。この花火屋の家族はどんな人間だった」

「戸主は棺《かん》ケ島《じま》平左衛門といって、この角屋《かどや》の十幾《いく》代目かだそうです。齢《とし》は五十前後だと思いましたが、小柄な名人肌の男で、仲間では相当重要な地位にあるようでした。家族は妻君と、十七か八になる綺麗な娘と、それから圭吉という徒弟と——これはもう子供の時からいるようで、二十五か六、平左衛門が多少変わり者という他は、まあ皆《みんな》、気だてのいい家族です。人から恨みを買うような行為は誰にもなかったと思われます」

「隣家の方《ほう》は？」

「髪結いで、亭主は平戸留治郎《ひらどとめじろう》といいますが、現在無職です。細君の、名前は忘れましたが、その細君が稼いで、亭主は毎日ぶらぶらしております。子供はなくて、十五六の梳《す》き子がひとり、三人です」

「裏の家《うち》は？」

「裏は大工で、若い夫婦者です。つい二十日ばかり前にはじめてここへ所帯を持ったのだといっていました」

「西は？　なある空き地か。空き地の次が質屋と土蔵と——近所のつき合い振りで気の付くようなこともべつにないかナ？」

「はあべつに思い当たることもありませんが――」

署長はしばらく考えていてから、

「それにしても誰も家《うち》にいないというのはおかしい。伴岡君ひとつ怒鳴ってみてくれたまえ。誰か、そのへんの弥次馬の中に家《うち》の者の居所を知ってる者がいるかもしれないから」

「髪結いさんはこちらです」と伴岡巡査の声に応じて群集の中からいうものがあった。次いでその細君と梳《す》き子とが、エプロンの端を顔にあてておずおずと焼け跡へ出て来たが、

「泣いたって始まらん。火事になった時のことを話してみなさい!」署長がいうと、

「だって旦那様、口惜《くや》しいじゃありませんか」と崩れた束髪の髪結いは明けっぴろげた声でしゃくり上げながら、「こんなに皆さん働いてくださってるのに、うちの亭主野郎と来たら、お昼っから遊びに出てまだ帰って来やがらないんですもの。また金魚屋の釣り堀へでも行ってるのです。わたしゃあそれが口惜しくて口惜しくて」

「うんまあまあ、いないのはよくないが、命拾いをしたんだからお前も幸せだ。火事を知ったのは何時頃だナ?」

そこで髪結いは、誰か分からないが、表から隣家《となり》が火事だと怒鳴ってくれた者があるので、狼狽《あわ》てて飛び出すと、お巡りさんが逃げろ逃げろと叱りつけるので、三丁ばかり先の知った家《うち》へ行っていたのだと語ったが、署長が訊きたい点は幾度訊きなおしてもこの女からは聞けなかった。

「署長、この人が知っているそうですよ」

髪結いの饒舌にしびれを切らしたのか、伴岡巡査が話の最中へ割って入った。署長の前に立って、捧げ銃《つつ》の礼をしたのは中学生の吉村である。

「小父さんと小母さんの行く先は知りませんが、八重ちゃんは救護班へ行ってるはずです。僕は昨日《きのう》の晩八重ちゃんから聞きました」と彼はいった。「圭どんはさっき、自動車でどこかへ出て行きました。火事の起こるすぐ前です」

そして問われるままに、吉村はあの自動車の誰何《すいか》の時のことを話したが、圭吉が自動車の中にゴタゴタ仕事道具その他の品を積んでいることや、行く先を知らないといったことや、店が留守だからと去りがけに吉村へ頼んだことなどは、署長の疑念を増したようだった。

「その自動車の番号は何番だったかナ?」

「番号は見ませんでした」

その答えで、署長が苦い顔をした時に、近所へ聞きこみに行っていた係官の一人が帰って来た。そして自信ありげな挙手の礼をして、署長の側近《そば》く寄るとぐっと声を落として、

「徒弟の圭吉というのが、八重という娘の入り婿になるはずであったのが、最近話がうらはらになって、圭吉はひどく平左衛門夫婦をうらんでいたという噂があります」

三、警戒線を逃げた徒弟

爆音と砲声はまだ聞こえていた。どうやら味方戦闘機が敵機の迎え撃ちをした模様だった。ガスのサイレンも鳴る時があった。

「徒弟が主人をうらんでいる――痴情の果ての放火というのかナ。事情は甚だ重大だ、うむ」

といって署長はちょっと空を見あげた。

その圭吉が放火したのだとすれば、花火はお手の物だし、家の勝手もわかっている。火事の直前に家《いえ》を留守にして、しかも荷物を持って出かけたというのだから理窟に合うし、殊《こと》に、吉村に行く先を告げなかったことはいかにも怪しい――そうした推察が署長の態度にまざまざと現れていた。

「自動車の番号を見ておかんかったのが残念だ。警戒するといってもやはり子供のことで仕方もないが――」

そういう署長の呟きを、学生服の吉村は目の前に聞いた。彼はちょっと署長の方を見た。しかし何もいわなかった。そして黙って、焼け残った隣家の壁際まで後退して行くと、その台石へ腰を下ろして、ポケットから朝日を取り出し、悠々燐寸《マッチ》をすって喫《す》いはじめた。

「署長の馬鹿野郎、圭どんを犯人などと考えていると今に赤恥をかかなきゃなるまいぞ。

小父さん夫婦をうらんでいる者がその留守に家《うち》を焼いてどうするんだ。家だけ焼いて小父さん夫婦を困らすだけのつもりなら、仕事道具など持ち出すもんか。家が焼けてしまや、惚れてる八重ちゃんがだいいち困ることは分かってるだろうし、それより里のない圭どん自身はどこへ行くんだ。小父さん家《ち》が貧乏だから、圭どんだって貯金なんかできてやしない。今に圭どんが帰って来たら、あの馬鹿署長はまた圭どんを警察へ連れてったりするかもしれないぞ。どれ、一服やりながら成り行きを見ていてやろう」

吉村の考えには、そんなものがあるに違いなかった。事件がどうやらもつれてくるらしいので、面白いと思ったのか、いつのまにか鶉ノも吉村のところへ来て、仲よく二人並んで闇の中から眼を光らしていた。

「まあ皆さんにご迷惑をかけました——圭どん、あのう圭どんはいませんかしら?·」

しばらくすると、誰かが救護班へ知らしたものと見えて、娘の八重子が帰って来た。彼女はさすがに興奮していた。しかし、大体の事情はすでに聞かされたものと見えて、案外にしっかりした態度で口を利いていた。ひとつには、怪我人のないということが、彼女をある程度に落ち付かせていたのかも分からない。

「圭吉君は一時間ばかり前に、あなたのお父さんからのお迎えが来て、どっかへ出て行ったということだが、お母さんはどこへ行っておられるナ?·」署長が急にやさしい声を出した。

「馬鹿署長、まるで不良のような声を出しやがる」

並んで台石にいた鶉ノには、その吉村の言葉で、彼がよほどその娘を好いていることが察しられた。彼は笑っただけで、やはり焼け跡へ注意していた。

「母は今朝《けさ》から里の方へ参っております。父はお昼すぎから何か仕事のことで出かけました」

「どこへ行かれたか分からんかナ?」

「はあ、どこへとも申しませんでしたから――いつもの癖でございますから」

「実はその」と、署長はいっそうやさしい声を出して訊いた。「ご不幸は仕方ないとして、この火事には少し調べなければならぬ点があるのだが、あなたのお父さんまたはお母さん、あなただって構わないんだが、誰かから恨みを受けてるような心当たりは?」

「じゃ放火でございますの、まあ」と娘の理解は早かった。「いいえ、父や母に限ってそんなことはございません。私にも何も」

「圭吉君が養子になるという話が前あったそうだが、あんたは知っていなさらんか?最近沙汰止みになったそうだが――本当のことをいってもらわないと、捜査上非常な手違いを生ずるのでナ」

「いいえ、そんな話はございませんわ、全然――あの、私親戚の者へちょっと知らしたいと存じますから」

学校を出たばかりの娘とは思えないほどのキビキビした応答ぶりだった。彼女はそうして焼け跡を出ようとする、署長がなお何かいおうとする、ちょうど、そこへ警戒支部へ調査に行った以前の係官が帰って来て構わずに報告した。

「全部の学生について取り調べましたが、当時その疑いのあるような者を見た学生はおりません。第五部の学生が二名こちらに参っているそうですが、お訊ねになりましたか、もっとも通路は同じですから、これもたぶん見なかったことと存じますが——」

「するとどういうことになるかナ、他にこの地点から出た者がないとすると、結局は自動車で行った徒弟が怪しいということになるようだが——ええと、さっきの学生はどこへ行ったかナ。オーイ、さっきの学生！」

「ああ空中戦は壮快だなあ」と台石の闇の中で吉村が呟いた。「知ってたってもう何も教えてやるもんか！」

ちょうどその時に、「わっ！　これぁ！　これゃ！　ど、ど、どうしたんだ！」そんな声がして、焼け跡へ来て茫然と立った影があった。影はしばらく無言のままで立ち尽くしていたが、急に、電気をかけられでもした者のように身をかえすと、露地を通りの方へ駈け去ろうとしたが、

「あ、圭吉君！」それと見たか伴岡巡査が声をかけた。

「へ？」と踏み止まったのは確かに圭どんだった。圭どんはすぐ署長の前に連れて来られた。

「ああお前が圭吉か。少し取り調べたいことがあるから署まで一緒に来るように」

「私が、私がですか」圭どんはもう気も転倒しているらしく、「何の疑いで警察などへ呼

ばれるのです？　それより私は、早くこの始末をしなけれゃなりません。親方もかみさんもお留守の時に、こんな大事を仕出かして、のうのうと警察などへ行っていられるもんですか。まず第一に嬢ちゃんに知らせなくちゃ――」駈け出そうとする奴を、こらッと係官に引き戻された。

「娘さんはもう帰っている。今親類へ知らすといって電話をかけに行ったから、間もなく戻って来るだろう。それよりお前は今までどこへ行っていたのだ？」

署長の語調が、八重子へ対した時とは別人のように威厳のあるものになっていた。

「私がですか、私は」といったが圭吉はそこでぐっとつまった。「親方のところへ行ってたんです」

「親方はどこにいるんだ？」

「芝の方です」

「芝のどこか」

「芝ですが、行ってらっしゃるのはどこだか知らないので――」

「今まで行っていて知らないなぞということがあるか、こら。お前だろう主家へ放火したのは？」

署長の声があまりに大きかったので、圭どんは闇の中で、ピクンと飛び上がったようだった。と思うと、こんどは急に大の男が歔欷《すすりなき》をはじめたではないか。

「ふん泣くところを見るとお前だナ。よし伴岡巡査、署までこの男を引っ張って行ってくれ！」

「め、滅相もない」圭どんは巡査に手をとられてしどろもどろになりながら、「私は、私は決して火付けなどいたしません。私は欺《だま》されたんです。親方が迎えに寄来《よこ》した自動車は嘘だったかもしれないんです——しかし私が、どんな目に会ったかお話ししても、きっと信用してはいただけないと思ったので、それが、それが、つい悲しくなって——」圭どんはそこでまた一つ歔欷《すすり》あげた。

「いい加減な造りごとをいって、警官の眼を胡麻化《ごまか》そうとしてもそうはいかんぞ。こちらが信用しないというのはつまりお前が嘘をいう証拠だからナ。欺されたただの何だのと、初手の犯人は誰でもそういう。構わないから伴岡巡査！」

「いいえいいえ、嘘じゃありません。私はひどい——不思議な目に会って来たんです。今帰って来て、はじめて店の焼けたのを知って吃驚《びっくり》したんです！」圭どんは非常な力を出して、巡査の手を振りほどいて、署長の真正面へまわってそうわめいた。「どうかお聞きになってください！　きっと、きっとその男が、店を焼くつもりで私をおびき出したんです！　私には今は親方の身の上も心配です！」

圭どんはそして構わずに奇怪な経験を喋舌《しゃべ》りだしたのである。

四、眠り菓子をくれた外人

――演習開始のサイレンが鳴る十分ばかり前、その運転手は、親方のいいつけで迎えに来たといって花火屋の店へ現れた。革の運転手帽を冠り、黄色い色眼鏡をかけた中肉中背の身なりのいい男だった。

「至急に花火を造る用事ができたので、道具を持っていらして欲しいとおっしゃいました。薬は大方あちらにあるからとのことでしたが――」

その男は多少鼻にかかる声でそう用向きを伝えた。圭どんは、その男が昼間、やはり親方の平左衛門を迎えに来た男だったのを覚えていたので、その言葉にも何の疑いもさしはさまなかった。しかし、おかみさんも朝からいないし、娘の八重子もさっき救護班の方へ行ってしまって、家が留守になるので、それを思ってちょっと逡巡すると、運転手はその様子を察したのか、すぐ、

「店の方は、お隣へ頼んでおけばいいからとおっしゃいましたよ」と注意までしたのである。

圭どんは必要と思われる諸道具を仕事場から運んで来て、運転手も手伝ってそれを少し先の街角に置いてあった自動車へ積むと、まず店の戸締まりをし、隣家へちょっと留守にする旨をこたえて、やがて自動車の中の者になった。

「いや、お召し物はそのままでいいからとのことでした」

運転手がそういったので、圭どんは仕事着のままだった。自動車が動き出すと圭どんは、

「どこですね、親方のいるのは？」そう訊いたのだが、相手は、

「芝です」と簡単に返事しただけで、非常に運転がむずかしそうな様子をした。ちょうど灯火管制の敷かれた後だったので、通りはどこも暗かった。その上頭灯《ヘッドライト》の光を弱めていたので、圭どんはそれを無理のないことに思って、大通りへ出るまでは何も訊かないことにしたのだった。

自動車はそれを聞かれることを恐れでもするかのように、エンジンの音を極度に小さくして、学生らが警戒に立っている通路をのろのろと進んだ。いい工合《ぐあい》に、あるいは不幸なことに、ちょうどその頃に捜空灯の試験がはじまっていたので、学生達は皆空に気をとられ、圭どんらに気は付きはしても、進んでやって来て内部を調べるような喧《やかま》しい者は誰もいなかった。ただ、教官の言葉に憤慨して、油断なく構えていた吉村鶺ノの組が彼らを誰《すい》何《か》しただけだったが、これも、圭どんが吉村を知っていたので、故障もなく煙草屋の角を出ることができた。

自動車は電車路へ出てやがて両国橋を渡った。そのあたりになると、闇ながら見透しが利くので、警戒範囲もやや広くなり、運転手の動作も楽になって見えてきたので、

「芝のどのへんですか」と圭どんはもう一度訊き直してみた。と運転手は、ちょうど自動車を急に停めて、路にいた人間をひとり乗せながら、

「この方にお訊きになってください」

とそれだけいってまた自動車を走らした。花火道具で所せまい車内にはいって来たのは恐ろしく背の高い男だった。男は圭どんの横に腰かけて、

「圭吉サンデスカ、ゴ苦労サマデス」

そういうのが背も高いはず外国人だった。圭どんが驚いているうちに、外国人は音のいい銀か何かの煙草入れを出してピチンと開けて、

「心配スルコトアリマセン、煙草イカガデスカ」

その調子が馬鹿に親切だったので、恐縮して圭どんが商売柄煙草はやらない旨を答えると、こんどはポケットからもぞもぞ小さな紙包みを出して開いて、

「ちょこれいと、オ召《あが》リナサイ。舶来シナデオイシイデス。ヒトツ」

といって、圭どんの手に無理にその重みのあるいい香りのするのを押しつけるのだった。早クオ召リナサイ、早クオ召リナサイと手をとって口まで持って来てくれそうにするので、圭どんはまた恐縮して一口食った。それは圭どんがまだ味わったこともないような美味なチョコレートだった。で二口三口と、いつのまにか圭どんはその方二寸角ばかりのやつを皆胃の腑に入れてしまったのだが、

「マダココニタクサンアリマスカラ……」

外人がそう親切にいってくれる時分には、何だかもう夢うつつの境にいるような気がしていた。走っている自動車の振動が恐ろしく気持ちよくて、

「アナタ、気持チデモ悪イデスカ、オ医者サマへ行キマスカ」

外人のその言葉を朦朧とした意識に聞いたのが最後で、後は、茅場町《かやばちょう》の家と家とに囲まれた狭い空き地で眼をさますまで、自動車がどこをどう走ったのか、自分がそれからどうせられたのか、全く記憶がないのだった。

夜風《よかぜ》で気がついて見ると、空には盛んに捜空灯の光が放射され、砲声が絶えずドンドン轟いている。起きて通りへ出て見ると防毒面《マスク》の人や警戒班の人々が、吉村らに同じようなことをやっているので、圭どんは同じ晩なのだなと勇気が出た。幸いに、寝ていた空き地が電車路に近い所だったから、そこが茅場町であることもすぐに知れた。

はっきりしてきた頭で考えてみると、どう考えても先刻《せんこく》のことが夢のようにしか思われない。いや現在の自分も、街も、砲声も、夢の中の出来事のようにしか思われない。

「店へ帰ってみよう」

そうすれば何もかも分かるという気がしたので、圭どんはそれから真っ直ぐに徒歩で帰って来た。帰って来て見ると家が焼けて失《な》くなっていた。自分はまだ夢を見ているんだろうか、だが救護班に行けば嬢ちゃんがいる、嬢ちゃんに会って話してみれば夢か夢でないか、こんどこそはハッキリするだろう――半ば、そんな不思議な気持ちが圭どんにしていた。そして駈け出そうとした時に伴岡巡査に呼び止められて、圭どんは放火犯の嫌疑で署長に捕らえられたのだった――。

「嘘ではありません、嘘と思し召《おぼめ》すなら、茅場町の警戒の方に訊いてみてください。私はその学生の方に電車路へ出る路を訊いて不審がられたくらいですから」

「その外人が、自動車を停めたというのはいったいどのへんか、あ?」

「暗かったのでよく分かりません、両国を渡って何ばかりも行かない時ですが――」

「そんな馬鹿な話は信用できん」署長の語調には軽蔑し切ったものが含まれていた。「聞いていればいい気になって外人がチョコレートをくれたなどと馬鹿なことをいう。口実に困ると誰でもそんな夢みたいなことをいうんだ。まあ一晩警察のご厄介になって、頭を冷静にしてから物をいうんだ。じゃあ伴岡巡査」

圭どんが何かわめいた。伴岡巡査が圭どんを連れて二三歩行きかけると、そこへ八重子が帰って来た。

「まあ圭どん! どうしたのよ? 圭どんはお父さんの行き先を知っていない?」

「嬢ちゃん!」

といっただけで、こんどは圭どんはわっと声をあげて泣き出した。ちょうどそこへ近所の聞き込みに出かけていたもう一人の係官が帰って来た。係官はちょっと周囲を警戒するような態度を示しながら、これも低い声で、

「署長、面白い聞き込みがありますよ。平左衛門は先々月はじめ、極東火災保険会社に契約したそうです。なお種々の噂を綜合して考えますと、近来、非常な財政困難に陥っていたと思われますが、あるいは――でないでしょうか」

「うむ、それは重大な事情だ」署長はちょっと地上に眼を落として、「なるほど、うん、

これはその方が確かかもしれん。あの徒弟の方だと、結婚できないために放火したとしても、なお多少の辻褄《つじつま》の合わぬ点が考えられるが、主人が金に困って、保険金をとるために放火したのだとすると、なるほど、何もかもピッタリ符合するナ。平左衛門は家を焼くつもりでまず家内を里に帰し、娘が救護班へ行った留守を見はからって、それから徒弟を使って大切な商売道具を運び出させたのだ。つまり人間に被害がないということがそれを証明している。自分の行き先を家の者に誰にも聞かしていないのもそのためだし、第一、これほどの火事があっても、昼から外出していて、今もって帰って来ないというのが何より臭い。よくある事《て》だ、犯人は平左衛門にきまった。が、そうするとやはり徒弟は共犯だ、娘も、ひょっとすると、あんな綺麗な顔はしていても、親父と一つ穴の狢《むじな》かもしれんわい」

署長は自分の言葉に甚だ満足したようだった。そこで急に声を普通の大きさに戻して、

「じゃあ君は、他署とも聯絡をとって、極力主人の行方を捜査するようにしてくれたまえ。ええト、徒弟は共犯嫌疑でやはり署へ連れて行く。娘の方は、ええと――」

署長が考えている時に、その娘の電話で花火屋の親戚の者が駈けつけて来た。調査の騒ぎはもう一度蒸しかえされた。だがその親戚がどう陳謝しても圭どんは許されなかった。

「嬢ちゃん、親方が帰ってでしたら、よろしく申し上げておくんなさい。私は親方の家《いえ》へ放火した嫌疑で捕らえられたといって――」

圭どんはそして連れて行かれた。八重子は親戚の者が預かることになった。焼け跡は平左衛門が帰って来るまで、そのままで親戚と街の有志とで監視することになって一段落つ

いた。

どーんどーんとまだ砲声は聞こえている。吉村は急に起《た》ち上がって鷚ノにいった。

「いくら貧乏したって、平左衛門小父は放火などする人間じゃないや。それに、俺はあの時分、警戒線をこえて、この方角から大通りへ出て行った妙な人間を一人見ているんだ」

係官の一人が、警戒支部へ行って、学生全部について調べたというあの件である。鷚ノが驚いて、

「火事のあの前にか」と訊くと、「うん」と吉村は答えたが、「誰だいそれぁ？」そう訊く鷚ノへはなぜかすぐには答えなかった。

「後で話そう。俺ゃ、ちょっと八重ちゃんに会って来る。煙草屋のところへ帰っててくれんか。俺もすぐ行くから」

そして吉村は、親戚の者に連れられて通りの方へ行く娘の後を追って行った。鷚ノはいわれるままに元のポストの位置へ帰って来たが、もう事件の方が面白くて、演習にはいっこう気が乗らなかった。

演習の夜《よ》の花火屋の火事、放火、怨恨、外人、保険金、そして吉村は妙な人間を知っているという――だがその吉村はなかなか帰っては来ないのだった。

五、低脳組が盗んだ扇子

いったい、この事件はどう解釈すべき性質のものだろう？　警察では保険金の問題から、平左衛門を犯人と見たようだが、導火線が燃え尽くすまでのあの十二三分の間には警戒員で誰もその老人を見たものはないのだ。それに吉村の話でも、老人がそんな浅はかな人間でないことは分かっている。

第一に花火をあげているのがどう考えてもおかしい。花火を揚げたりすれば、まるでこの通り放火したぞと告白するようなものだ。それでは保険会社が金を出さないにきまっている。すると、保険金をもらう目的は失われてしまうではないか。

やはりこれは第一に上がった花火そのものに意味がある。子供のいたずらや狂人《きちがい》の仕業《しわざ》では絶対にない。導火線を使用していること、闇の晩を利用していること、それから見てもこれは立派に計画された犯罪だ。

声を聞いただけの感じでも、あの圭どんという徒弟は、正直そうな人間だった。子供の時からあの花火屋にいるといえば、決して性質の不良な男ではあるまい。すると、その話にあった外人ということも、相当に信用して考えてみなければならぬことになる。その話を信用すると、どうしてもその外人が放火の原犯《げんはん》と考えられるが、さて外人を犯人として考えてみて、なぜ花火屋などを覘《ねら》ったであろう？　何が目的で揚げた花火だろう？

幸い人間に被害はなかったものの、隣家一軒を焼き、近所へ非常な迷惑を及ぼしている。それほどの犠牲をもかえりみず、花火屋を爆発させた原因は何だろう？

——翌日も、演習の関係で学校は休みだった。犯罪の謎については、人一倍興味を持っている鸛ノ少年は、だから朝から机に依って、その点を熱心に考えてみるのだった。がなかなか、その答えを引き出すことは、幾何や代数のように簡単にはいかなかった。

多少倦《う》みかけていたところへ、ちょうど吉村が、

「俺《わし》ぁ腐ったよ、鸛ノ」といってやって来た。

どっかりと胡座《あぐら》をかいた吉村は、白絣《しろがすり》で左手に扇子《せんす》を持っているのだが、柔道で鍛えた身体《からだ》だけあって、まるまる肥えて、服でない時は齢よりかずっと大人に見える。ただ、眼付きや口付きにまだ幼じみたものが残っていて、感じはどこまでも愛くるしかった。

どうしたのかと鸛ノが訊くと、

「平左衛門小父は今朝《けさ》になっても帰って来ないし、八重ちゃんは品川の親戚の家《うち》へ行ってしまうしさ」

と全く可笑《おか》しいくらいの悄気《しょげ》方だった。

「それぁおかしいね」と今までこの事件を考えていただけに鸛ノはすぐ熱心になって、

「保険金が欲しいのなら、様子くらい見に帰るのが普通だろうが――圭どんの方はやはり警察かい?」

「ああ、泣いてばかりいるそうだ。圭どんは、あれでなかなか感傷家だからな」

「君があの時、他《ほか》の部の奴が見なかった妙な人間を見たというのは? どんな人間だったんだ?」

「うん、あれぁ確かにアウレルの奴だったと思うんだが――」

「アウレル先生だって！」

吉村が平気でいった人の名前を聞いて、鸚ノはそう鸚鵡《おうむ》返しにいったほどに驚いた。G・K・アウレルは英国人で、彼らの中学の英語の教師である。

「ほんとかい、それぁ？」

「ああ、俺が掻っ払いをほら連れてっただろ、あの帰りにさ、第三部のところで花火屋の方から出て来るのと打《ぶ》つかったんだが、暗いのではじめは顔なんか分からなかった。その時にちょうど、あの米屋の店が、ちょっとの間店の電灯を点《つ》けたんだ。何の用事だったかすぐ消したけれど、その光で、後ろ姿を見て、俺《おれ》ぁオヤと思ったんだ」

いかにもアウレル先生がそんな所を歩いていることは不思議である。なぜかなら、先生の下宿は上野の奥にあったし、花火屋のあたりには知人といっても持っていないはずだったから。またそして、軍事教練などには平常いっこうに無関心な外人だったから。

「なぜ君は誰何《すいか》しなかったんだ？」鸚ノが訊いた。

「教室の敵討ちにひとつ呶鳴《どな》りつけてやろうかとは思ったんだが」と、吉村はいった。「第三部の警戒区域ではあったし、それに、ほんとうのことをいうと、俺、ちょっと都合の悪いことがあったんでな」

「何さ、都合のわるいことって？」

「俺、あいつの扇子――これを盗んでいたもんだから」吉村はちょっと羞《はに》かんで手にした扇子を示すのだった。

「盗んでたって構いゃしないじゃないか。けれど、うまいことやったね、いつ、どこで盗んだんだ？」

「それがな、昨日《きのう》学校で、教官が訓示を終わって班や部を分けるのがちょっとごたごたしただろ、あの時に職員室へ行って、机の上にあったから失敬して来たんだ。何ばかりも時間が経ってないもんだから、つい感付かれやしないかと、そんなビクビクした気がしたもんだからな」

「だけど、なぜまた職員室などへ行ったんだ？　見付けられたら事じゃないか」

「ううん、試験問題が手に入るかと思ったんだよ」吉村はにやにや笑って、「君ゃ知らんかな、あの時、皆《みんな》が整列した時分には、珍しくアウレルの奴も学校へ来てたんだ。演習に敬意を表するためか何か知らないが、校長も教頭も生徒監先生も来ていたろ、しかしアウレルの奴が、そんなことで夜、学校へ来ることなんかないはずだと思って見ていると、果然、教官の訓示が始まって、校長なんかは玄関に立って皆《みんな》と同じようにあの下手くそな訓示を聞いていたんだが、見るとアウレルの奴だけ、職員室の自分の机で、校庭へは尻を向けて、せっせと何か書いているんだ。俺ゃ、試験前じゃあるし、演習で三日も学校は休みになるし、きっとアウレルの奴、試験問題を造ってるんだと思ったから、訓示がすむと、奴が帰ったのを見すまして、横からまわって行って見たんだ。大丈夫、校長も教頭も班を分ける手伝いを校庭に出てやってたから知りゃあせん。で行って反古籠《ほごかご》を見たんだけど何もないんさ。何か持って来て仲間の低脳組を喜ばしてやろうと思ったんだが駄目だった。それでヒョイと気がついて見ると、この扇子が乗っかっていたもんだから、せめてこいつでもという気で分捕《ぶんど》ってきたんだがな。柄にもなく俳画の扇子など持ってやがるんだよ、アウレルの奴」

鶉ノはその昨日の晩は、少々学校へ行くのが遅れたので、アウレル先生の姿は見ていなかった。しかしこの外人教師の机は、玄関を上がってすぐ右の職員室の、校庭の側《そば》にあるはずだったから、暗い校庭から、明るい職員室はよく見えたに違いない。吉村のやりそうなことだと思いながら扇子を受けとって開いて見ると、それは上等な絹張りの白無地のもので、表にいかにも俳画といった感じの舟と花火の絵がかいてある。

藁束《わらたば》のようにパッと開いたその花火を、下から二三のチョン髷《まげ》の舟の人物が肩のこるように上向いて見ている図だが、ちょっと読みにくいような枯れた筆つきで、その左の隅に書かれてある文字を見ると、鶉ノは驚いて、思わず、ややといって腰を浮かした。

「吉村、オイ、これゃ、花火屋の小父さんの扇子じゃないか」

「何！」

「見たまえ、そら、角屋平左衛門氏の為《ため》に、と書いてある」

吉村は、急いで座を中腰に起《た》って、顔を鶉ノと同じ方向にしてその文字を再吟味した。

「うん為という字は俺にも読めたんだが、これが角屋かい。これゃどうにも平とは見えんな。これが衛門かい、門なんて俺は一の字と思ってたんだ」

それは通人で江戸好みの人々にはよく知られている木場の山半《やまはん》という大旦那が、何かの席で平左衛門に書いて贈ったものだった。中学生の二人にはそんな細かい点までは分からなかったが、同じ優等生でも多少毛色の変わったこの鶉ノ少年は立派にそれがかつては花火師平左衛門の手に握られた品であることを読みとったのだった。

「吉村、これがほんとうにアウレル先生の持ったものとすると、事は甚だ重大になってくるよ」

「平左衛門小父をあいつ知ってたんだろか」

「昨晩、君が見たのがアウレル先生なら、あるいはそうかも分からない。しかし、そうとしていつ頃これが平左衛門氏からアウレル先生の手に渡ったもんだろうか、半年も一年も前に渡ったのならこんどの事件にゃ無価値だからね」

「アウレルの下宿へ押しかけてって訊いてみようや、すぐ判《わか》るだろ」

鶉ノの考えていることは吉村は全然理解していなかったが、相手がひどく熱心になっていることだけはよく感じられた。でそういってみたのだが、鶉ノはちょっとの間黙って吉村の言葉には取り合わなかった。と思うと急に顔をあげて、

「君は八重ちゃんの行ってる品川の家《うち》というのを知ってる?」

「行ったことはないが、町目《ちょうめ》と番地だけは知ってるよ」

「じゃあこれからすぐ行ってみよう。そして八重ちゃんにこの扇子のことを訊いてみれば一番よく分かるに違いない」

「君ゃ電車賃持っとるかい?」

「ある。昼めしも大丈夫だ」

鶲ノが決然として立ち上がったので、吉村も腰をあげた。鶲ノは下宿の小母さんに昼飯はいいからと断って外に出た。

灼《や》けるような七月の炎天の中を、白絣と紺絣と、肥えたのと痩せ型のと、二人の少年は帽子をも冠《かぶ》らず両国へ歩いた。そしてそこから省線に乗ったのだった。

品川で降りて改札で訊いて、毛利子爵の屋敷へ突き当たるあのだらだら坂を上がって少し右へ、そして更に山の手へと入って行くと、間もなくその親戚の家《うち》が見つかった。白銀《しろがね》猿町《さるまち》というのがそこの町名で、親戚の家は相当なしもた家《や》である。

主人は勤め人と見えて留守だったが、上品な奥さんが取り次ぎに出て、怪しみもせずにすぐ座敷へあげてくれた。

「八重子はただ今女中と二人で買い物に参りました。もう帰って参りましょう」

主婦はそんなことをいって、団扇《うちわ》をすすめたり、タオルを出してくれたりしたが、二人は単衣《ひとえ》一枚で涼しい家《うち》なのにいくらでも汗が出た。八重ちゃんはすぐ帰って来た。そして二人を見ると眼をまるくして、

「まあ不良少年みたいね」といったが、吉村から来意を聞くとすぐ真面目に沈んだ声になって礼をいった。「ほんとに有り難うございました」

「まあまあそれは」と監視方々縁近くに陣取っていた小母さんも卓《テーブル》の方へ寄って来た。最初から卓の上に出してあった扇子がいよいよ八重ちゃんの手に取りあげられた。パラリ

とそれが舞いの手で開かれる、あら、と一眼中《め》を見た娘は澄んだ声で小さく叫んだ。
「これは昨日《きのう》の昼、父が出がけに、着物と一緒に私が揃えて出したもんですわ。去年の川開きの時に父がご贔屓《ひいき》から頂いた品で間違いありません」

六、砲術家が揚げた目的

扇子は、ついに平左衛門小父の品に違いないことが確かめられた。しかもそれは、昨日の昼、行く先も告げずに出た平左衛門が手にしていたものと判《わか》ったのである。

その扇子は教師アウレルの机上にあった。火事の直前、アウレルが花火屋の付近にいたという吉村の話などから考えれば、あるいは扇子は、昨日の昼から夕方までの間に、この変物《へんぶつ》の花火師の手から、女のように態度のやさしい外人教師の手へと渡ったものでもあるのだろうか。

もっとも、それがアウレルの机上にあったから、必ずアウレルの持っていた品と一概にいえないことは分かっている。しかし、徒弟圭吉の話にあったチョコレートのあの外人のことを事実とすれば、江戸前の花火師とバタ臭い外人と、そのつながりが不調和というだけで、何かの間違いとしてしまうのも早計である。

事はかかって放火事件の上にあるのだが、実際にアウレル教師がこの扇子を所持していたものとして、それと、あの吉村の話にある火事直前の、アウレル氏が花火屋付近を徘徊していたというその疑いと、この二点だけで、簡単に同氏をこの奇怪な放火事件の犯人と見てしまうことができるだろうか。

よし犯人と仮定してみて、しからば何が故《ゆえ》に花火師などへ放火したか、そこに考え至ると、いったい引き出される答えは何だろう？　あの焼け跡でそれが商売である本所署の署長は、はじめ花火好きな子供ではないかといった。次には狂人の仕業かと怪しんだ。そしてアウレル教師は子供でもなく、立派に中学に教鞭をとっている以上狂人でもないのだ。

吉村は、花火屋の一家の潔白を信じて疑わない。だが、行き先も告げないで出て行った平左衛門である。名人肌で、年中貧乏でいた花火師のことである。それがわずか二ケ月前に、火災保険に入ったことを考えると、署長が平左衛門を疑ったのも無理がないといえる気がする。

家《うち》を焼いて、悔いのないばかりか、非常な利益を受けるのはまず平左衛門である。次はその妻と娘である。無論徒弟もその恩恵に与《あずか》るだろう。しかもその四人、いずれもあれほどの凄まじい火災に微傷《びしょう》ひとつ負わずにいるのではないか。

ただ平左衛門の犯行として幾分原因が不鮮明に思われるものは、第一にそれが花火を揚げたことと、仕事道具を――これはよき画家がよき筆を選ぶと同様、製作にたずさわるほどの誰もが生命《いのち》の次に関心を持つものであり、これを持ち出したことは半面に自ら犯行を告白することにもなるのだか――それを運び出した不注意とであるが、これとて、前者をその奇癖から、後者を演習の闇で発覚なきものと見たためと考えれば説明のつかないこともない。

とすれば徒弟圭吉は、署長の推測と同様やはり共犯と見ることができるようであるが、ここに平左衛門を犯人と仮定して不審であるのは、時がちょうど川開き前に当たっている一事である。

いったい今の時世で花火の用途といえば何であろう？　軍《いくさ》の合図に烽火《のろし》をあげた戦国の昔ならいざ知らず、今ではその大部分が催し物の添景、夏の夜《よ》の観賞物に限られているのではないだろうか。そして川開きはその両者を一にしたしかも全国的な、花火師にとっては年に一度のそれも大きな生活のポイントともいえるのではないか。貧《ひん》であれば貧であるだけ、いや名人であれば名人であるだけ、行住を清雅にすべきはずのこの半月あまりではなかろうか。

だがそれほどの大切な時機であるが故《ゆえ》に、かえって人の眼を偽るためやったものともなおいえばいえよう。しかしそれなら、火薬、爆薬、爆発物等に明るい有名な花火師が、なぜ方法に幼稚な導火線などを用いたろう？　いかに爆発が大きくとも、いや大きければ大きいだけ、発火点に空気の嵐ができる関係で、常に導火線の一端はそこに残存することは、その道に入ったどんな初心者もが知るところである。とすれば誰が好んで自己の犯罪を告白するような迂闊をしよう。

これをしもなお、素人の行為と見せかけるための平左衛門の計画の一部といおうか、その誤った推理であることは年に幾十という犯罪を取り扱うその筋の人々が、すぐに、犯人

ないか。

この物凄く散文的である世の中では、それが職業であり生活である警察の連中でさえ、それに一顧をも払わなかったように、誰もそんな細かな点を考える者はないのである。あるのは空想を事とする小説の中だけで、この点、幾分でも平左衛門が放火に関係ない証左とはならないだろうか。

甚だ持ち回った考えであるが、ここにおいて教師アウレルは問題となり得《う》る。しかもそれが花火を揚げた目的について、考えれば何かの答えが得られないだろうか。今催し物、観賞の物として生命《いのち》を保っている空の芸術は、昔、砲術家がした軍用の烽火《のろし》にその歴史の端を発している。烽火は音を発し、あるいは火煙、白煙等《とう》をあげるのが目的であった。花火は、目的こそその美しい火花の変化を空に描くことにあるけれども、音を発する、火、煙をあげる、形の上では戦国の烽火と大差はない。古来その形態の変移の乏しいものに、雨を凌ぐ物、足に穿く物等があるが、もしそんなことを研究している学者があれば、必ず花火もその材料の一つに加えられているに違いない。つまり花火は、現在でも烽火の目的に使用されて構わない代物《しろもの》である。烽火は軍の合図を目的にした。

教師アウレルは、花火を何かの合図に用いたのではなかったろうか。

教師といえど外人である。時こそ仮想敵国のある防空演習の夜である。いや、適法に居住している外人だからといって、ぼんやり見遁《みのが》しておいてよいものとはいえないではないか。
殊に、アウレル先生は昨晩学校に来ていたという。しかしこれまで、授業以外についぞ姿を見せたことのないい人間である。茶話会《さわかい》、音楽会、昼でさえ来たことのない人間が、殊に夜、それも軍国主義に三百からの若い血が燃えている防空演習の当夜に近頃印度《インド》通商問題などで毛嫌いされている英国人が、何でそんな場所へやって来たろう？　吉村がいうように、試験問題の作製か何かのためであればいいうことはない。だが試験問題は、それほどにしてしなくとも、充分他《ほか》にも時間や場所のあるはずである。もしアウレル先生が、それとなく、校庭における教官の訓示、いや、警戒班の配置関係を知らんがために来ていたものと考えた場合はどうだろう？

吉村によれば、アウレル先生は鸛ノらが学校を出発する前、すでに職員室から去っているのである。警戒の配置を聞いて、そのまま花火屋の付近へ出かけたと考えても、時間の上に不都合はない。そしてアウレル氏は、見事に、ただ吉村の眼にその姿を与えたのみで、他《た》の二十幾名かの警戒員の誰何《すいか》を逃れているのである。

その疑いの上に花火絵の扇子がある。扇子はアウレル先生の行為や目的を決定する鍵といえる。これが校長か生徒監か、あるいは教頭かの手でその机上に置かれたものだった場合は、無論問題は違ってくる。アウレル氏が公明な事情の下《もと》に、平左衛門小父から譲られたものだった場合と同様である。が、その他の場合は、相当究明していい性質のものではないだろうか。

そのいずれかを決定するためには、何よりもアウレル氏自身に面接してみるのが第一であった——で鸚ノ吉村の二人は、今、同氏の下宿へ向かって上野公園の暑さの中を歩いていたのだ。

七、職員室に残した詭計《きけい》

教師アウレルの下宿は、東京美術学校の間をぬけて行ってすぐ左手の一画にあって、下宿とはいうものの、和洋折衷の小じんまりした一棟《ひとむね》である。アウレルはそこに四十過ぎた婆やを一人置いて住んでいた。

「留守でなきゃあいいがねえ」

と鸚ノが心配そうにいって八ツ手のある小門《こもん》にかかると、ちょうどその婆やが出て来るのに逢って同氏の在宅が確かめられた。

洋間の方ですから構わず上がっていらっしゃい。私のことを聞いたらお使いに行ったとおっしゃってください。なあに茶目の先生のことですから礼儀もヘチマもありません。

初対面ではあったが、婆やは二人を善良な学生と見たのか、権威ある人のようにそういってそのまま門を出て行った。教師アウレルも一般外国人と同様、女性に対してはひどく謙譲であるように思われる。

玄関から靴のまま上がれる廊下になっていたので、二人は構わずガタガタ上がって行くと、すぐ右手の洋間に、アウレル氏が机に向かっている姿が窓越しに見えた。いや二人の跫音《あしおと》に氏が振りかえるのとが一緒だった。

「先生!」と鶲ノが意味もなくいった。

「オヤ、ハトノサン。オハイリナサイ、ドウゾ」

教師はさすがに優等生の名を知っていた。吉村の顔は覚えていても名前は失念したらしかった。しかし外人特有の愛嬌で二人を迎え入れ、ちょうど二個ある椅子をすすめたりしたが、その次に教師がしたことは、おそらくそれまで調べてでもいたものだろう、机上にひろげてあった地図様のものを手早く畳んでしまったことだった。が鶲ノは、その教師の動作に、何やら狼狽《あわ》てたもののあるのを早くも見て取っていた。

「先生、実はこんどの試験問題について話していただきたいので上がったのですが――」

「試験問題ヲ、ナゼデスカ」

「ご存知でしょうが、昨日、今日、明日、と三日間防空演習があって、疲れて勉強ができないんです。それで、読本の何ページくらいから出るかでも教えていただければ大変助かると思ったもんですから」

「鶲ノサンデモソンナデスカ。問題ハ九十頁《ページ》カラ習ッタマデノ間デ出シマス。皆サンニモ教エテアゲテクダサイ。ソレ以上ハイワレマセン」

教師アウレルはそうあっさり伝えて、思い出したように婆やの名を呼んだが、鶲ノが使いに行ったことを告げたので、自分で台所へ起って行って、コップと鉱泉水の瓶とを盆に乗せて持って来た。

「コレ、すいすノ水デス。味ハアリマセンガタイソウ身体《からだ》ニヨロシイ。オアガリナサイ。ちょこれいとモアリマス」

教師は書架の横から紙包みを取り出して来て盆の横に開《ひら》いた。鶉ノと吉村は舶来の品らしいそれをめいめいの気持ちで横眼でジロリと睨《にら》んだのである。

「先生は昨日《きのう》の晩、学校にお出《い》でになっていましたね。皆、試験問題を造っていらっしゃるんだろうといって内緒で騒いだんですが？」

鶉ノが突然に切り出した。吉村は何もかも優等生にまかせて、自分はただ椅子にかけて行儀よくしていた。

「参リマシタ」と外人は答えた。「ケレド試験問題デハナカッタノデス。教科書ノ入用《にゆうよう》ガアッタノデ取リニ行キマシタ。皆サンノ勇マシイ武装モ見テ喜ビマシタ」

「先生はその時何か忘れ物をなさいませんでしたか、机の上に？」

「忘レモノ、私ガデスカ、ハテナ？」

「日本の扇子ですが、中に花火の絵が描《か》いてある奴です」

「イイエ、違イマス。私ノハ同ジ扇デモ何モ描イテアリマセン。私ハ忘レマセン」

「先生の机の上にあったから、先生がお忘れになった物とばかり思ったんですが、それじゃあ他《ほか》の先生のですね」

「ソウデショウ。ケレド私ノ机ノ上ニアッタノハ不思議デスネ。今デモ机ノ上ニアリマスカ――ドウゾちょこれいとオアガリナサイ」

教師はそういってコップに水を注ぎ、チョコレートを再びすすめて、自分も一口水を飲んだ。吉村はすぐにコップに手を出した。

「今でもあると思います。昨晩見たままで、今日は休みですから、誰も先生の机へ行った者はありますまい」

「ちょこれいと、イカガデス?」

「いただきます」

鶉ノはそういうと、その外国風な奇麗な表装の、方二寸ばかりの奴を二個、紙包みから取って、そのままこれを手巾《はんかち》に包んで懐に入れた。

「僕、いただきます」

吉村がはじめていって、これは五個ばかり鷲掴みにした。

「オヤ、モウ帰リマスカ。モ少シ遊ンデイラッシャイ。私モ、今日ハ何モ用事アリマセン」

「有り難うございますが、勉強しておかないと後で後悔しますからもう失礼いたします。吉村、帰ろう」

会見の目的は達したのか、ひどく簡単な鶉ノの態度だった。吉村は何やらまだ解け切れぬものを感じたが、優等生に信頼して同じく腰をあげた。二人は並んで先生にお辞儀をした。

「先生さようなら。有り難うございました」

教師は玄関まで送って出た。始終ニコニコとはしていたが、態度のどこかには何か苛々《いらいら》するものが見えていた。

「アウレルの奴、自分の扇じゃあないといったが、ほんとうだろうか」

美術学校の通りへ出るとすぐ吉村が不服げにいうのだった。

「当然《あたりまえ》だよ。扇子は平左衛門小父の物なんだから。それにアウレル先生だって、自分が持っていたなんて馬鹿はいわないさ。そんなことをいや、たとえ相手が中学生でも大変なことになるくらい分かっているからね」

「じゃあやっぱりあん畜生が持ってたんかな」と吉村は鸛ノの返事に驚いて、

「だがなぜ?」

「なぜって僕が花火の絵の扇だといった時に、先生、いいえ違いますといって、ひどくせきこんでいたじゃあないか。全然アウレル先生が扇を知らないのなら、あんな返事の仕方はしないよ」

「なるほど。それなら昨日の昼から晩までの間に、平左衛門小父の手からアウレルの手へ渡ったもんに違いないな」

「非常に公明正大でない方法でね。たぶん」

「どうして?」

「アウレル先生が公然平左衛門小父を知ってるなら、花火の絵といったってあんなに驚きぁしないはずじゃないか。公明正大に手に入れてたものなら、違うなんていわないで、その手に入った経路を説明するよ、きっと」

「うん」吉村は鶉ノの考えに恐ろしく感心して唸《うな》った。「君はやはり優等生だなあ。しかし、そうと分かるとこれからどうする？」

「このへんに隠れていて、もう一度アウレル先生が扇子を持っていたかどうかを確かめるんだ」

「ここに隠れていて？」

「ああ。先生が扇子を忘れていたのを人に見られて、それが花火の絵がかいてあると知られるのが都合のわるいものなら、先生きっとそれを取りに出かけるから、それを見張ってれゃなおよく事情が分かると思うんだ」

「なるほど、それでまだ扇子が机の上にあるなんていったんだな。よし、あん畜生が出て来るか出て来ないかここに頑張って見届けてやろう」

そこはちょうど、美術学校を公園の中へ出きったところだった。美術学校の塀《へい》の根に身を寄せて、首だけ出して通りを見透すとアウレル教師の下宿の小門《こもん》が見える。教師が外出するとすればどうしても二人の眼につくはずである。

「あ、それを食っちゃいけないよ！」洋画部の塀の根にいた鶉ノは、日本画部の塀にいる吉村が、袂からさっきのチョコレートを出して口に入れようとしているのを見て叱咤《しった》した。「吉村、圭どんの話を忘れたか！」

午後二時という炎天の真っ盛りである。美術学校の通りは乾いて真っ白に光っていた。通行の人もまだ一人もいない。モデルらしい洋装の女がやがて、二人のいる方から日傘をかたむけてやって来て、洋画部へ入ったきり——だがそれから六七分すると、出た、出た、アウレル先生が蝙蝠《こうもり》傘をさして、少し前踞《かが》みの姿勢で注視の小門を出て来たではないか！

「早く！」

鶸ノは吉村に手で合図した。そして二人は動物園の方角へどすどす逃げた。

「今日は別に用事がないといった先生が、この暑いのに出かけるんだ。よほど重大な用事ができたに違いない」

桜の木蔭まで来ると鶸ノが汗をふきながらいった。

「追って行こうか」

「いや、学校へ行くのは十中九まで間違いない。それより、うまく見つけられないように先生を監視しよう。先生が駅の方へ行ってしまったら、こんどはも一つ大仕事があるんだ」

吉村はふうふういいながら、帯をほどいて締め直した。チョコレートの包みが袂《たもと》の中でぶらぶらした。

「美味しそうだがなあ。捨てちまって子供でも拾って食ったら大変だし——」

「持っていたまえよ。後でまた何かになるかもしれないから」

そうした二人の監視兵があるとも知らず、教師アウレルは相変わらずの姿勢で、だが考え深そうに視線を落として、足早に駅の方へ歩いて行った。その姿が科学博物館の角を曲がって見えなくなると、

「さあこの間《あいだ》だ、もう一度先生の下宿へ行ってみよう」鶉ノが汗をふるって歩き出しながら、

「もし婆やさんがいたら、君、何とか嘘でいいから話をしかけて、五分か六分、婆やさんを外へ連れ出していてくれないか。その間に僕は、あの書斎へ行って少し調べてくるものがある」

「嘘いうのかい、俺が？　不得手《ふえて》だなあ」

と吉村はいったが、鶉ノにある熱心と同様なものが、この少年の胸にも燃えていることは否めなかった。それは鶉ノに対する信頼だった。子供といわれた署長への怒りだった。八重ちゃんに対する純情からでもあった。二人はほとんど駈け足のようにして、再びアウレル氏の下宿へととって返した。

まず吉村が玄関へ行ってベルを押したが、返事も、誰も出て来る者もなかった。

「オイ、誰もいないよ、玄関は鍵がかかっている」

表の通りで待っていた鶉ノは駈け足でやって来た。念のために自分でも玄関の戸に触れてみたが、その開《ひら》かないのを知ると、すぐに右手の裏庭へ入って行って、

「ここならどうにかして入れるだろう。君すまないが台になってくれないか」

鸛ノが見上げたのは洋室の窓である。それはペンキを塗った鎧板《よろいいた》の上に、鸛ノが手をあげてやっと指先が届く程度の高さにあるのだ。

「よし来た」吉村は躊躇なくいって、生え揃った雑草の地面へ手をついた。締めてあった窓を鸛ノはいろいろにしてやっと開《あ》けた。吉村の背を思いきり蹴るとうまく上体が窓がまちへ乗ることができた。

「有り難う。「じゃあ君は通りに出ていて、婆やさんが帰って来たら引き止めていてくれたまえ。二分か三分かだ、すぐ僕も行く」

鸛ノはそういいおいてどたりと室の中へ転がりこんだ。吉村は起きあがって手をはたくと、大急ぎで通りへ引き返して行った。

八、赤鉛筆で示した地図

浅草松坂屋の屋上から、日中江東の一帯を見渡すと、震災後急造されたままの家々の間に、黒い煙突の林立していることが第一に眼につく。これは工場の多い地帯を物語り、眼下の隅田水景に対比して、ひどく自然的美観を殺している。鸛ノの下宿、吉村の家、それから二人の学校などはこのくろい風景の中にあるのである。

しかし今、鸛ノが熱心に江東の一帯を眺めまわしているのはその愛着のためからではなかった。彼は手に一枚の地図を持って、それと、遠い屋根屋根とを見較べているのだが、この帝都東部の地図こそ彼がアウレル教師の書斎から盗み出して来たもので、それには不審な円や点《ポイント》が、一二赤鉛筆で記されているのだった。

鸛ノはそれらの円や点を発見した時、アウレル教師が狼狽《あわ》てて二人の前から地図をかくした原因を知ったと思った。そしてその点の一つが、ちょうど花火屋の所在を示していることを理解して思わずギクリとしたのであるが、その花火屋を中心にして、小なる円が一個、そしてその円の一端にコンパスを立てる。更にこんどは大なる円が一個描かれている意味になると、ほとんど見当がつかないのだった。

他の点は大なる円の中に三個、円の一端にやや色の濃いのが一個、都合四個記されてあったが、これも何を意味するものやら不明だった。

しかし、もうアウレル教師と花火屋の間に、何らかの関係があることは動かせなくなったので、彼は万一を思って、吉村にはなおアウレルの下宿を監視してくれるようにいい残し、自分はその謎を解かんとしてこの展望のきく松坂屋の屋上にやって来ていたのである。

まだ四時前後の眼も眩みそうな暑さで、噴水をしたりキャンプの感じを出した天幕《テント》や草原《くさはら》が造《しつら》えてあったりしたが、屋上には二三の人しかいなかった。しかも背広姿の二人の人は、失業者でもあるのか、夏帽子を顔に乗っけて、ベンチの上に長々と寝ていた。これは少年の思索にはかえって有利な光景だった。

「なるほど、あれぁ帝都会社のガスタンクだ。しかし……」

鸛ノが呟いた時、その指先は地図の、大なる円の中心を抑えていた。小なる円でいえばその一端に当たっている。

「小なる円の中心から花火を揚げる。その目的は大なる円の中心を定めるためと思われるが――花火によってガスタンクを爆発させることができるだろうか」

鸚ノの眼は、地図から風景へ、風景から地図へと移されては最後にしばらく瞑《つむ》られるのだった。

「アウレル先生がなぜガスタンクの爆発などを企てたろう？　会社へそんな恨みを持っているだろうか。いやいや、ガスタンクが目的なら、タンクを中心にした大なる円は意味をなさない。もしガスタンクが爆発するとすれば、この円のうち一帯に影響があるのではあるまいか。すると、アウレル先生の目的は、この円内の人々を、家々を、爆発の力で殺傷するにあったのだろうか。だがそれはいったい何のために？　……」

そこまで考えてきてぱっちり眼を開《ひら》いた鸚ノは、キッとして大なる円の一端に記されたあの点《ポイント》を見た。急いで地図から、その方角へ眼を転じて見ると、鸚ノはギョッとしたように一瞬身を顫《ふる》わせて一歩前に踏み出していた。

そこは路のりにして、ガスタンクからは半キロばかりの地点で、赤煉瓦の煙突が二本、同様赤煉瓦のいかつい建物の一部が見えているのである。

「タンクが爆発する、家も人も吹き飛ばされる、火は優《ゆう》にあの地点まで飛んで行く――」

呟くと鸚ノは急いで七階への階段へとってかえしたが、その顔の色は真蒼《まつさお》だった。

「そんな恐ろしいことがあるだろうか、僕は勝手な夢を見てるんじゃないだろうか」

鸏ノの頭を占領したものは、彼がやがて二階東武電車の待合の、吉村と打ち合わせてあったベンチへ行って、ちょうど監視から帰った吉村の話を聞いた時に動かしがたい観念となった。

「収獲があったぞ、鸏ノ」そういった吉村はふうふういって眼を輝かしていた。

「アウレルの奴は待っても待っても帰って来なかったが、その代わりにあの運転手の奴がやって来た。そら、色眼鏡をかけて革帽子の身なりのいいと圭どんの話にあった、あん畜生に違いないんだ。自動車で来て、あの門の前で停めて入って行ったんだが、アウレルが留守だったからだろうすぐ出て来たんだ。俺がその時にどんな冒険をやったと思う。鸏ノ、俺《おれ》ぁ運転手がすぐ引っ返して来ると思ったもんだから、先生が門を入るのを待って、自動車《くるま》の中に入って、運転手席の背《うし》ろへ小さくなってかくれてたんだよ」

「小さい声で、小さい声で」と鸏ノは興奮している友人に注意した。

「うん、すると奴《やっこ》さん、帰って来るなり内部《なか》も見ずに、すぐとブーブー走らし出したじゃないか。俺ぁ見付かったら取っ組み合うつもりでいたから割に平気じゃあったが、走って行く方角を知るのには苦労した。首でも持ち上げて鏡へ映りでもしたらお終《しま》いだからな。でとうとう行きつくまで分からなかった。が、行った先は麹町《こうじまち》の、九段の裏側に当たる外人倶楽部なんだ。俺ぁガレージから這い出したんだから、自動車《くるま》はいつもあそこに置いてあるのに違いないない——」

気付かれずに這い出した吉村は、その洋館がどの窓も全部閉められてあるのをまず見てとった。ひっそりした屋敷町の、周囲に空き地を持った灰色の建物だった。自動車《くるま》があるので空《あ》き家でもあるまいと考えるところへ、横の勝手口の方から、洋食屋の出前持ちが出前の箱を下げて出て来るのを見たので、彼は構わず正面から打《ぶ》つかって訊いてみた。その結果、そこがグレートイングランド何とかという長い名前の外人倶楽部とは分かったが、ここに集まる外人はわずか六七名で、それも毎晩というのではなく、いつもはその混血児《あいのこ》の運転手が番として住んでいるだけだとの話だった。

「じゃあそれぁ運転手のご馳走なんだな？」

と話のつぎ穂に困った吉村が出前の箱に目をとめて訊くと、出前は話好きな男と見えて、

「運転手さんが召し上がるんですが、昨日《きのう》の晩から二人前になりましたから、誰かまたひとり雇われた人があるのかもしれません。いいえ外人がライスカレーなんて食べるもんですか。ですが不思議ですよ、二人前持って行くんですが、いつも一人前は手もつけずにあるんです。ほら、ね」といって箱の蓋《ふた》をちょっと持ち上げて中の二つを見せながら、「昨日の晩も、今朝《けさ》も、今だってこの通りです。暑い時じゃあるし、すぐわるくなるんだから、食べないのなら注文しなけれゃいいでしょうに。もっとも私の方としては、何人前でも注文されるのは多い方が儲かりますがね」

この、自らの目的を果たさない食物《しょくもつ》はいったい何を語っているだろう。運転手は圭どんの話にあったあの平左衛門小父を乗せて行った男に違いないのである。そして行く先の知れないのは平左衛門小父一人である。

「俺ぁ平左衛門小父がその外人倶楽部にいるんだと思うんだ」話を終わって吉村が意見をのべた。「平左衛門小父は洋食なんて絶対に食わん人間だからな。それでよほど中へ入ってみようかと思ったんだが、チョコレートや圭どんの話などを思い出すと気味がわるくなって、もしヘマやったらつまらんと考えたから、まあ君に一度相談してからと思って帰って来たんだ。きっとあのライスカレー食わないのは平左衛門小父だぜ」

鶉ノも吉村の言葉に同感だった。そしてしばらく考えていてから、

「こうしよう」といった。「僕はこれからちょっと伴岡巡査に会って来る。君は一度家《うち》に帰って、飯食って、武装して、両国の駅へ行っていてくれないか。一時間あれぁ充分だろう。五時半に駅で会おう、それから一緒に麹町のそこへ行ってみよう」

「だけど早い方がよくはないかな、ライスカレー食わないとこで見ると、平左衛門小父は監禁でもされてるんだと俺《おれ》ぁ思うんだが――」

「早い方がいいにはいいが、もし向こうが運転手一人でなくて、その上に武器でも持ってたらどうする？　まだハッキリは分からないが、吉村、この事件はほんとうは僕らよりもどうやら憲兵隊の仕事に属するものらしいんだよ」

「憲兵隊だと！」

と吉村は驚いて訊き返したが、急ぐからといって、鶉ノはそれ以上をいわなかった。二人は松坂屋を出て市電に乗った。そして吉村はわが家へ、鶉ノは伴岡巡査がいるはずの交番へ、名々が胸に大きな期待を抱いて、電車を降りると五時半を約して別れたのだった。

九、憲兵隊を呼んだ洋館

「君は何の用事で伴岡巡査に会いに行ったんだ？」

両国の駅で、鶸ノを待っていた吉村は、その姿を見るとすぐに訊いた。

「いやちょっと、昨日の火事の時に、花火が何発爆発したかと思ってね」

答えた鶸ノも制服にゲートルを巻いてちゃんと銃を持っていた。今夜も二人は昨晩同様警戒に立つはずなのである。二人は飯田橋までの切符を買って改札を入った。

「しかしそれゃ何のためなんだい？」

「品川へ行った時に訊いてみたら」と鶸ノは静かに、「八重ちゃんは、川開きに使う花火は十二個できていたといったろう。その花火が全部爆発したかどうかを調べたんだよ」

「ふうん、それで？」

「結果は五個か六個残っている勘定になった。あれで伴岡巡査はなかなか偉いところがあるんでね、ちゃんと、最初の花火が揚がってから、後の爆発を数えていたんだよ。あの騒ぎの中で、爆発は七回だったそうだ、すると、焼け跡にそんな物は残っていなかったから、五個はどこかへ運び出されたことになる――」

発車の合図が鳴り出したので、二人は急いで電車に乗った。電車の中はほとんど満員で、二人はそんな重大な話をつづけることができなかった。

飯田橋で降りると、二人は九段の方へあのだらだら坂を歩いて行った。問題の外人倶楽部へ行きつくまでには、だいぶの時間が経ったのだが外はまだ明るくて、吉村も路を間違うようなことがなくてすんだ。

二人はまず、窓の閉まっている倶楽部の外を一まわりして見た。しんとしていて人の気配はない。しかしガレージに自動車《くるま》が置いてあるからには、少なくも運転手だけは中にいるのであろう。

「玄関へ行ってベルを押してみようか」吉村がいった。

「僕はそれより、もっと悪埒《あくらつ》な手段をとった方がいいと思うんだが」といって鸚ノはなお不審らしい吉村の表情へ答えて、

「玄関から行って、誰もいないなんていわれて閉め出されては、平左衛門小父がいるかいないか分かってないだけに後が困るよ。だから、何でも中へ入って確かめるのが一番だ。君はガレージへ行って、あのジージーって奴を滅茶苦茶に鳴らせよ、そしたらきっと運転手の奴が出て来るから、君はそいつを倒す、僕はその間《あいだ》に中へ入る――」

「よし来た、運転手をやっつけておいて俺もすぐ行こう。まだ中に変な奴がいるようだったら怒鳴ってくれ、じゃあいいな」

鸚ノがうなずくと吉村はすぐガレージへ行った。と思うと鸚ノの考えた通りのことがそこに起こった。

ガレージからやけにガアガア警笛が鳴った。倶楽部の勝手口が開いて運転手が飛び出し

て来た。勝手口の横手に待機していた鬚ノは、運転手の姿がガレージへ入ってしまうのを見届けると開かれたままになっている扉《ドア》から倶楽部の中へ躍りこんだ。

「花火屋の小父さあん！」

感じで、別に人がいないと見たので鬚ノは精いっぱいの声を出してみた。わあんとそれがほの暗い廊下に反響する。と、どこかの部屋でコトコトとかすかな音がした。

「花火屋の小父さあん！」

もう一度呼んでみる、と、またしてもコトコトと床をでも叩《たた》くらしい物音。鬚ノはコック部屋らしい畳を四畳置いた部屋から廊下に出て、もう一度、

「小父さあん！」

と呼んで耳を澄ました。コトコトという音はすぐ右手の部屋らしい奥から聞こえた。彼はいそいで鎧戸の下りている廊下の窓を開け放した。夕方の光がサッと流れこんで来て把手《とって》のある扉《ドア》を照らした。扉の左右は白い壁で、右の壁は上半部が飾り硝子《ガラス》の戸のたくさんある窓になっている。その戸の一つを押して部屋の中を覗くと、奥に寝台《ねだい》が見えて、その足許にどうやら人間らしいものが一人転がっている。

「吉村、吉村！」

と廊下の窓から怒鳴《どな》っておいて、鬚ノが振りかえると寝台《ねだい》の下のものが、ごろりと動いた。扉の把手を回してみると苦もなく開いたのでそのまま駈けこんで見るとなんと！　羽織の男が麻縄で縛られて、口には猿轡《さるぐつわ》をかまされているではないか！

さすがに鸛ノがギョッとするところへ、

「鸛ノ、どっちだ?」

とどたどた駈けこんで来た吉村は、一目見るなり、

「おお小父さんだ! もう大丈夫」

といって早速その縄目を解きにかかった。結び目が硬いので、鸛ノが銃剣を抜いて少しこすってみたが駄目だった。

「そうだ庖丁がある」

鸛ノは思い出してコック部屋に取って返すと、炊事場に近く設けてあった庖丁かけから一番光ってる奴をぬいて平左衛門小父のところへ帰って来た。

「吉村の坊ちゃんどうも有り難う。昨晩から飯を食わねえんで、頭の工合《ぐあい》が変ですわい」

平左衛門小父が最初にいった言葉はそれだった。元気そうにいったが足許がふらふらしていた。二人は平左衛門の希望のまま、まず勝手口から外へたすけ出して、平左衛門を踏み石へかけさしてから水を与えた。

「運転手は?」

「めんどうだから落としておいた」

吉村は技にかけては豪胆だった。人一人を締めて平気でいた。

「大丈夫か」

「うんすぐ生きる。そうだ、あの縄であん畜生を縛っておいてやろう」

吉村は何分かかかって、平左衛門が縛られていた縄で運転手を縛りあげた。

「一体どうなさったんです?」

鶉ノが訊くと、小柄な老人は水の力でぐっと元気になって、

「あんた方は、どうしてわしがここにいることを知りなさったな?」

鶉ノはかいつまんで火事からのことを話して聞かせた。誰も怪我がなかったと聞いて老人は喜んだ。

「なぜわしをこんな目に会わしたのか目的はわからんが――」

といって老人の話すところによると、まず昨日の昼、運転手が来て、仕事をお願いしたいからその相談に来て欲しいといって老人を自動車に乗せたのだった。

老人には贔屓《ひいき》からのそんな迎えが来ることがこれまでにもあったので、疑いもしないで自動車に乗った。そして来たのがこの倶楽部であるが、知らない路をひどく回り回ったので方角などは分からなかった。部屋に入ると二人の外人がいて、ひどく叮寧《ていねい》にしたうえで、外国へ持って帰るのだから、至急花火を造ってもらいたい。金は充分に出す、ただし、都合があるから家《うち》へは帰らずに今からここでやってくれ――そんな話だったので、老人はそれは規則に反するからといって断った。ところが外人はたってという。老人がついに怒り出すと、じゃあ仕方がないといって、運転手との三人がかりで老人を縛りあげた。飯時には何やら臭い飯をもって来て、猿轡を外してくれるのだが、腹が立ってるから食ってやらなかった。怒鳴ったりするとすぐ殴ってまた猿轡をはめられた。お前さん方の国と戦争し

て、負かしてやるぞといったら外人の奴がハァハァハァと笑いやがった。だからわしは昔から毛唐《けとう》は嫌いだといったんさ。――」老人はそう語って寂しい笑いをした。

「その外人はどんな様子をしていました？　歩く時にこんな格好じゃなかったですか、鼻がこんな風にひん曲がって？」

鶡ノがアウレルの様子をやって見せると、老人は、その通りだと答えた。

「あんたは役者になれぁきっと出世をする」

鶡ノはそれだけ聞くと、吉村にちょっと待っていてくれるようにいって、五分ばかりどこかへ行って来たが、

「今、憲兵隊の人が来るから、小父さんも今しばらく待ってください。君は活を入れることは知ってんだろう、運転手を生かして欲しいんだがね」

「活もへチマもあれぁせん、よし、待っててくれ」

吉村はガレージから、ぐるぐる巻きに縛った運転手をかついで来てドサリと地上に投げ出した。何やら運転手が呻《うめ》いたようだった。

「ほら、もう生きたよ」

彼は事もなげにいって、運転手の姿へ一瞥をくれたが、何と思ったのか倶楽部の勝手口から入って行って、バケツに一杯水を汲んで来ると、ザア！　とそれを運転手の顔の上に打《ぶ》ちあけた。

運転手がぶるっと身を顫《ふる》わして眼をあけた時に、一台の自動車が倶楽部の前にやって来

て停まったが、それを見ると鶉ノは飛んで行って中から降り立った人に挙手の礼をした。その人は背広の相当の年輩の人だった。しかし続いて自動車を降りた人々は、皆軍服で長靴を穿《は》いて長い剣を吊《つ》っていた。一人は将校で、後は下士と上等兵が二名の憲兵だった。鶉ノがポケットから地図のようなものを出して何やら説明すると、背広の人はだまって肯《うなず》いていたが、やがて鶉ノを先頭にして倶楽部の中へ入って行った。

倶楽部の中に四十分以上もいてから一同は出て来たが、出て来ると軍服の将校が、平左衛門小父に二三のことを訊ねた。さっき、鶉ノが訊ねたと同じようなことだった。ただ変わっていたのは、

「あんたが造った一番大きな花火は、何分《ぶ》くらいの鉄板《てついた》まで爆破する力を持ってるね?」

と訊いたことだった。

「花火ゃ爆裂弾と違いますからやってみたこともねえし、確かなことは判りませぬが、仕かけによっちゃ七分や八分は通しましょうねえ」と老人が答えるともうそれで調べはすんだ。

「甲山《こうやま》上等兵と乙川《おつかわ》上等兵はこの建物の監視に当たる。外人でも構わん絶対に入れちゃならん。丙谷《へいたに》軍曹は本所署へ行って、そこから警官同道でガス会社へ行く、さっき話した通りだ。この男は本部へ連れて行くからまず自動車に積め」

背広の人が乗った後で、将校がそういって運転手を自動車へ運ばせた。

「それでは後で――」それからいって将校は自動車に入った。走り出すと鶉ノも吉村も

挙手の礼をした。

「君方《きみかた》も本所に帰るんだろう、そこまで一緒に行こう」憲兵軍曹がそういって、表の通りへ出ると、円タクを呼び止めて本所まで行くように命令した。三人は夢のような気持ちで只《ただ》の自動車に乗ったのだった。

十、二少年が受ける万歳

「いいかい、こういうことになるんだ」平左衛門小父を吉村の家《うち》へ連れて行き、品川の八重ちゃんのところへも電話をかけ、やがて昨日と同じ煙草屋のポストのところへ警戒に立った鷸ノは、同じく銃をついた吉村に説明した。

「僕がなぜそんな風に考えたかを話すよりも、結果から先に話していこう、その方が分かりがいい。まずアウレル先生だが、吉村、あれゃほんとうは某国の特務機関の人間なんだぜ。アウレルが平左衛門小父を誘拐したことは君も知っているが、なぜ誘拐したかというと、それが昨日の花火なんだ。警察では、保険のことなどから、火事が目的で花火はそれを誤魔化《ごまか》すためのもののように考えたが、事実は反対で、火事の方が、花火をくらますための仕事なんだ」

演習開始のサイレンが鳴ったので、鷸ノはちょっと言葉を切った。

「いいかい、アウレルは、他にも仲間があるんだろうが、まず花火をあげて、あのガスタンクを爆破しようとかかったんだ。平左衛門小父の家《うち》の物干しに、揚げ筒をきっとタンクの方へ向けて、ちょうど大砲のような工合《ぐあい》に据えたに違いないんだが、焼け落ちてしまったからそんな様子は分からなかった。しかし恐らくそうやったものだろうと思う。そしてもし、うまく花火が命中すると、ガスタンクが爆発する、いいね、爆発したガスタンクは、次にはあの陸軍の火薬工場《こうば》へ火を移すことになる。陸軍のことだから、充分建築などにも注意はしてあるだろうが、この間《あいだ》の飛行聯隊の爆発のようなもので、どう火災にならぬとも限らない。アウレルはそれを覘《ねら》ったんだ」

「だけど、あの花火が、平左衛門小父の家からタンクまで、届くか届かないか分かりそうなものじゃないか」

「それはアウレル達も相当研究はしたんだろう。しかし、爆発物のことだから、ちょっと試験をしてみるなんてわけにはいかないからね。そこで、彼らは二重にあの花火を利用することにしたんだ。つまりまず試験的にやってみて、一発でタンクに引火すればよし、引火しなかったところで、どの程度に花火が対距離を持っているか、揚げ筒の向け工合をもっとどうしたらいいか、それを確かめる役にはたつだろう。しかも家を焼いてしまえば、そんな大それた企みに誰も気のつく者はあるまい。それやこれやで奴らは平左衛門小父の店を撰《えら》んだんだ」

どおん、どおんと遠くで最初の砲声が鳴った。灯《あかり》を消してくれといって、少年団がまだかけ回っている。

「平左衛門小父を誘拐したのは、無論その店を利用するに邪魔だったからだろうが、圭どんを連れ出したのは、仕事道具が要るなどといって、実は花火を何個か取り出すためであったらしい。僕が八重ちゃんに数を訊いたり、伴岡巡査に爆発数を訊ねたりしたのはその疑いがあったからなんだ」

「じゃあ奴らは、その五個の花火で、まだ何かやるつもりなんか」

「そうに違いないと思うんだ。でなきゃそれほど手段を弄して取り出しはしまいからね。恐らく、昨日の花火がうまく行かなかった時の次の用意にしたものだろう。それも、次といっても今日か明日かに違いないんだ。なぜというと、この演習が終わると同時に、あの赤煉瓦の火薬工場は、何でも国立《くにたち》の方へ引っ越すんだそうだ。だいたい、あんな近くへ、ガスタンクと火薬工場が並んであるなんてのが間違いだからね。工場の移転はずっと前に決定していたので、タンクは後からできたんだそうだが、何かの事情で移転が遅れていたらしい。それを奴らは知っているから、どうしてもやるのなら今晩か明日《あした》の晩なんだ」

「今晩か明日の晩――だが憲兵隊がもう知ってるじゃないか」

「憲兵隊が知っていても、第一まだ彼らの居所が不明だし、外人のことだから迂闊には手が出せない、現場《げんじょう》を押さえれゃ問題はないけれどね。やるのも今日か明日に間違いないとは思うんだが、これぁ僕の考えだけなんだからもし花火が揚がらなかったら、僕は大変な間違いをやってたのかもしれないんだ」

昨日の晩に引きかえて、今日は晴れて月の光が美しかった。街路の角に出て東を仰ぐと、ガスタンクのまるい頭がくっきりと空に浮いて見える。そしてタンクの頂上に、二三の人影がうごめいて見えたのは何者だろうか。

と間もなく、ボーン！　と昨日と同じ花火の音が聞こえたではないか。近かった。やった、とはっとなって束を仰ぐと、ポンポンポン！　昨日と同じ流星花火が、ちょうどタンクの真上で散った。と続いて第二、第三の花火の音。しかもこれは見事にタンクの頭上に飛んで炸裂した。爆発！　が何の変事も起こらなかった。第四発目の花火が飛んだ。

「ここはよろしいから、すぐ行ってください」いつのまにか二人の憲兵が来ていて、鶉ノにいった。

「吉村、行こう」二人の中学生は付け剣をした銃をかついで、一散に花火の揚がった方角へ走った。ボーン！　と五発目の音が、いや火が、目の前十米《メートル》ばかりの家《うち》からあがったので、二人は躊躇なくその家の表の戸を打ち破って駈けこんだ。バーン！　と六発目の音がしたが、同時にギャッという悲鳴が聞こえ二人の前に襖や壁土《かべつち》が飛んで来た。襖をのり越えると、早めらめらと燃えあがっている畳建具の次の部屋に、二人の外人が顔面その他を負傷して倒れている。二人は各々その一人ずつを家の外にかつぎ出した。

外にはいつのまにか武装した憲兵と警官が多数張りこんで、外人らの一人をも逃がさじと構えていた。

「もう一人、二階にいる、二階にいる！」そんな声がした。吉村が再び家の中に取って返そうとすると、

「危い！　僕が行こう」

吉村を引き止めておいて飛びこんだのは足ごしらえを厳重にした伴岡巡査だった。火事だ、火事だという声が街いっぱいに拡がって行った。もう鶍ノらのいるあたりも熱かった。半鐘が鳴った、消防自動車の警笛が聞こえた。

「ご苦労様だった、君らはもう引き取ってくれたまえ、後はわれわれが処理するから」

外人倶楽部の時の憲兵の将校が来て立っていた。

「明日《あした》、たぶん君らは司令部の方へ呼ばれるだろう、もう学校の方へも通知しておいたから、今晩はぐっすり休んでください」

鶍ノと吉村は、将校に向かって捧げ銃《つつ》をした。それから歩調を合わして帰って来た。

「万歳！」と灯《あかり》のない軒《のき》から飛び出して来たのは平左衛門小父だった。八重ちゃんが、圭どんが、区長が、町長が、その他の人々が二人の中学生を迎えに出ていた。月の空に、まだ幾すじもの捜空灯の矢が立っているのだった。

――その外人団の計画は、鶍ノが考えたところとすこしも変わらなかった。彼らが二度目の愚挙に失敗したのは已《すで》に官憲の手がまわって、ガスタンクに防備がされて花火が用をなさなかったためであるが、その時計仕掛けの導火線を用いたにもかかわらず、彼らが空しく鶍ノ吉村らに捕らえられたのもまた、早くも西本所一帯に非常線がしかれていたためで、逃げ場を失った最後が彼らの悲壮なる爆死のやり損ないとなったものだった。

鶍ノらの行為を決定した例の扇子は、アウレルが何かの拍子に、過《あやま》って自分の白扇と取り違えたものらしい。チョコレートは警視庁の鑑識課へ送られて分析調査されている。いずれにしても、アウレル先生が彼らの中学校から姿を消したのは事実である。吉村は、翌日、本所署長がその絶大な勲功を賞したに対して、

「なあに、子供の火遊びのようなもので」とさすがに微笑して報いたのだった。

空中踊子

一　広告気球

重いどた靴の足を投げ出して、思いきり草の上に引っくりかえると、世界の景色がすっかり変わる。もはや軍教の練兵場などはどこか遠くへすっ飛んで、そこには五月の、晴れたわれらの空があるばかりである。

若葉の匂いが金粉のように、キラキラ陽に光って、飛び交うてでもいそうな甘いみどりの果てしない空間。そこにまた、思いもかけずその真ッ赤な広告気球がぽっかんと浮かんでいたのだ。鮮やかな、希望を、若さを、そして悲しさを思わせるその真ッ赤な色。

「ズロースにああいう色があるんだ」

とすぐ言った者がある。

「屋と、その次の百貨店はよく読めるが上の、あの二字は何々屋だい、一番上はあれぁ金か、釜か」

これは気球の帯の、その広告文字を問題にしているのである。

「金は金だが、次は満じゃないかなあ」

「金満家百貨店か、馬鹿、名古屋にゃそんな正直なデパートはないぞ」

「城だよ、あれは」

と鸏《はと》ノが言ったので、皆が皆、

「なある」と叫んだ。

「鸏ノのお眼々で金城屋《きんじようや》百貨店と読めた。いかにも金城の地だから金城屋は違いないな。

なら百貨店の次の小さい字はどう読む」

「俺は就職紹介と読む」

と笑わした者があった。

「近日開店、らしいよ、あれは」

とこれも鸏ノが読んだきりだった。

「見ろ、近日開店の金城屋が、今からあれほどの宣伝をやっている。俺達も卒業は来年だなんてべんべんとはしておれんぞ。早いとこ宣伝せんことにはとても就職はむずかしい」

煙草の煙が、その笑いにかき乱された。その通りだと演説会の弥次のように言って喜ぶ者もいた。

鸏ノ、吉村らが関係した変わった事件は、ちょうどこの時にその一端を同じ五月の空へ現したのである。

「や、何だいあの変なものは？」

「何さ、変なってどこだい、上？」

「いんや、そら気球の真下さ、ほら何《なん》かぶら下がっているじゃあないか、蜘蛛の……」

「糸の先のか」

「うん、何だろう?」

「猫の仔のように見えるな」

赤いその気球が、ちょうど帯を繋《つな》いでいる陽《ひ》の蔭にあったあたりから、蜘蛛の糸、と言っても事実は相当の太さの綱《つな》であろう、一本、目測で考えてみて十米《メートル》、か十五米くらい、垂直に下がった先端《さき》へ何やら灰色の物体が吊るされているのが見えるのである。

気球を繋いだ綱《ロツプ》よりは何倍か細く、光線の工合《ぐあい》では時に視界を逃げたりして、その物体を吊った綱《つな》は最初皆《みんな》の眼にはつかなかった。したがって、吊るされたその物体も、判然とその綱が皆の眼に決定されるまでは、綱以上にあやふやな存在であった。いや、気球の赤さがあまりに鮮やかであったために、その小さく点になって見える物が、それまで皆の眼につかなかったと言った方が一番いい。

ぴん! と垂直にその綱の張っている工合、それから気球の帯などのゆれ工合に比して、その物体の小さいながらたいしてゆれぬ点などから考えると、相当目方《めかた》のある物のように考えられるのである。誰かが猫の仔と言ったが、瞳《ひとみ》をさだめて凝視すると、どうやら頭も、手も、足もあるかに眺められる。

「人形だろう、一方の足の方が二本とも少しながいよ」

と言う者もあった。

「人形じゃあないだろう。いくら金城屋の宣伝部が低脳の寄り合いだったにしても、下から見て、あんなに高く吊れゃ、あれが人形だか猫だか、衣裳がどんなだか、皆目見えないくらい分かろうじゃないか。あれじゃ宣伝の意味をなさんからな」

では何だろう、となると勇敢に口にする者はなかった。

「まさか……」

と言う者が多かった。それは大きさにして、例の近日開店の字よりもずっと小さかったにかかわらず、多くの者が人形、あるいは猫、ほんとうのところを言えば、確かに人間の形にそれを見たのである。

「鶉ノにゃ見えるだろう、人形か、猫か」

鶉ノの眼を思い出した者が訊いた。この言葉に他の者が一時しん、と口をつぐんだのは、確かに皆がその応えを聞こうとしたのである。

「僕にもどうもはっきりしないがね。けれど猫や張り子でないことは確かだ」

鶉ノは曖昧にそう応えた。

応えたと思うとむっくり起き上がって、何を考えたのか、胸のポケットから手帖を取り出し、急がしげに鉛筆の芯を出して、せっせと問題の空の、その気球や、帯や、蜘蛛の糸やその先の物体やを写生しはじめた。

続いて起き上がった吉村が覗いて見ると、その手帖の一端には簡単ながら、南の方に金城のあの有名な天守までをこの調べごとの好きな鶉ノは書きこんでいるのであった。

二　双眼鏡《めがね》の中

鸛ノら高商の学生が、練兵場で、そのようにして、気球の物体を問題にしたのは、時間で言うと、その日の午前十一時前後である。

誰かがズロースの色と言った、その広告気球の鮮やかな赤さは空を仰いだほどの誰の眼にもついたのであろう、市中でも同じ頃に、その綱の先の物体が人々の話題の焦点になっていた。

南鷹匠町《みなみたかしょうまち》のある街路では、気の利いた眼鏡《めがね》店の主人が、一度取ってかえして、店から商売物の双眼鏡《そうがんきょう》を持ち出し、群集に羨《うらや》まれつつまずその物体を確かめたのである。

「まさか人間じゃありますまいね。人形ですか、何か変わった物でも持っていますか」

口々に、群集が質問したけれども、最初は、眼鏡の中に気球がなかなかはいらなかったし、ピントを合わすにもまごついて、一分か二分時間が要《い》った。がいよいよピントが合って、はっきりその物の正体が分かると、まず主人の口をついて出たものは、

「あ」

という叫びであった。

「死んでいる！」

群集が、われ勝ちに争って、主人の手からその双眼鏡を借り取ろうとしたことは言うま

でもなかった。

「死んでるって、じゃあ人間ですか、男ですか、女ですか」

「女は女ですがね」と主人は群集を片手で制しながら片手でもう一度眼鏡をあてて、

「若い綺麗な女のようですよ。洋装で、お化粧などもちゃんとしているらしい」

「人形でしょう、西洋女の人形でしょう」

と眼鏡が借《か》れない鬱憤《うっぷん》をこめて言う者もいたが、眼鏡屋の主人は、どこまでも若い女の死体だと頑張るのだった。そして眼鏡は誰の手にも渡さなかった。ただひとりそれを借り得て、ながい間、空を仰いだのは町内にある交番のお巡りさんである。

「なるほど、これは一応署へ報告せずばなるまい。確かに人形ではないらしいな」

そこで問題がはじめて警察の手に移された。警察では、押収証拠品倉庫から、手持ちの望遠鏡を取り出して、署長が自《おの》ずからその円筒を鼻の上に立てた。

望遠鏡の中に、近々とその物体が映るのであった。蜘蛛の糸と言われた綱《つな》は、帯とは反対の、気球そのものを繋いだ綱《ロープ》の最上部から下がっている。死体の女はまだ若い、十九か、せいぜい二十歳であろう。綱を腰のあたりへ結んで、猫か犬かを吊ったように、両手両足をだらりと垂れ、断髪の髪を逆しまにして、首も内側を向いて浅ましい形である。顔全体は見えないので、美醜はよく分からないが、薄茶に見えるワンピースの、裾からのぞいた素足の形がとてつもなく美しい。

「繋留場《けいりゆうじょう》はあれゃどこだね？　すぐ届け主に言って引き下ろさせねばならん、ふうむ」

署長は、そう言って太い溜め息をついて、またちょっと望遠鏡をのぞいて、

「いい足をしている」

と口の中で言ってから、やっと望遠鏡を部下に渡した。

繫留場は北鷹匠町のさる空き地にあった。文字帯を止《と》めた一方も同町内の、しかしこれはずっと南の、ある散髪店の露次裏にあって、早くも出張した署員の手で、その一方の綱《ロープ》は解かれてきりきりと空《くう》に舞いあがった。気球は帯と、それから死体を引っ張って、一時、北鷹匠町の繫留場である空き地の上に、真っ直ぐに立ち、浮かんだのである。

署員、金城屋百貨店代表、それから人夫、行人らがその空き地へ黒山のように群がった。太い綱《ロープ》であった。気球が大きいだけに、人夫だけの力ではなかなか引き下ろすことができなかった。署員の許しがあって、弥次馬の幾人かが綱《ロープ》の端を駈け寄ってつかまえた。

「ほうれえしょ、よいとこしょ」

古参の人夫の掛け声で、十幾人という人間が綱《ロープ》を曳いた。高い高い気球だった。けれども掛け声につれて、二尺、三尺、と気球も物体も下がって来た。

「やあ女のおばさんだ！」

群集の中で、下がって来る物体を逸早《いちはや》く見つけたと見え、そんな子供の声が聞こえた。

死体は気球よりも十米《メートル》か十五米下になっているのである。下って来るにつれて、ひとりの人夫にはその黒いズロースもちらりと見えた。

「やっぱり人間だ、人間だ」

鸚ノと吉村とが群集の後ろにいた。二人は軍教が終わると、下宿へ帰る道を、特にこの方まで回って来たのである。もちろん、練兵場で見た糸の先の物が、人間らしいと気にかかった関係からで、見に来ることを主張したのは鸚ノの方であったが、今目の前に死体を見て、そう興奮したのはむしろ吉村の方がひどかった。しかし、吉村は、次にそれ以上の、どんな驚きが自分を襲うかをすこしも知っていなかった。眼のいい鸚ノが、吉村よりは何分か先に、あ、と口の中で叫んだのはそのためであったのだろう。

「あ、あ」

近々とその死体が引き下げられて、群集の誰にもその顔が分かるくらいになった時、と吉村がはじめて驚愕以上の叫びをあげた。

「鸚ノ、鸚ノ、あれゃマミじゃないか、マミじゃないか、鸚ノ、マミじゃあ、金星座の」

三　所有者の名

「やあ金星座のレヴューガールだ」

と顔の分かる者が群集の中にもいた。

死体は荒蓆《あらむしろ》の上に寝かされて、警察医が早速その診断に当たった。群集は、そこまでしかこの騒ぎについては見ることができなかった。署員が群集の退去を命じたのである。

「鈍器様の物で、後頭部をやられています。時間は、十時間から十三四時間くらい、昨夜《ゆうべ》遅くやったもののように思われるですね」

警察医は診断を終わってそう署長に言った。

金星座のレヴューガールだと口をすべらした群集のひとりが、すぐ署長の前に引っ張って来られた。

「とても人気がありますんでね。それで私も見覚えているんですが、名前は、ええと、名前は忘れました。金星座へ行ってお訊きになれぁすぐ分かりますよ。ええそのレヴューガールってことには間違いありません」

何かの職人らしい男は、マミという名前が思い出せぬようであった。金星座の、マネージャーである川合という男が早速電話で呼び寄せられた。被害者は踊り子戸崎マミ、本名は徳田清子《きよこ》十九歳ということがはじめてここではっきりした。

「昨夜《ゆうべ》からどこかへ出まして、本日もただ今まで帰って参りませず、心配していましたところへのお電話でして、いや、お手数をかけて相すみません」

「昨夜出たって何時頃かね?」

「それがはっきりしないのでございますが、他《ほか》の娘《こ》の申すところでは、十一時頃だったとも十二時前だったとも申しておりまして——」

「ひとりで出たのかね、被害者は?」

「さあ、その点もはっきりしないのでございますが——」

「若い女をたくさん率いているんだから、監督が行き届かんでは、いろいろとその、問題が起き勝ちだってことを知らんじゃあるまい。ああ？　被害者がこれまで、誰かに怨みでも受けるようなことはなかったのか」

「いいえ決して、この娘《こ》は中でもおとなしい娘でございまして、他から怨みを受けるなどということは――」

「客商売であるから、特別に贔屓《ひいき》にした男もいるだろう、知らんか」

「はあそれはその、贔屓にしてくださるお客様がなかったわけではございますまいが、大勢様のことですから、特にこれと言って手前が存じあげていますような方は――」

「どんな商売の者が贔屓客に多かったかぐらいは分かるだろう、どうせ若い者が多いとは思うが？」

「それはまあ学生さんが重《おも》でございまして、高商の方などもちょいちょい――」

金星座のマネージャーが、恐縮しきってそう応えた時に、彼らの宿へ調査に行った二人のうちの一人の刑事が、学生の物らしい茶のスプリングコートを抱《かか》えて帰って来た。

「昨夜《ゆうべ》、被害者が宿を出たのは十時半で、一度外に出て、何か忘れ物を取りにすぐ帰って来た時、これを頭から引っかぶっていたと朋輩の娘《こ》が言っていますがね。これゃどう見ても男の学生の持ち物ですが」

「どこにあったのだね？」

と署長がマネージャーの訊問を中止して刑事に訊いた。

「被害者らの部屋にあったのです。レヴュー団関係の他の誰のでもありませんから手掛かりとして押収して来ましたが、被害者はそれ以後宿へは帰らなかったそうです」

「じゃあこのコートは、被害者は着ては行かなかったのか」

「いや、着て出かけたと皆《みんな》申しておりますが……」

「それでは一度は、被害者か、他の者かがこれを持って宿へ帰ったことは間違いないな」

「署長、ちょっとそのコートを見せていただきます。昨夜《ゆうべ》、この空き地で、それらしいコートを着た男を見たと言う者があるのです」

別な刑事が、そう言って署長の前に来た。五十がらみの貧しい人態《にんてい》の男がその後ろにおずおずと従っている。

「わっしぁこの裏にいる左官の田中と言いますもんで、へえ。実ぁこの広告風船の見張りを金城屋さんから頼まれていますんで、ご承知のように昨夜は風がひどかったもんですから、十二時すぎ、一度ここへ来て綱や杭を調べようと思いましたんで。するてえとこの杭のところに外套を着た人がひとり立っているもんですから、声をかけてみるとこれが金城屋さんから、風船の工合《ぐあい》を見に来た方だと言うんで、わっしぁ安心して寝たんでやすがね、へえ、その時、ちょうどその方がこんなような外套を着ていましたもんで、へえ」

外套はこれらしいが、はっきりとは申し上げられぬとの左官の言葉であった。男の年齢も暗かったので分からないし、顔立ちなどはもちろん見えなかった。

署長が金城屋の代表店員というのにその事実を質《ただ》してみると、

「店としましては、あちらの床屋さんの方《かた》にも依頼してございますし、こちらはこちらで田中さんが見ていてくださるはずでございますから、風の日だからと言って、特別にそんな人間を差し向けるようなことはございません」

との応えである。

とすると、昨夜この繫留杭のところに、コートを着て佇《たたず》んでいたという男は何やら怪しい。殊《こと》に、金城屋から来た者と自称したのがそもそも偽りである。

「そのコートには名前は入っていないのかね?」

署長が訊くと、コートを持って帰った刑事が応えた。

「いや署長、立派に吉村とネームが入っております。洋服屋のマークもありますから、調べれば持ち主はすぐに分かるでしょう」

四　反証ありや?

踊り子、戸崎マミ殺害の嫌疑で、吉村が警察に引っ張られたのはその夕方である。

例のスプリングコートが、吉村の物と判ったのがその原因であるが、吉村自身、学生らしい純情さでマミを好いていたこともほんとうであった。

マミらのレヴュー団が名古屋で初日の蓋《ふた》をあけてから、今日でちょうど二週間になっていた。人気がよくて、学生と言う学生が連日つめかけ、後もう一週間続演のはずになっていたが、だから吉村とマミとの交渉はわずか日にしては二週間以内のものであった。

けれども、何事にも率直な学生の殊に吉村のことではあり、はじめて観劇した晩からたちまちマミ礼讃者のひとりとなると、翌晩はもうその楽屋へ彼女を訪れたくらいで、逢えば思うほどのことは口に出してマミにも迫ったことであろうから、二週間という日の割合には、二人の仲は相当進んでいたとも見えないではないのである。

「今晩もマミの奴に逢いに行くんだ」

と柔道には段を持っており、いつもは内気な吉村が、鶲ノを前にして毎日のように言ったほど、そののぼせ方は特別なものであった。

レヴューは昼から始まって、夜の九時半から十時に終わる。吉村はその十時以後に彼女を宿から引っ張り出して、何と言うことはなく、お茶を喫《の》みに行ったり、通りや公園を散歩したりしていた。高商の仲間のうちではこれはだいぶの評判であった。

「今にひどい目に会わされるぞ」

とひやかす者があると、吉村は、

「なあに、マミは俺に学資を出してやると言ってるんだ」

などと平常《いつも》にも似ない気焔をあげたりして、いっこうに友人らの皮肉に取り合わないでいた。吉村をよく知っている鶲ノも、何か彼が、マミのいいところを発見して、それを愛しているのだと、これをいわゆる恋愛とか何とかとは観《み》ず安心して放っておいたような有状《ありさま》だった。

それが嫌疑者として引っ張られた。こともあろうに殺人事件の嫌疑者として！

「鸛ノ、ひどいことになったじゃないか、どう思う？　吉村が殺《や》っただろうか」

その晩の鸛ノの下宿は、そう心配してつめかけて来る友人でいっぱいであった。

「第一、吉村のやつ、昨日《きのう》もあの風の吹くのに、マミのところまで出かけたってじゃあないか」

「そして下宿へも十二時過ぎて帰ったそうだよ」

「吉村があの外套をマミに着せて、一緒に歩いてたのを見たと言う者もいるぜ、反証をすべき物が何《なん》にもないんだからなあ」

友人達は、各々《めいめい》に嫌疑が吉村に不利であることを口にして、最後は重苦しくだまってしまった。

鸛ノは、問題のコートについては、その朝、吉村自身の口から一場《いちじょう》ののろけを聞かされていた。

「昨晩《さくばん》なあ鸛ノ、外套を俺、マミの奴にやってしまったよ。お友達の方《ほう》に見つかってはうるさいでしょうとマミが言うから、外套を頭から冠《かぶ》せてやったんだ。帰りは寒いと言うからそのまま持ってけって、くれてしまった。わたし頂くわ、ってそのまま帰りぁがったぞ、どうだ、おい」

と吉村はのろけたのである。鸛ノは今それを思い出していた。あの時、吉村がマミとどの町のどこで、何時頃に別れたか突っこんで聞いておけばよかったと思うのである。

けれども、その晩、友人らと吉村の上を心配した時には、驚きは驚きながらも、彼にはまだ、まさか、という気がしていた。

「大丈夫だ、たとえ吉村のコートがどう証拠になろうとマミと一緒に歩いていようと、それは吉村がマミを殺したということとは違うんだから、大丈夫、明日《あした》は帰って来るにちがいないよ」

集まったほどの友人は皆《みんな》そう願った。けれども吉村は帰らなかった。その翌日も、翌々日も。

新聞は「空中の死体」とか「謎の広告気球」とか、センセーショナルな標題を掲げて三面いっぱいにこれを取り扱った。新聞がこの事件をそのように叩いたことは無理ではなく、全く、地上何百米《メートル》かの空中に、死体が遺棄されたような事件が、これまで、いつ、どこの国に発見されたろう。しかも被害者は花はずかしい踊り子であり、嫌疑者は高等商業の学生である。

二人の恋が、どの新聞にも小説的筆致を以て二段にも三段にも書き立てられていた。が、どの新聞にも、吉村の犯行を疑うような記事は一行として出ていなかった。

全部が全部、新聞は吉村とマミとの恋愛のこと、吉村のコートのこと、その晩二人が十時以後につれ立って宿を出たこと、などをあげて、吉村の犯行を致し方のないもののように見ているのであった。

事件の三日目に、東京から、吉村の父が駈けつけて来た。鶚ノもその中学時代、いや現在も、休暇で東京へ帰ると、よく本所の吉村の家《うち》へ行って、その父親とはよく知っている間であった。鸚ノも、その父親が物の分かった人であるのに心から敬意を表していたし、父親の方でも、鸚ノの秀才であることを、前々の種々《いろいろ》の事件などからよく知って特別の信用をかけていた。

そんな間柄だったから、鸚ノとしては、新聞よりもその父親に会う方が心苦しかった。しかも、父親は名古屋駅に着くとすぐ、警察はさて置いて鸚ノの下宿に真っ直ぐにやって来たのである。

「鸚ノさん、事件のことは大体新聞で見ましたが、あなたはいったいどう思われる？あれがほんとうに殺《や》ったものか、どうか」

「絶対に吉村君がやったのではありません」

「何かそれを証明する方法がありますか」

「方法はあります、けれど……」

「いや、方法さえあれば結構です。実は、この事件の係り検事は多少知り合いの間でありますので、これから行こうと思いますが、一緒に行ってくださらんでしょうか」

もちろん、鸚ノがそれを拒む理由はなかった。下宿の前には自動車が待っていた。しかし、鸚ノが、きっぱりと吉村の犯行ではないと言ったのは何に依《よ》るだろう。ただその父親へ対する気休めであるのか、しかしその無実を証明する方法さえある、と言っているところを見れば――？

その父親は、落ち付いて自動車のステップを踏んだのであった。

五　吊るした目的

「吉村君のコートに間違いないことは僕も認めます。けれどもそのコートが被害者の部屋にあったと言うだけで、吉村君がマミを殺したなどと言うのは早計と思います」

いつもは無口である鸛ノが、今日は面《おもて》に紅潮を見せて弁じていた。係り検事山口氏の私宅である。対座は当の山口氏と吉村の父。

「もし吉村君が殺したものなら、なぜわざわざそのコートを踊り子達の宿へ持って行って置いて来たりするでしょう？」

「けれども君」

と検事はこの勇敢な学生の口から、もっとその意見を聞こうとでもするように、軽く反対の口をはさんだ。

「マミがコートを着て宿へ帰り、それをぬいでまた出て、それから、という場合もあるんだからね、いずれにしてもその点まだはっきりしてはいないんだから」

「ですが、吉村君を引っ張った動機と言えば、そのコート以外にはないではありませんか。マミのお客は他にも何人かあるでしょうし、鷹匠町の空き地へあの晩いたという男も、吉村君とはっきり分かっているのではないでしょうから」

「はっきり分かっておれば問題はない、はっきりしてないから僕らが奔走しているんじゃないか。いささかでも疑いがあれば、その人物について疑いの晴れるまで取り調べるのは僕らの、いや国家の義務と言ってもいいのだからね」

「それではお尋ねいたしますが」と鸚ノは案外に気強かった。

「吉村君がやったとして、いったいどうして死体をあんな空中に運んだでしょう?」

「それゃ君、負《お》うかどうかして、あの空き地のところから、気球の綱《ロープ》をのぼって行ったのさ、それより他には方法はないよ」

「昨晩《さくばん》の風は検事さんもご承知でしょう。ひどい風でした。町の看板などがずいぶんと吹き落とされています。気球も相当吹かれてゆれたのではないでしょうか。その危ない、しかも何百米《メートル》とある綱《ロープ》を、二十貫も目方のある吉村君が、死体を背負《しょ》って果たして登り得るでしょうか。いや、これは登ったと仮定してもいいです。登ったとして、いったいそれは何のためでしょう? おっしゃるように、痴情の結果から殺人をやったとして、その死体をあんな高いところに身の危険を冒してまで持ち運んで、それは何の目的だったでしょう?」

「それぁ分からないさ、犯人自身に聞かなくては」と検事がやや不貞腐《ふてくさ》れたように言った。「地上よりもその方が、人の目につかないと思ったかもしれないし、また、あんな前代未聞のことをやって、世の中をあッと言わそうなんて稚気《ちき》があったのかも分からないし、いや学生などの犯人には、よくそういう、売名的行為に出るものがあるんだ」

「凶器は何だったでしょう、何か見つかって、吉村君に関係のあるものだったでしょうか」

「いや、その点だけは――凶器はまだ発見されていない。もちろん犯行の場所も今のところ不明だね」

「それでも吉村君を帰してはいただけないのですか」

「その潔白が証明されるまではね」

その検事の言葉を聞くと、

「小父《おじ》さん、もう帰りましょう」

と鷄ノが言った。鷄ノは、まだ検事に対して、いろいろと言ってやりたいことがあった。しかし、反証があがらなくては、とうてい吉村は帰されないと知り、喋舌《しゃべ》ることは、もはや無駄だと考えたのである。

「僕が真犯人を見つけて来ます。そしてあまりに無能な、捜査当局を嗤《わら》ってやります。小父さんも、もう二三日辛棒してください」

大胆な鷄ノの言葉であった。この奇妙な頭の持ち主である青年は、それから下宿に引き揚げると、その足ですぐ、名古屋第一のS新聞社へと出かけて、相良《さがら》という変わり者の編輯長に面会を求めたのである。

鷄ノが、S新聞社を訪れたのはもう夜であった。その編輯長とどんな話を交わしたのか、吉村の父が待っている自分の下宿へ帰って来た時には、彼は何やら満足に似た表情をその面《おもて》に浮かべていた。

「小父さん、見ていてください、明日《あした》は僕が当局の鼻をあかすような離れ業をやって見せます。編輯長も僕の説に賛成してくれて、できるだけ便宜を計ると言ってくれているのです」

吉村の父親が、何をどうするのかと突っこんで聞くと鸚ノは、

「あの気球の代わりに、僕は飛行機に乗ってみるつもりなんです」

と至極真面目に言って、それ以外は多くを語らなかった。そしていよいよ翌日が来た。

六　オートジャイロ

その翌日の朝、鸚ノがS新聞社の玄関に消えると、間もなく同社の屋上に機関《エンジン》のひびきが起こって、一台の、羽をコバルトに塗ったオートジャイロが名古屋の空へと舞い上がった。

同社としては自慢のもので、特別の場合でなければその勇姿をなかなか自地の空へも現さなかった。そのオートジャイロに、今飛行服に身をかためて青年鸚ノが乗っている！

新聞社が鸚ノのために、特にその飛行機を用立てたのは何がためであろう？　また、鸚ノはこのオートジャイロによってどこへ向かい、何をしようとするのであろう？　いや希望をのせたこの蜻蛉《とんぼ》飛行機は、今爆音勇ましく練兵場の方をさして飛んでいる。

北鷹匠町の、例の気球のあがっていたあたりから、川を一飛びすればそこは第三師団の所在である広い広い練兵場があり、そして世界に誇るべき大名古屋城の天守が空に聳えている。オートジャイロはその天守の上まで飛んで来て行進をやめた。

「妙なところへ飛行機をとめたぞ」

地上で、このオートジャイロに眼をつけていた者は、皆《みんな》そう思ったに違いない。と不審に思う間はなかった、行進をやめたオートジャイロの座乗席のあたりから、するすると一本の綱《ロープ》が下ろされて、その先端《さき》が調子よく天守の一部に達したと見ると、何事ぞ、その綱を伝って、座乗席からひとりの男がゆっくりゆっくりと下りて来たではないか。

これはまさに映画以上の見ものである。練兵場にいて中休みをやっていた兵士達は一斉に歓呼の声をあげた。

「あれゃS新聞の飛行機らしいが、何をやっているんだろう?」

「お天守の上から市街の写真を撮るんだよ」

「馬鹿言え、金の鯱《しやちほこ》に錆が来ているかどうかを調べるんだ」

兵士達は新聞を見ていなかったから、マミの事件のことなどは知らなかった。いや市中の、マミの事件を知っている人々にも、このオートジャイロのやっている仕事が、それに関連してあるものとは考えられなかった。

「金の鯱でも調べているんでしょう、何にしても近頃金が高いですから」

「いったいあの鯱は今の値段にしてどれくらいでしょう、まさか純金ではないでしょうね」

と噂するくらいのものであった。無理もない、今日飛行機に乗ると鷭ノ自身の口から聞かされて、最初からこのオートジャイロを眺めていた吉村の父親にさえ、マミの事件と、名古屋城の天守と、どう関係があるのかはどうにも考えがつかなかったくらいであったから——。

綱を伝って、天守に降りた男は無論鷭ノであった。彼は天守を下りると、まず手前の鯱に近づき、次には危なげな足つきで一方の鯱に近づいて、近づくと何やら妙な身振りをするのが見えた。それから上に向かって操縦士に手を振って見せ、やがて元の綱《ロープ》を登りはじめた。

登る時は苦しいと見えて、三度ばかり綱の中途で息をついたがどうやら無事に再び座席へはい上がると、オートジャイロはそのまま綱をたぐりあげて、爆音も晴れやかに新聞社の屋上を指して帰って来た。

「ありました、ありました。相良さん、これを見てください」

オートジャイロから飛び下りた鷭ノは、迎えに出ていた編輯長の前にそう言って走り寄った。鷭ノが相良氏の前に突き出して見せたのはまだ新しい一挺《ちょう》ののペンチである。

「全く幸いでした。これがあの、鯱の金網に引っかかっていたのです。槌《つち》と鑿《のみ》は証拠のためにお天守へ置いて来ました。これが少しも錆びていないところで見ても、どうやら僕の考えたことが当たっているように思われます」

それからの新聞社は大変であった。記者が市内のあちこちに散り、散ったと思うとまた引っ返して来た。

夕刊の間には合わなかった。しかし、翌朝のS新聞は実に驚くべき事実をその三面全部に載せたのである。まずその大標題《おおみだし》だけをここに転載してみると——

「覆《くつがえ》った空中踊り子事件の真相、当局の無能完全に暴露さる！　見よ、白面の一青年の大活動を！」

七　天守閣の上へ

犯人は、さすがに警察の手で捕らえられた。しかし、すべてのことは新聞社がやったと言ってよかった。警察は、ただ新聞社から示されたものを握っただけにすぎなかったのである。

もっとも、この犯人は、マミ殺しの犯人とは言えなかった。なぜなら、マミは何人《なんぴと》にも殺害されたのではなかったから。では自殺か、自殺とすればどうやって自らの後頭部を殴ったであろう。そしてしかも、それがあんな大空の上でなされたのか？

こんな風に説明したのではきりがない。まず犯人の告白から紹介しよう。犯人は例の川合、マミなどのレヴュー団のマネージャーだったのである。

「何とも恐れ入りました。前から計画したことではございません。当地に参りましてから間もなく、あの広告気球に気がついたのでございますが、大それた考えを起こしましたのはあの前の日のつい昼のことでございます。ご承知の風で、ひょいと見ると、あの気球がちょうどお天守の真上まで流れております。西風が強くて、気球はせい一杯吹かれたまま、多少ゆれてはおりましたが、お天守の上から少しも手前へは戻りませんので、フト思いついたのでございます。気球からお天守までは、高さにしてわずか十米《メートル》か十五米ぐらいと見ましたので、あの気球から行けばお天守に下りられる、お天守に下りれば、いかに金網をめぐらしてあろうと、あの鯱の鱗《うろこ》一枚ぐらいは、どうにでもして取れるであろうと、ついその慾心を起こしましたので、何卒お許しを願います。マミは、あれは不幸な娘《こ》でございまして、以前サーカスにいたのでございます。私がマミを使いましたのはそれを思い出しましたからで、マミもはじめは嫌だ嫌だと承諾しませんでしたが、いろいろに脅《おど》かして、やっと納得さしたのでございます」

すなわちマミは、マネージャー川合の脅迫によって、自らあの綱《ロープ》を、あの風の晩、名古屋城の天守へ向かって登って行ったのであった。川合が何を以てそれほどに若い彼女を脅迫したか、それはここに言う必要もあるまい。いかに性質のいいマミであったとは言え、以前はサーカスにいたとも言い、今も、客に対することが商売のほとんどであった彼女の内面には、吉村らがまだ想像も及ばぬ、苦しい、濁った生活があったのではあるまいか。

マミは登った。髪と裳裾《もすそ》と、それから弱いこころを無情の風に吹かせながら。そして天守には確かに達したのである。川合から渡された槌《つち》、鑿《のみ》、それが天守に残っているのはその証拠である。

「ペンチで、鯱の金網を切ろうとした時、恐らく、ひどい突風をでも受けたのでしょう。足場をはずして、あっと思う間に投げ出され、その拍子にお天守の角《かど》かどこかで頭の後ろを強く打ったのでしょう。思えば可愛そうなことを致しました」

さすがに川合もそう言って涙ぐんだのである。風に足をとられて、転んで、頭を打って死んだマミは、そのまま気球からぶらりと宙へぶら下がった。明け方になって風がやむと、気球は風の力だけを元にかえって、そのマミの身体《からだ》を、お天守よりはずっと西の空間に吊ったのである。マミの死はこうして過失死と決定した。

警察医が、死体の傷から他殺と見、そう進言したことがこの事件の根本をなす間違いではあったのだが、これも警察医の不熱心からとは言えなかった。その空中では、全く誰がマミの頭を殴り得たであろう。警察医ならずとも、死体を一瞥すれば、誰しもこれを地上でなされたものと認めたには違いない。

吉村のコートは、マミが綱《ロープ》を登る時、杭の許《もと》の川合にあずけて行ったのであった。その晩、吉村は言うごとく、マミの宿の手前から別れて帰った。マミはうすら寒さにそのコートを着たまま宿に帰って来て、そこに待ち受けていた川合に捕まったのである。

北鷹匠町の例の空き地で、左官田中が川合の姿を見たのは、川合が登って行ったマミの成功して下りて来るのを待っていた時だった。川合は待った。が何時《いつ》までもマミは下りて来なかった。こうした場合、川合に第一に感じられたことはマミに危難があったとの一事である。朝になれば発見されるはずの仕事であるから、たとえ、鯱をこわすことがいかに時間をとるにしてももう下りて来なければならぬ時間である。それが下りて来ない。川合は心をきめて、そのまま宿へ帰って来てしまった。吉村のコートが彼女らの宿にあったのは以上のごとき事情に依《よ》る。

「どうしてしかし鷚ノ、マミの事件と天守閣に関係があるなんて考えたんだい?」

事件が落着を見た後で、学生仲間は皆鷚ノの下宿へ押しかけてその理由を知ろうとした。鷚ノは別に思いあがった容子《ようす》もなく、

「何でもないんだよ」と応えていた。「第一は、犯人がなぜあんな空中へマミを吊るしたか、と不思議に思っただけなんだがね。その考えをだんだん押しつづめていっていると、とうてい、あの風の晩に、人間ひとりが、ひとりを負《おぶ》って、あの一本の綱を登るなんてできないと分かったんだよ。もっとこのところを細かく説明してもいいが、反対に、そうやって、犯人にどんな利益があるかと考えた場合にも、僕に引き出せる答えは皆ノーだった。僕はマミ自身が、あれを登って行ったんではないかと考えた。すると、マミが殺されて、誰かに運ばれて行った、と言うよりは、この方がどうしても自然なんだ。ひとりなら登れもしようし、自殺するなら、我々でも、ああした広い空の中には、場所としてちょっと誘惑を感じるからね。けれども僕は、マミがあれを登って行った目的を考えてみた。そして、フト気になったのがこれなんだよ」

そう言って、鸚ノが皆の前に取り出したのは、例の練兵場で写しとったあの気球などの写生である。

「そら、ここにお天守があるだろう、気球はこの高さで、北と南とに引っ張られている。もし強い西風が吹いたら、気球がこの天守の上へ来ないとは限らない。天守には金の鯱があるんだ。時価何万円するか知れないが、今金の値段が姦《やかま》しい、昔も、柿ノ木とかいう盗賊《どろぼう》がこの金の鯱を覘《ねら》ったと何かで読んだこともフイと頭へ来たんだ。そうなれば、もうお天守を調べてみるより他はないではないか。幸いに相良さんが、僕の説を聞き容《い》れてくれ、ああして秘蔵のオートジャイロを出し、調査もでき証拠品も見付かって幸いだったが、もしあの天守に、それらの品が見付からなかった時には、僕は事実のところ、腹を切らんければならなかったところだよ。うん僕が持って帰ったペンチはその日に川合が近所の金物屋で買った物でね、そこからすぐ川合が臭いことが分かったんだ。オートジャイロの乗り心地って悪くないね」

「それにしても、よくあの晩に、あんな危険を冒してまで金を盗みに出かけたもんだ」

誰かが感心したように呟くと、

「それぁ君、一円以下の金で、殺人罪を犯す人間だってある世の中だからね」

と鸚ノはその世の中というところに特に力を入れて言って、ちょっと真面目な表情になったのであった。

寝顔

この話の起こるちょうど一週間前に、僕は新宿でぱったり鸖《はと》ノに出会って、しばらくぶりに種々《いろいろ》と話をし、僕の家の番地なども知らしてはおいたのだが、まさか、内気な彼がそんなに突然にやって来るとは思わなかった。僕がまだ兄の家《いえ》に厄介になっている身分だし、その職業というものが、きっと鸖ノには窮屈なものに感じられるだろうと考えていたからである。

「退屈でしようがないんでね、思い出したから散歩のついでに寄ってみたんだ」

訪ねて来た時、彼自らがそう言ったように、その日は、彼にとってよほど退屈な日だったと見える。

僕は喜んで、彼を僕の室に当てられている離れの四畳半へ導いたのだが、彼は腰を下ろすとすぐ、

「君、表の門のところにかけてあるねがいの箱というのはあれゃ何だね?」

と訊ねた。

何に限らず、変わった物を見るとすぐにその性質を知りたがるのは昔からのこの男の癖ではあったが、ゆくりなくそう訊かれて、僕はよくあんな物に気が付いた、と今更ながら

彼の注意力とでもいったものに心を惹かれたのであった。

爾後《じご》の物語のためにも、この箱のことは一応説明しておかねばなるまい。その時むろん、僕は鸚ノに対してそれを語ったわけではあるが、ねがいの箱というのは、何事に依らず、誰と限らず、心に悩みを有《も》つ者がそれを手紙なり何なりに認めて、神に聞いてもらうために投函する外形は郵便箱のような物なのである。

塗料《ニス》を塗った上部に墨で、ねがいの箱、と書き、その下に白墨を溶かしたので小さく、悩みある方は何事に依らずそれを書いてこの箱に入れ神の救いを受けなさい、と説明書きがしてあるのだが、もう相当に年月が経っているので、白墨の方などほとんど読めなくなっている。かけてある門も古い門で、箱も同じ程度に木色が褪《さ》めているし、ちょうどまたこの箱の上に、大久保ウエスレー教会という電気行灯《あんどん》が吊るしてあって、その方が箱より数倍も大きいから、よほど注意しない限り、眼についたとしても誰でも郵便箱くらいに看《かん》過《か》してしまうのが普通なのである。

　平凡な僕の兄とは違って、前代の牧師というのはなかなか商売気のあった人間らしく、もちろん時代も今とは異なっていた故《せい》であろうが、ここに布教の拠地を卜《ぼく》して、新しくそんな箱を造って門前にかけ、行人の眼を惹いてひとつには宣伝、ひとつには投函されるそれらの問題を生きた説教の材料にでも用いたらしい。だが、それを家とともに譲り受けた僕の兄は、いわゆる朴念仁で塗り換えひとつしないところから、今では、集まりの日集まりの日を欠かさないように親しい信者の中にだって、そんな箱が教会の門前にあるなどと知っている者はまるでないと言っていいくらい――それを鶲ノが見付けたのである。

「まあ信仰華やかなりし頃の記念だろうさ。昔はあれでも相当に願い書が投げこまれていたと言うからね」

僕が説明の末にそう付言すると、

「じゃあ現在は全然使用されてはいないのか」

箱に対する興味がフッとそこで失われたように、鶲ノが何気なく言ったのだが、この時、僕はある素晴らしい考えをその言葉から受けて、

「そうだ、君！」

と思わず卓を叩いていた。

箱は古びて、誰に顧みられず面《つら》を路傍に曝《さら》してはいたのだが、その方では、神への務めだと言って、やはり、一日に一回は必ずその箱を開き、投函物の有無を検《しら》べるだけは検べて見ていた。多くの場合兄自身が、時には嫂《あね》や僕が――そしてその朝は、僕が兄に言われて箱を検べて、実に意外にも、中に一通の神への手紙が投函されてあったのを発見、取り出して来ていたのである。

兄がここに教会を有《も》って以来、かつてなかった出来事であるし、そこで僕らは、非常なる好奇の眼を鳩《あつ》めてその内容を検《み》たわけであるが、神への願いの文章の中に、何やら不可解な事態とでもいったものが看取され、でき得《う》れば、その差出人の身辺へ救いの手を差しのべてやりたく感じられながら、住所も姓名も頭文字も、あるいはそれらを推量する手蔓《てづる》

となるようなどんな文言も文中に認められない結果から、兄なども、「気の毒でも、これではどうすることもできないねえ」と諦めてしまったような状態《ありさま》なのであった。がそれを、僕はフト、鶉ノに読ませてみたら、と瞬間、思い付いたわけだったのである。

鶉ノが多少、変わった頭を持っている青年だことは幾分かご承知の方もあろうと思う。ご承知ない方にしても、以下の物語を読まれたら、僕が次のような手紙を、何故鶉ノに読ませてみよう、などと考えたかは自然お分かりになるはずと思うのである。

手紙には、若い女性の筆跡らしく、こう認《したた》めてある。——

……聖母さま、聖母さまの御旨《おつげ》に依って再び地上に帰って参りました少女は、今では聖母さまのお憐れみの深かったことをこころから感謝いたしております。そのお柔《やさ》しい御旨に甘え、罪ふかい少女がなおひとつのお願いをいたそうとしますのを何卒お許しくださいますよう……

罪ふかい少女は、聖母さまの御使《みつかい》となって少女をこの家までお運びくださった恵みある方のお名前やご住所やご職業や、それから、それは何故《なにゆえ》でありましたか、と申すことなどを、お憐れみに依ってお示し願いたく思うのでございます。

少女をこの家にお伴《つ》れくだすったのは、若い男子の方であったと後から先生に伺いましたけれど、ただ若い方とだけで、ご容子も何も、少女がかつて存じ上げました方の誰方《どなた》をも思い当たりません。そして、あの父でも、あの母でも、またあのお気の毒な方でもなく、総て父等に関係のある方でもないことはよく判っているように考えられるのでございます。

あの晩、自動車でおいでになりましたこと、黒っぽい地のお洋服を召していらしたこと、少女のためにいくらかのお金を先生にお預けくだすったこと――それくらいしか、この方については、それをお教えくだすった先生さえご存じがないのでございます。お金は青い唐草模様のある男持ちの革の紙入れのままお預けになり、そのまま今日になっておりますけれど、少女は、この紙入れにも何の見覚えもございません。少女の品でも、父母の物でも、またあのお気の毒な方の持ち物なのでも絶対にないのでございます……

罪ふかい少女をここにお伴れくださった方、聖母さまの愛というものを初めて少女にお示しくださった方、そしてそのままお帰りにならないお慕《した》わしい方、この恵みある方について、せめて、お名前だけでも存じ上げたいと願いますのは、聖母さま……少女の勝手なお願いなのでございましょうか。

ただ今、少女が自分の名前も、家のことも、その他《ほか》、何ひとつ先生にさえ申し上げることのできぬ心境にあることを、そして少女にはどんなお友達もございませぬことを、聖母さまは誰よりもよくご存じのはずでございます。少女はこの恵みある方をお尋ねするためにさえ、どこへ手紙を出しますことも、どこへ外出することもできないでおります。しかしこの正義の方を――存じ上げたく思いおりますことは、少女が生まれて初めての真剣な願いでございますことを。……

聖母さま、少女の願いは、聖母さまの御旨《おつげ》に悖《もと》るお願いなのでございましょうか。聖母さま、お柔《やさ》しく、お憐れみ深くましまます御母《おんはは》さま……ただの愛と御恵みとに依って、ようやく今日の日まで生き堪えて参りましたこの少女を、何卒、何卒、お憐れみくださいませ。お導きくださいませ。……

封筒は普通の白い角封筒で、用紙は罫の多い安物の便箋が二枚、禿《ち》びきったペン先を使用したと考えられる以外には、内外ともに日付も署名《サイン》も所書きもない手紙なのである。

僕はこれをちょうど外出していた兄の机から取って来て鸝ノに見せたのだが、

「これぁ狂人《きちがい》なんかじゃぁないね」と彼も言った。「文章にも間違いないし、ねがいの箱へ投げこんであったという点ですこぶる自然に思われるじゃぁないか」

「僕も悪戯《いたずら》とは思わなかったがね」

「自分の名前も過去のことも、一切、現在この少女がいる家の者、おそらく、ここに先生と書いてあるのは医者だろうがね――その医者にさえ話すことのできぬ事情を有《も》つ聖母信者の少女が、どんな理由からか、自分を医者の家に伴《つ》れて来てくれた若い男を知りたいと思うのあまり、他に方法がないもんだから、半ば真剣に聖母の憐れみを乞うたんだろう。半ばというのは、少女はたぶん、この手紙が、誰か人間の手に渡る点を予想していたはずと思えるから――」

「……だが、先生が医者というのはどういうわけだい？」

「この冒頭に、少女が再び地上へ帰って来たと書いているじゃあないか。ちょっと天国へ行っていたのが、また帰って来たのだよ、たぶん。天国へ送る方の商売――もまあやらぬことはないだろうが、医者の領分はほとんど地上へ引き戻す方にあるらしいから。それに、よくこの封筒や便箋を嗅いでみたまえ、ほら、病院か医者の家でしか嗅がれない消毒水の匂いがしているだろう？」

僕は、言われるままにそれらをくんくん嗅いでみたけれど、残念ながら、何の匂いも感じることができなかった。ひょっとしたら、鸚ノの奴が、そんなことを言ってからかっているのではないか、といった気持ちがしたほどである。すると、早くも彼は僕のその顔色を読んだと見え、

「うん相当に嗅覚が鋭敏でないとこれぁ無理かもしれないね」そう真面目に言って、フト思い立ったことでもあるらしく、急に腰をあげると、「――めんどうくさいから、いま僕がその証拠を見せてやるよ。すぐ帰って来る、手紙はもう納《しま》っておいてくれたまえ」命令するような調子で言ったかと思うと、客のくせをしながら、もうどんどん玄関を出かけて行ったではないか。

僕はその容子《ようす》から、僕の予期以上に彼が興奮しているのを知って少なからず意外に感じた。物ぐさな彼の神経を、この手紙のどこがそれほども叩いたろう？　生なかな捜査事件などでは決して腰をあげたことのないこの変物が――だが、これに依って、僕自身がまた、急な興味を刺戟され出したことも確かに事実である。

なるほど、真剣にこの手紙が書かれたものとするならば、そこには種々《いろいろ》と不可解なものが示されている。いや、その不可解を解こうとする点に、不可能と思われるまでの困難があるようである。早い話が、この少女が何者で、自分の父母を呼ぶに、あの父あの母などと特別な呼び方をしなければならなかったか、なぜ自分の名前さえ家の者に話し得なかったか――。

僕が愚図愚図とそんなことを思いめぐらしているうちに、やがて二十分あまりの時間が経って、鸚ノが、何だか忙《いそが》しげな容子で帰って来た。と思うと藪から棒に、

「君、ちょっと、この寝台《ベッド》へ臥《ね》たまえ。急ぐんだ、ちょっとでいいんだから、腹が痛くなって――」

言いながら、僕を寝台の上に押し転がすようにするのである。

僕は何のことやら訳が分からず、寝台に転びは転んだものの、なおその理由を訊ねようとすると、彼は忙《せわ》しく手を挙げて制して、

「黙って黙って、いま医者がやって来るから。うん手紙の中にある先生が来るんだ、君は急に腹痛《はらいた》を起こしているんだから」

言ううちに、何やら玄関に訪う声がし、そら、と鸚ノが飛び出して行ったかと見ると、

「さっきは大変に苦しみましたが、帰って見ますともうケロリとしていまして……」

僕の容態を話しながら、医者を案内するらしく廊下を音をさせて帰って来た。事ここに至っては、僕としてももはや観念する以外になく、続いて鸚ノが案内して来た五十年輩の

黒鞄の医師を半眼に迎えると、それでも僕は腹のあたりに片手を置き、多少はしかめ面《つら》さえしたのであった。

医師は一通り僕を診察すると、

「胃潰瘍の初期でしょうね、他に悪いところはないようですから」と真っ直ぐな表情のまま、「しばらく酒——莨《たばこ》などを止《よ》してお薬を召し上がっていらっしゃればすぐ快くなります。いま帰って薬を調合して差し上げますから——」

医師が道具を鞄に納《しま》いこむのを見ると、鸚ノは何のこだわりもなく、

「先生、近頃お宅に奇麗なお嬢さんが来ていられるようですが、あれはご親戚の方か何かですか」

僕も驚いたけれど、医師も虚を衝かれた形で一瞬はあとした表情を示した。が、やがて何やら親しみのある態度になると、

「いや親戚でも何でもないのですが——ですがどうしてご存じなのです？」

「なあに通りすがりにお見かけして、あまり美しい方だと思ったものですから——じゃあ看護婦さんか何かですか」

ずいぶん大胆でしかも無躾《ぶしつけ》な質問である。しかし僕は、二人の会話から、案外、事実というものが観念ほどに神経質でないことを悟った。なぜなら、医師は鸚ノの質問に対して、別に警戒の容子も示さず次のように言ったからである。

「いや、厳密に言うと患者なのですがね」

「すると、何か事情でもあるんですか、そんな風にしていられるところを見ると――？」

「事情がある――のでしょう、たぶん。実は私もあの方については、何も知らないと申した方がいいくらいなのです」

鶸ノはこの時、いつのまにそんな修業をしたのかと僕が疑うほどの巧《うま》さで、医師に椅子をすすめ、彼自身はその横に立って、

「実は先生、僕――」

と理論的には甚だ曖昧に、しかし彼がいかに少女に対して深い関心を有《も》っているか、いかに少女について知りたいと願っているか、ということを、異常な熱心と青年の無邪気さとを以て物語り、もし支障《さしつかえ》がなければ、先生の話し得られる範囲で結構だから、是非、少女のことについて聞かしていただきたいと頼みこんだ。

医師は、鶸ノがその少女に対して恋をしているものと解釈したに違いない、猪突的で真面目らしい相手の態度や言葉に思わず微笑を誘われたと見え、その善良そうな顔全体をほころばせながら、

「お話しするにも何にも、全く私には分からないのですよ」

そう断りをして、そのなぜに分からないかを説明する気持ちからだったのだろう、案外すらすらと次のような話をしてくれたのである。もっとも後から考えれば、医師も、僕らがウエスレー教会の信者であると思い、不知不識《しらずしらず》に気を許していたのだと思うけれど――そして結果においては、僕らも決して医師のその信頼を裏切ることはなかったのであ

るが――いずれにしても、この場合、兄の職業というものは、間接に僕らの行為を助けたのであった。――またそれも聖母の御旨《おんむね》か知れなかった。

――ちょうど八日前の真夜中であった。

時間で言えば午前一時か一時半頃、もう寝てしまっていた医師の家の呼鈴《ベル》を滅茶苦茶に鳴らす者があったので、医師自身が玄関に出て見ると、帽子も冠らず外套も着ていない中脊の青年が表に自動車を待たしていて、

「先生でございましょうか、急病人を伴《つ》れて参ったのですが――」

と割合に落ち付いて言い、医師が、どうぞ、と応えると、青年は自動車のところへ引き返して、その扉《ドア》の中から、すっかり毛布にくるんだ相当の身体の者を、実に軽々と抱き上げて来た。そして医師に尾《つ》いて診察室に入ると、そこの長椅子の上に病人をそっと下ろして、静かに毛布をめくりながら、

「アダリンを服《の》んだらしいのです」

と心配そうに言ったのである。

睡眠薬を服《の》んだような場合は、その目的がどうであるにしても、普通なら、まず医師が患家へ招かれる方が自然に思える。深夜のこととは言え、この時の患者の服装などからその家庭といったものを想像してみても、特にその感を深くするのに、それを狼狽《あわ》て自動車で運んで来た――その点に最初からおかしいものはあったのだが、何にしても医師として

は患者を診《み》ることが先であり、突嗟《とつさ》でもあったから、医師は、右の不合理に対してはその時、別に何も感じなかった。

すなわち、患者は十七か八の美しい少女で、発育もわるくない均整のとれた身体の、まだ伸び切らぬ断髪を学生結びにして、顔には、うっすらとではあるが化粧をしており、身にはクリーム色の新しい洋服をぴったり着け、胸には、何かの宝石を飾った黄金《きん》の襟止めをしていたのである。ただ昏々と眠り続けているその顔立ちは、まるで仏像を見るかのように品が良かった。

医師が手早く診察を済まして、ちょうどその頃になって起き出して来た看護婦に手当ての用意を命じると、それまで、凝《じ》っとして医師の手許を見つめていた青年は、

「先生、助かりましょうか、時間はまだそれほど経っていないと思うのですが――」

不安を面《おもて》に表して訊ね、医師が、たぶん大丈夫と思いますと応えると、

「それでは、失礼でございますが、ここにお金を置いて行きます、僕ちょっと帰って家の者を伴れて参りますから――」

言うやいなや、側《かたわら》の卓の上に男持ちの紙入れを置き、何を問い返す暇《いとま》もなく、青年は喜び勇んだ容子で引き返して行ったのであった。

自動車の音が、来た時とは反対の方角へ消えて行ったように聞こえたけれども、これとて、医師を不審に思わせるほどのものではなかった。

そして翌朝が来、昼となり、夜となり、既に患者が眠りからさめ、一日一日と、どんど

ん常態に復して来たにもかかわらず、何故《なにゆえ》か、青年は再びと医師の許《もと》を訪れず、青年が姿を見せないことはまだしもとして、少女の家から、あるいはその縁者から、何らかの形で容態を訊ねて来そうなはずが、人はおろか、電話ひとつかかって来ないのであった。

医師は念のために紙入れを開いて見ると、中には拾円紙幣が二百円ばかりの金があって、別に騙術《かたり》とも思われない――けれども紙入れにも、その金の他には、少女の身許を知るに足るような物は何も入ってはいなかった。と言うのが、その二三日後、それとなく医師が少女に質《ただ》してみたに対して、驚いたことには、少女自身、固く身許を包んで言わないばかりか、逆に彼女をここに伴った者が誰であるかを根掘り葉掘り訊ね、医師が当夜の青年の人相その他を語り聞かしても事実少女には心当たりがないらしく、揚げ句には、少女から、看護婦見習いとしてでも当分いさせて欲しいと泣きつかれる始末、実はそのままで今日に及んでいると言うのである――。

「――何だか、医師として甚だ無責任なように思われるか知れませんが、あの初々しさで、私などが止めても、甲斐甲斐しく立ち働かれてみると、とてもその筋へ通知するような気にはなれませんしね。それにまだ八日しか経っていないのだし、あの齢《とし》で自殺を決心された事情などを想像してみると、実に気の毒だという感じにもなりましてね」

医師は、話の最後にそう弁解すると、わずかに面を曇らしたが、また前の微笑を取り戻して、

「そう言う訳ですから、私もあの方については何も知らないのです。家では、私の子供が嬢ちゃんと申したところから、皆で嬢ちゃんという名前にして呼んでいますがね――いやお邪魔をいたしました、早速お薬を調合して差し上げますから」

鶸ノが医師を送り出すと、僕は寝台《ベッド》から飛び起きて、引き返して来た鶸ノの手をぐっと握り、自分でも驚くほどのはしゃいだ調子で叫んでいた。

「おい、どこの医者だ、どうやって見付けて来たんだ?」

「少女が外出もできないと書いているからさ。ねがいの箱を知っているとすれゃどうせこの近所に違いない、それほどすべてを秘密にしたがっている少女が、手紙を他人に頼む理屈もないからね。僕あそれだけの理由で、表の角を曲がったところのあの赤塚さんというのを引っ張って来たんだが、自分でもこれほど調子よくゆこうとは思わなかった。少女の顔でも見て来たんだと別だがね。でも少女が上品で美しいことはもう分かってしまった。次は少女の身許をさえ知れば――」

「知れないだろうか」と僕は驚きながらも言っていた。「そして少女に当夜の青年が何者だかを教えてやるなら、僕らはそれこそ神の座に登れる――」

「こうしよう」と僕の言葉など上の空で聞いていたらしい鶸ノが何か考えの定《きま》ったように言った。「君はこれから赤塚さんのところへ薬をもらいに行って来るといい。ひょっとして、少女と話すことでもできれば、それだけでも神の旨《むね》を行ったことになる――僕はその間に、ちょっと心当たりを調べて来よう。何だったら、君が借室《アパート》へ来てくれてもいいんだが——ま、早かったら、僕もやって来ることにしておこう」

僕に異存のあるはずはなかった。鶚ノが帰ると、僕は早速、赤塚医院を訪ねることにした。が何という変わった話だろう？　医師が証明《せつめい》するのだから嘘ではないにしても、こんな事実が世の中にあるものだろうか。

少女が自殺したことは分かっている。原因はまず恋愛——失恋の結果とでも言うのだろう。だが、家庭の者が少女の死を発見したのであったならなぜ、八日間も蘇生者をそのままにして医師の許《もと》を訪れないのか。医師は、当夜の青年が、「帰って家の者を伴れて来る」と言ったと話している。とすればどう考えても青年の言った「家」は少女の家庭を指しているると思われるのに……

その家庭から、医師の許へ何の表示もないというのは、これは家庭そのものは少女の死に無関係——いや、家庭はそれを知らないと観《み》た方が事実に近いのかも分からない。家庭が知らないのを青年が発見したものだから、青年は狼狽《あわ》て医院にかつぎこみ、それを家庭に知らそうとして、あんなに自動車を急がせて去ったのだ。だが、何かの事情で、あの晩から今日まで、家庭にそれを伝えることができないでいるのではないだろうか。

だがそうとすると、少女が青年に対して、何の心当たりもないと言っているのが甚だ辻褄の合わない問題になってくる。少女の手紙から考えれば、少女を医院へ伴れこんだ者が、その父か母か、もしくは気の毒なあの方とかいう人間であれば不合理はないのである。すると少なくも、少女はその死を父母や気の毒なその方には発見される状態に置いていたと見ることができる。父母の存在を前提として考えられる死の場所としては、やはり家庭が最も可能なのであるまいか。家庭において死を選んだ少女が、少女の未知の青年に依《よ》って、それも父母らの知らない間に赤塚医院へかつぎこまれたのだ——理屈はそうなる。だがそれだとすると、青年はどうして少女の家庭に入り、また家人の誰にも知られないで、どうやって少女をその家から伴れ出したろう？

いったい、その青年と少女の関係と言ったら何なのだ？　知人でなし、もちろん恋人でも兄妹でもなし、しかも少女の家庭には何らかの意味で深い関係のある者と考えたら？

……

僕の頭脳には、そこまでしかこの問題を考える力がなかった。頭は痛くなるし、そこまでの考えに、どんな間違いをやっているかと振り返ってみても、すべて、これだけは正しいと自信するような推理もなかった。何もかもが空中楼閣上の議論のようで、ともすれば、早く鶉ノが来てくれて、この難事実に明快な決定を与えてくれればと弱者の援軍を待つ気持ちのみを感じたのである。

赤塚医院では、しかし僕はとにかく少女を見るには見た。僕が玄関を入って案内を乞うと、正面の薬局の、小さな硝子戸をそっと細目に開けて、そこから僕の何者かを確かめるように、清い瞳を覗かせたのが彼女だったのである。特に玄関まで出て来てくれた赤塚医師が、そっとそのことを僕に耳うちしてくれたけれども、僕はそれ以上に少女と交渉を持つことはできなかった。薬は他の看護婦が調合し、そして渡してくれたのである。でも少女の顔を見ただけでも、何かになったという気持ちはした。いかにも、美しいお嬢さんといった感じの、何という澄んだ深さのある瞳だったろう！

僕は教会へ帰ると、嫂《あね》を急《せ》き立てて夕食の用意をさせ、お祈りをするのも忘れて、叱れながらがつがつそれを食べてしまうと、すぐトンビを引っかけて外出の用意をした。何だか鷚ノの来るのを凝っと待っている気にはなれなかったのである。

大久保十人町の兄の教会から、鷚ノがいる新宿の借室《アパート》まで、近路《ちかみち》を行けば十分とはかからない。僕は間もなく角筈《つのはず》の電車路に出て、ここは早やすっかり夜であるネオンとレコードの街を左へ折れ、花村電機商会の角を曲がって、やがて玄関のがらんとした鷚ノのいる借室に来た。僕は二階の十二号という彼の室へ廊下を鳴らして上がって行った。

「いるのかい、鷚ノ？」

「うん……」

と言う返事は、この男が何時も憂鬱でいる時の僻《くせ》なのである。入れとも言わなければ立つ気配もない。しかし僕は構わずに扉を開けて入って行った。と、どうしたのだ、彼は電灯を消した暗い中に椅子にがっくり凭《もた》れこんで、僕の闖入《ちんにゅう》も関知せぬかのように、ぼんやり天井を仰いでいるではないか。

僕はこれは、調査がうまく行かなかったのだと思い、急な失望と、疲れているらしい彼の容子に軽い憐れを感じはしたが、それでも飛びこんで行った勢いのままに訊ねていた。

「どうしたんだ、身許が分からないで悄気《しょげ》ているのか」

「君は少女の顔を見たかい？」と鸛ノは力なくやはり天井を仰いだままで、「机の上に写真があるから見てくれたまえ。ああ電灯を点けてくれるといい」

勝手を知っているので、僕は壁のスイチを捻ってから机の前に行った。とそこに無雑作《むぞうさ》に投げ出してある手札型の写真――まさに、さっき医院で会って来た少女の美しい姿なのである！

「どこから、おい、こんな物、持って来たんだ、それでやっぱりこの少女の身許は分からないのか」

「その写真に間違いがなけれゃ、少女は鯨内《くじらうち》節子さんと言うんだがね」

「鯨内――？」

「君は知らないかね、政界では相当に有名な代議士の家《うち》のお嬢さんなんだよ」

「代議士の――知らないけれど、それがどうして自殺したんだ、いや、それより君は、どこからそんなことを嗅ぎ出して来たんだ？」

鸛ノは、この時はじめて椅子から起き上がって、机の上の紙巻きを一本とった。

「警察へ行って伴岡さんから聞いて来たんだがね。写真もやはり無理を言って借りて来たんだ」

「警察へ行って？」

「僕が警察へ行ったのはね」鸛ノは僕の不審へ応えるように、「少女の保護願いが必ず出ているのと思ったからだ。何故そう思ったかと言うと、第一は少女がその家庭内で服毒したと考えた点——」

そして鶉ノは、彼が何故、少女が家庭内で服毒したと考えたかを説明したが、それはあの時、僕が考えてみた経路とすこしも差《ちが》ってはいなかった。

既に家庭内で服毒したものとすれば、普通ならまず家族の誰かがそれを発見する理屈である。家族が発見したものとすれば、他にどんな事情があろうと、瀕死の娘を八日の間も医院へ放っておくはずはない。当夜の青年が何者であるにしても、これは家族が少女の自殺を知らないものと見なければなるまい。

だが、それほどの家庭として、少女が八日間も姿を見せなかった場合、果たして家族が平然としていられるだろうか。特に遺書のような物でも発見されていた場合はどうなるのだ、家族が第一に駈けつけるのは警察ではないだろうか。——

「僕はそんな考えから警察へ行ってみたんだがね。幸いに保護願いが全部の警察へまわっていたんで分かったんだよ」

「新聞は何故、出さなかったろう?」

「それぁ家庭の方で止めたからさ。普通なら新聞へ広告でもした方がいいはずだが、そこにはまた種々《いろいろ》と事情があるらしいから——」

鶉ノはそれから、彼が警察で訊き出して来た少女の家庭の方のことを話してくれたが、それでもまだ、僕にはずいぶんと分からないところがあった。家庭の方の事情はこうなっていたのである。――

鯨内公平氏の屋敷は、四ツ谷左門町の×番地にある。広く築地《ついじ》をめぐらした和洋折衷の立派な建物で、家族は主人夫妻に一粒種の節子さん、それに女中が二人いて合計五人。だが公平氏は仕事の関係から他出の時が多く、いつもは、女ばかりの四人暮らしと言ってもよかった。

ちょうど一週間前の朝の話になる――お美代という方の女中が、午前七時頃、毎朝の例で、お早うございますを言うために令嬢の室《へや》へ行ってみると、返事はなくて、いつもはきちんと閉まっている入口の扉《ドア》がいくらかではあるが開いている。不審に思って覗いて見ると、寝台は空《から》で、しかも上掛《うわが》けの毛布がない。最初は便所かと思ったが、注意して見ると上履きはちゃんとあるので、女中もいささか不思議に思い、今ひとりの女中にも話してともども邸内を尋ねてみた結果、どこにも令嬢の姿が見えないので、約一時間後、はじめてこれをまだ就寝中の夫人に告げたのであった。

すぐに節子さんの室へ行ってみた夫人は、上掛けの毛布が失くなっている他に、節子さんの常着《ふだんぎ》と夜着はそのままあるのを知り、もしやと思って洋服箪笥を調べてみると、果たして、外出用の新しい洋服が失くなっている！

家出だ、ということが女中らの頭にもピンと来た。そこで心当たりの方面へは電話してみたりして、ついに昼が来たけれども令嬢の行方は分からない。ちょうど公平氏がその時も熱海方面へ旅行中だったので、夫人としては気が気でなく、午後三時になって、とうとう警察へ願って出たのであった。

電話を受けた警察では、取り敢えず係官をやって前後の事情を聴取したが、夫人並びに女中の口から聴いた点では、べつに家出の原因と思われるようなものは何もなかった。

節子さんは××女学校の五年生で、常に成績もよく、かつてどんな方面でも、問題を起こしたようなことがなかった。すでに試験も終わり、今は卒業を待つばかりになっていたのが、何のためか、そんな風に家出をしてしまったと言うのである。

昨晩の八時すぎに、女中がお寝《やす》み遊ばせを言いに来た時は、令嬢はまだ机に向かって何か書きものをしていた。十時に部屋へ引き取ることになっている女中も、なお一時間ばかりは雑誌を読みなどして起きていたが、令嬢がその室から出たような気配は感じなかった。十二時過ぎまで、令嬢の室とは二室へだたった応接室で、客の青年らと麻雀《マージャン》を闘わしていた夫人も、扉の開くような音は絶対に聞かなかった。客の青年らのひとりで、藤尾というものは令嬢とは許婚の間柄で、当夜は遅くなったので鯨内邸に泊まったのであるが、この藤尾青年も、何の気付いた点もなかった。麻雀が終わって、それぞれに帰って行った二人の青年も無論であった。

節子さんは、昨夜の午前一時から今朝《けさ》の七時頃までの間に、どうしても家を脱け出た理屈になる――。

係官は何気なく令嬢の靴の有無を調べてみて、三足のものが三足ともきちんと残っている不審を感じはしたが、といって、その点から令嬢の服毒を推理することはできなかった。新聞掲載のことは、たぶん、家庭の体面からであろう、夫妻ともに極力その取りやめを願って記者の方へもずいぶんと運動したのだと言う。

すなわち、このことは完全なる失踪として取り扱われ、そのままで今日に及んでいるのである。――

「だけどさっぱり分からないね」と僕は言った。なるほど家庭から、誰も赤塚へ来なかったのは無理もないが、午前一時頃までは家《いえ》の者が起きていたくせに、同じ家根《やね》の下で、令嬢が自殺を図っているのを知らないなんてどう言うんだろう……？　許婚者も来て麻雀をやっているのに、令嬢がその仲間に入っていなかったというのもちょっと訝《おか》しいしね」

「家出の原因がないなんてもずいぶんと訝しいことだよ」

「自殺の原因というのは何だろう？」

「夫妻が新聞掲載に反対だった原因とほぼ似たものだろうと思うがね。何にしても生仲《なまなか》な原因じゃあないよ。そのために節子さんは、あたら十八歳という青春を棒に振ろうとしたのだし、聖母の愛に依って再び地上へ帰って来ても、ただそれのために身分さえ言わないんだからね。娘《こ》は家に帰ろうともしないし、親は愛児の生死の問題にかかわらず新聞掲載を嫌がっていると言うのだから、それぁずいぶんと変てこな原因なのさ」

「すると、令嬢を伴れ出した自動車の青年は、まず令嬢の味方――とでもいったことになるのかしら？」

「節子さんが正義の方、と書いているほどだからね。節子さんにすれゃ、この世で一番たのもしい男に思えたに違いないんだ。自分は絶望して自殺を決心する。母らのやっている麻雀の音を聞きながら薬をのむ。何時間か経って眼を開けると、思いもかけない医院にいる。誰が自分をここへ伴れて来たかと訊いてみると、医者が教えてくれるのは全く心当たりのない青年だ。知らない青年がどうして自分を伴《ともの》うて来てくれたろう？　それは自分の自殺の原因を知っているから、それに同情してくれた結果ではあるまいか。誰ひとり、自分の苦しみを知ってくれる者のない世の中に、その青年だけが自分に愛を以て臨んでくれた、慕わしい青年、自分はどうかしてその青年を知りたい、知ってその青年に愛を報いたい――節子さんの気持ちはおそらくそうなんだと思うがね」

「じゃあその青年は、令嬢の自殺の原因をどうやって知ったのだい？　令嬢自身も一面識もない――家庭的にも心当たりもないらしいのに訝しいじゃあないか」

「僕はその青年は、節子さんの遺書を読んで事態を察したんじゃないかと思うんだ。遺書なんか読まなくても、枕許に薬の空き瓶がごろごろしてれゃ自殺だとはすぐ分かろうし、分かればたとえ未知の者としたって放ってはおけないはずだからね」

「それなら、なぜ、令嬢が自殺しているということを夫人らに告げなかったろう？　黙って伴れ出して、八日間も放っておいたりするのは故意に夫人らを困らしているようなものじゃないか」

僕のその言葉にか、鶚ノはフト口辺《くちもと》に笑いを浮かべて、

「なぜそれを告げなかったか——故意と言うよりも、青年としては告げ得ない立場にあったと僕は思うよ。しかしその辺のことは、やはり青年自身の口からでも聞かなけれゃ分かりぁしない」

「青年が何者だかは知れないのか」

「ある点までは分かっていると思うんだけれど——そうとすると、もう僕なんかがあちこちする必要がないんでね、それで先刻から面白くなっているのさ」

「ある点までと言うと？」

「まあ職業といった風なものだけれどね、だとすると赤塚医院へは来なくとも、青年は鯨内氏の方へは必ずやって来る。来ればその目的がどうであろうと、自然、節子さんは家庭へ戻ることになろうし、それを思うと、もう僕はつまらなくてね」

「しかし職業って何だい、何故赤塚医院の方へは来ないんだい？」

僕はなお執念《しつこ》くその点を質《ただ》してみたけれども、鶚ノはそれきり口をつぐんで語らなかった。揚げ句には、

「まあ言わないでおこうよ、自然に知れることとなんだし、早くから何も君や節子さんを失望させることは要《い》らないんだから——」

そんなことを言って、彼自身もまた、僕が重ねて問うのを差し控えたほど、実に失望しきった容子をした。

仕方もないので、甚だ不満ながら僕はその晩はそのまま教会へ帰ったのである。しかし胸の中には何やら滓《かす》がいっぱい残っている気持ちで、いつもの時間が来てもなかなか、眠れなかった。うつうつと鶍ノの言葉や青年の黒い輪廓などを考えて、やっと寝《ね》に就いたと思うのは午前四時であった。

「鶍ノさんて方が見えていますよ」

嫂の声を耳に聞いて飛び起きた僕は、時間がもう昼近くなっていることにも気が付かなかった。

玄関へ出て見ると、鶍ノが一枚の新聞を手に莞爾《にこにこ》して立っていて、

「失望しなくてもよかったよ君、まあこれを読んでみたまえ」

突き出したある三流新聞の、指で示したところにはこういう記事が載っている。

「黒猫の蛮勇・あたら美男が滅茶滅茶」――という標題《みだし》で、

――昨日午後十一時頃、新宿裏通り×番地酒場《バー》「黒猫」において、××保険会社員藤尾保氏（二七）は同じく遊興中であった中野梅園アパート止宿、無職原寛一郎（二七）のために殴打され顔面その他に全治二週間を要する傷を負うた。藤尾氏は早速同番地金井医院にかつぎこまれたが、原因は酒の上の口論、因《ちな》みに被害者藤尾氏は代議士鯨内公平氏令嬢節子さんと婚約中のひとで、知人間に鳴った美貌の持ち主であった――

「黒猫」の女給お奈美さんの話に依れば、二人は同時頃にやって来たもので、隣り合っ

た卓《テーブル》で酒を飲みはじめると、原の方から何かとからみ出し、藤尾氏がうるさい、と言うや否や、立ち上がった原は拳闘の心得でもあるのか一撃の下に藤尾氏を叩き倒し、藤尾氏が起き上がろうとするのを押さえつけて動かせず、何かと喚きながらその頭部をコンクリの床へ摺《こす》りつけ、ほとんど顔面の皮をむいてしまったものと言う。二人は初対面で、遺恨等《とう》はなく、何にしても災難と言う他はない――

僕らは、僕の四畳半へ引き返していた。鸛ノは、分かるかね、といった表情《かおつき》をして、

「その青年紳士が問題の人物なんだよ」

「藤尾と言う方?」

「いや原寛一郎氏の方さ。これが少女を赤塚医院へ伴れて行った正義の士でね、でなきゃ藤尾を殴ったりしはしないんだ」

「それぁどうして?」

「藤尾を鯨内氏の屋敷へ近付けないため、と言うよりも、そうやって藤尾の美男を台なしにして、鯨内夫人に馬鹿な真似をさせないため――」

「と言うと君、藤尾と夫人との間に何か……」僕はそこまで口に出して、急に恐ろしいものに打《ぶ》つかった気がした。「ほんとかなあ、だって節子さんは実子《じつし》なんだろう?」

「だから僕は昨夜《ゆうべ》、君に話した時、自殺の原因は生仲《なまなか》のものじゃないと言ったんだ。近頃の有閑夫人なんてものの生活を考えると、考えてみるだけで世の中が嫌になる。もっと

も、罪は公平氏の方にだって無くはないんだ。いつも熱海のある女のところに寝泊まりして、まるで家庭なんて顧みなかったそうだからね」

「それじゃ令嬢も自殺する気になるだろうね、医師に身分を話せないのももっともなことだ――だが君はそんな事実をいったいどこから――」

「原寛一郎氏から聞いたんだよ、おおよその点は察してはいたがね」

「何者だい、原寛一郎て？」

「商売は泥棒さ」鷁ノはかつてない明るい調子で、いかにも愉快そうに言うのだった。

「しかし僕が考えていた泥棒とはちょいと性質が違っていたのでね」


原寛一郎氏は、その晩、鯨内邸へ忍びこんだ。懐中には、同夜あるところでやった仕事の上がりが、財布ぐるみ二百円ちょっとあったけれど、鯨内邸の前を通りかかると、第六感とでも言うのか、フト感興が湧いて、ちょいと邸内を覗いて見たくなったのである。

室の戸締まりがしてないことはすぐ分かった。女中部屋を覗いて見ると、彼女らは天真爛漫たる姿勢で変愛の夢を見続けている。次の一室を覗くと、そこにはまた、より以上に面白くない男女の寝姿があり、寛一郎氏は原則として他人の睡眠を妨げる方法をとらなかったから、唾《つば》を吐く真似をしただけでその部屋は通りすぎた。次に節子さんの寝室を覗いた寛一郎氏は、そこにあまりにも粛然と眠っている少女の姿を見て、何やら敬虔《けいけん》に近い気持ちを覚え、つい入りこんで、卓上にある空のアダリンの瓶を見たのである。続いて、盛装して寝台にいる状態を不思議に思った。そして少女の胸に置かれた聖書を見た。聖書にはさまれていたるその遺書を発見して読んだ。

この時、紳士寛一郎氏の胸中に起こった感情こそ、実に興味あるものと言っていいのである。

そっとそのままにしておこうか、少女は死んでしまうに定《きま》っている。助ければ助け得られよう目前の若い生命を、泥棒だからとてそのまま見捨てて行けるかどうか。といって、家の者を呼び起こしては氏自身の行動に都合がわるい。付近の医者へ知らしてやるか――だが、寛一郎氏は、一歩その屋敷を外へ出てからの自分の行動には多少の自信さえ持てなかった。いつ、どこからその筋の手が動き逃げまわらねばならないとも知れないのである。

そこで、めんどうと思った氏は、自分を保護する意味も半ばはあって、少女を毛布にくるんでかつぎ出した。薬の瓶だの遺書だのといったものは、その時ある本能からポケットへ入れた。氏の怪力は都合よく少女を邸外に運び出し、自分の足取りをかくすためから、氏は自動車を拾って、大久保十人町の方までやって来た。赤塚医院を選んだのはかつて何かで記憶していた結果で、そのため、運転手に疑われることもなくすんだのである。

寛一郎氏は、少女の自殺というものにある感動を有《も》つようになった。これには原因が種々《いろいろ》あろうが、少女の寝顔から受けた＋《プラス》の感じと、夫人らのそれから受けた一《マイナス》の感じが、氏をそう動かしたものとも言えるだろう。

氏は翌日から、特異の才能を以て、鯨内氏の家庭なるものを調査しはじめ、ついに、ある社会に対する嘲笑と不思議な憤りとを得たのである。

しかし、氏は公《おおやけ》ならぬ自己の職業の点もあり、また少女の心事にも思い至って、この憤りや嘲笑を、そのまま社会の表面へ投げつけることは差し控えた。その結果が、熱海においてはある女を鯨内氏から離れさせる交渉となり（これは誰にも知られなかったが）、新宿では記事の通り、少し手荒ではあったが酒を媒介としていささか夫人の注意を促すこととなったのであった。――

「前後の事情から、僕は問題の青年が普通の職業の者ではないと考えたのだ」

鸛ノは言った。

「――とすると何もかも辻褄が合う。そこで僕が、その青年は、後に鯨内氏なり夫人なりを脅迫するために、遺書を持って行ったり、二百円の金まで出して少女を医院へ預けたのだと考えたのは無理ではあるまい。元来が泥棒という商売は非正義のものなんだからね。とすれば青年は早晩ゆすりにやって行くだろう、鯨内夫妻はいずれにしても青年の要求は入れる。それが節子さんを戻すためにも、また自分らの家庭の面目を保つためにも最善の路だからだ。が、そうなった時の節子さんの失望というものはどうだろう、自分が世界でただひとりと頼んだ青年は泥棒で、しかも自分を助けてくれたと思ったのも、実は青年にとってはその仕事の一部分にすぎなかったのだと知ったら――僕はそれを考えて実に嫌な気持ちになったんだ。そんな結果が来て、何も世間にも知れずすんでしまったら、家庭はやはり悪魔の巣のままで良くなりはしまい、そこへ節子さんは再び帰って行かねばならないんだからね。ところがどうだ、今朝のその新聞じゃあないか」

鶉ノは急に生き生きとしてきて、

「その新聞は面白い新聞だよ、乙に澄《す》ましていないで何でもかんでも書き立てながら――それを見ると今の記事が載っている。僕は、青年が八日間も姿を見せない点に、まだ一縷の望みをつないでいたから、もしやと思ってすぐ警察へ駈けつけてみたんだ。そして伴岡さんに頼んで留置されている原寛一郎氏に会って訊いてみると、どうだ先刻の話が分かったじゃないか。泥棒は泥棒でも氏はやはり正義の士だったわけだ。僕は金井医院へ藤尾氏を訪ね、問題を示談にすることにして、先刻、警察から寛一郎氏をもらって来たんだがね。これなら職業はともかくとして、節子さんにしたって多少は気持ちが柔らぐだろうじゃあないか。それでまあ昨晩《さくばん》のお詫びの気持ちもあってやって来たんだ」

聖母の旨《むね》、という気持ちが僕にチラリとした。

「人間社会には種《いろ》んなことがあるもんだねえ」

と僕がしみじみ言うと、

「神様も近頃はきっと退屈なんさ」と鶉ノが言った。「人間が神の仕事を奪ってしまって何《なん》にもさせないようだからね」

双眼鏡《めがね》で聴く

一

新宿裏通りにある鸛《はと》ノの安アパートを、その晩、何の前ぶれもなく訪問した紳士がある。年齢は四十歳前後。目だたない地の背広を几帳面に着て、帽子を脱《と》った下はめずらしく五分刈り頭だ。取り次ぎに出たアパートの女中へは、「秦《はた》というものです」としか言わなかったが、やがて導かれて鸛ノの室に来ると、女中の立ち去るのを待って、はじめて、

「自分は森毅十郎《もりきじゆうろう》将軍の副官、秦少佐です」

と身分を名乗った。

「憲兵隊の川合少佐から伺って参りました。実は重大な要務を帯びて上がったのですが、ここで申し上げても差し支えはないでしょうか」

秦少佐はそう言って、あまりに貧弱なこの書生の室が気になるらしく、礼を失しない態度でチラと扉《ドア》の方を振りかえった。

「何事か存じませんが、秘密を要するお話でしたらこのアパートはいけません。咳ひとつしても廊下の端まで聞こえますから」

鸛ノがこう言ったのは、そのわずかな間に微塵《みじん》のけれんもない相手の誠実を感じたからである。秦少在は鸛ノの好意を諒解したように、

「それでは甚だ勝手ですが、そこまでご同行願いましょう。自動車を持って参っておりますから、自動車の中なら安心です」

鶉ノは部屋着のままでいたので、それを着換えようとしたが、客はその必要はないと言った。少佐に続いてアパートを出た鶉ノは、そして、表通りの闇《くら》がりに星の徽章《しるし》の付いた立派な乗用車が待っているのを見たのである。

運転手も無論その方面の者だったと見え、二人が乗りこむと、少佐の命もなく自動車は動き出した。

しばらくの間、少佐は無言で、自動車が雑沓《ざっとう》の巷《ちまた》を出はずれるのを待っている容子《ようす》だった、がやがて扉《ドア》の外に街の灯《ひ》が疎《まば》らになり、騒音が遠退《の》いたと思われる頃になると、

「鶉ノさん、これは国軍の機密に関することで、絶対、外部へ洩れてはならぬことをまず申し上げておきます」

と、一段と重々しい態度で口を切った。

「近時、国際関係がむつかしくなり、特に某国とはある問題で、わが国、軍部を限らず外務省関係でもその対策に腐心していることはあなたもよくご存じでしょう。この問題について、軍部として、主としてその衝《しょう》に当たっておられるのが将軍閣下なのです。これは職分としても当然なことではあるが、このため、将軍を中心とする幹部会議が、省内の特別室で幾回となく行われたこともご想像がつくでしょう。ところが鶉ノさん、この会議の内容が外部へ洩れる。半日と経たぬうちに敵方へ知れてしまうのです」

少佐はちょっと言葉を切って、

「その会議室は省の中央部にあって、扉《ドア》も特別な構造《しかけ》になっており、廊下には歩哨も立っていたくらいだから普通なら、当事者以外に会議の内容が知れようとは思われない。だがそれが洩れる。あまりに奇怪なことなので、軍として、一般省内の人事を調査する一方、早速その会議室を点検してみました。するとどうでしょう、事もあろうに、室の隅の卓《テーブル》へ飾ってある小さな銅製の馬の置物へ、実に精巧な新型電話器が装置されているのを発見したのです。これが小使い部屋とか何とか言うのであれば問題はないが、平素でも特別な者のほかは出入りのできぬ特別室のことでしたから、あれほどの将軍も非常に心配されました。電話器の点は点として、わが本拠へ、いつのまにかそうした物を装置した敵方の秘密な力を恐れられたのです。その電話器は技術部へまわされ、また特に任命された憲兵隊の者が、ともにその後《あと》の調査を急いでおりますが、残念ながら、ただ今のところではまだ手懸かりのその家らしいものも発見されておりません。しかし、この方のことはまずすんだことで、差し当たってどうと言うのではないのですが、困ったのはその後です。某国との問題はますますむつかしくなる。会議はどうしても続けねばならぬ、だが滅多な場所で合同して、またぞろ内容を盗まれたのでは、軍としての面目はもちろん、直接国家としての方針に大支障を来すことになります。そこで種々方策《しゆじゆ》を練った結果、将軍の思い付きで、ある方法を採用することになったのですが、あなたは今、将軍がS湖畔の別荘へ行っておいでのことをご存じですか」

鸐ノは知っている旨《むね》を応えた。悠々たり忙中閑とか何とかの標題で、釣り姿の将軍の写真を、都下の多くの新聞が掲げたのはつい最近である。鸐ノは、将軍の長い髭が、その頬冠《かぶ》りの中から、左右へ特別な待遇を受けているかにピンとはみ出していた可笑《おか》しさをすぐ思い出した。

「つまり、将軍の考えられたことは、戦国時代の武将が用いた水上会議の応用なのです。S湖畔に別荘があるのを幸い、表面は休暇をしてここに赴き、釣りと称して舟を湖心に浮かべ、そこで会議を続けようと言うのです。これならば、誰に見られようと、会議の内容を聞かれる心配がない。敵方がいかに神算《しんさん》鬼謀《きぼう》を有《も》っていても、水のあなたの会議をどうすることもできまいと言うので、これには各幹部賛成し、早速湖畔へ参られたのが先月末《まつ》、ちょうど今日で一週間になる勘定です。ところで最初の四日間は何事もなく、うまく会議は進んだのですが、その五日目になって、またしても鸐ノさん、その日及び四日の会議内容が、どこからか敵方へ知れていることが判りました。どう言って、この時のわれわれの苦痛と驚愕をお話ししていいか、自分などは屈辱の余り、憤死することに思いを致したくらいなのです。もちろんその舟は検《あらた》めました。舟子《ふなこ》として同舟した部下の者ふたりをも厳重に取り調べました。だが舟にもこんどは無線機など取り付けた形跡は全然なく、二名の部下にも怪しむべき点はまったくないのです。それなのにやはり会議は盗まれる。そこで試みに昨日《きのう》、また舟を出して仮の会議を行ってみると、どうでしょう、やはり内容は敵方に伝わっていることが今日になって判ったではありませんか。これでは会議を続けることができない、いやこんどの会議ばかりではない、いついかなる時においても、軍の機密を敵方に探り出されるか判らない、われわれは敵方のこの恐るべき探知力、あるいはその機構を、一日も早く発見破壊せねば、軍として、臣民として、一日たりとも職に安んずる気持ちではいられない。――本日、自分がお訪ねした目的はここにあります。無論閣下以下一同の希望でもあります。この見えざる敵を是非、引ッ捕らえていただきたい。もちろん、軍として能《あた》う限りのご便宜は計らねばなりませんが、いかがでしょう、引き受けてくださるでしょうか」

少佐はようやく語り終わって、その結果を待つ鋭い眼差しを鷸ノに向けた。

二

真《しん》に重大な問題だった。

わが陸軍省の特別室へ、某国特務機関の手が、機密を盗むための電話器を装置した。このことだけでも無論問題とすべき国家的の事件である。

しかし、部分を論じる点になれば、電話器の使用、並びにその装置のことは、それほどに驚くべき方法ではない。欧米諸国ではしばしばその例を見るところで、言ってみれば、何者かが必ず電話器をその特別室に持ちこんだにすぎないのである。そして既に装置されたとすれば、電話器は本来の機能のまま、不必要な言葉をまでも吸収するのは当然とも言える。

ところが、事件は既にS湖畔に移り、そこでは早や、常人の想像を絶した犯罪が行われている。

会議室に相当するものはこんどは一般の漁舟《ぎょしゅう》である。電話器等《とう》の存在が許されていないことはもちろん、他に何らかの仕掛けを肯定するとしてもそれは不可能にちかい水の上なのである。会同のひとびとに絶対に敵方に通じている人物もない。そして内容は盗まれると言うのである。某国特務機関の手が働いているに論はないとしても、その問題のどこに、こうだろうとでもわれわれの想像を許す機構が望まれるであろうか。

普通に考えられるところでは、第一は、どうしても会議の行われる舟に特別な装置でもあるかの問題であるが、これは再三くり返したように全然懸念はないのである。

第二に考えられることは内通関係で、あるいはそれ自身内通者とは知らず、会議後、陸上に引き揚げてから、何らかの失策で相手に会議内容を感知せしめている者があるのではないか——との想像であるが、これも会同者従者の人物の点、居所《きょしょ》の点、時間の点、交友の点で何ら問題がない。

第三には、飛行機か何かはるかのところから、会議の情景を敵方が監視していることが想像される。だが、釣り糸を舟べりに垂れた将軍らの姿を見るは見るとしても、その語られつつある言葉をどうして聞くことができるだろう？　得体《えたい》の知れぬ相手方のことであるから、あるいは、いまだ世に現れてない精巧な聴音機様の物を発明使用しているのかも判らない、だが、それだとすると、もはや一個の敗戦であって、われにその聴音機の在所を嗅ぎ当てる特別な機械でも発明されぬ限り、これはもはやとうてい太刀打ちのできぬ問題となる。……

「僕はS湖をまだ知らないのですが、湖形などは大体どんな工合《ぐあい》なのです?」

鷭ノは、諾否の返事は忘れたかのように、フトそんなことを訊《き》いていた。

「湖形は東西六粁《キロ》、南北一粁半の鈍《どん》長方形で、水深は最長百七十、四面翠巒《すいらん》に囲まれ、その山麓、すなわち湖岸に多くは旅館であるS町の人家が点在しているのですが、これは、自分がお話しするよりも、一見していただいた方がずっと早い。もうわずかでそのS湖に達しますから――」

少佐は腕時計を見た。鷭ノとて思わぬではなかった。だが自動車がそれほども遠く早や東京を離れて来ていたろうとは! だが鷭ノは続けて次のことを質問していた。

「会議される地点は毎日同じ個所だったでしょうか」

「同じ個所です。と申すのは表面が釣りということにしてあるからで、変な場所はかえって疑われようとわざわざ漁夫《ぎょふ》からその釘り場を譲ってもらったのです。そうです湖水のほとんど中央くらいに当たっていましょうか」

「将軍はどちらの舟べりを使用されます?」

「前の二日は北側でした。後の二日は南側でしたが、将軍らは四人で、舟が小さいから二名宛《ずつ》片側に並び、糸を垂れながらで、つまり話はお互い背中越しにされるわけです。何かお気付きの点があるのですか」

「いや別に何もありません。予備知識までにお伺いしてみたのです。ところで、将軍が湖畔にご到着になった前後からの、旅館の宿泊客という者は、一応はお調べになりましたでしょうね、遊覧地としては有名なところですから、外人客も相当に多いと思いますが――」

「ところが今季に限って、その外人客は皆無《かいむ》なのです。ほとんどが保養遊覧といった客ばかりで、それも特に田舎の者が多い、そして怪しいと思われる行為も発見はできませんでした」

「都会からの客としてはどういう種類のひとびとがおりましょうか？」

少佐はポケットから手帖を出して開いた。

「東京の者で、米屋の老夫婦が一組、会社員で新婚旅行らしいのが一組、文士という者が一人、若い画家夫婦が一組、病気という青年とその母親とが一組、若い二人連れの娘が一組、これはまだ学生だということです。それから請負師《うけおいし》の一行が十人。どこかの芸者を伴《つ》れ出して来ている者が二組、旅館はひとつではありませんが、ざっとこういった人達です」

「それらの人達は、普通どうやって毎日を送るのですか、お判りになりませんか」

「まず、宿に着いた翌日は、近隣の名所を見て歩くというのがほとんどです。それがすめば、後《あと》は湖畔でも散歩するか、湯に入《い》るか、碁将棋に興じるか、釣りでもするか、まずそういった類《たぐい》です」

「将軍が釣りをされる時間は？」

「いつも午前中です――がお話するうちにもう参りました。夜明けまでにまだ三四時間はありますから、ひとまず寝《やす》んでいただきましょう。そして明朝、今一度舟を出してみますから、ともかく様子をご覧になってください。もし湖上へお出でになりたいようでしたら、ご同行願えるよう将軍にも申し上げてみますから――」

自動車はある旅館の前に着いた。少佐の話では、この旅館に他の二人の将軍も滞在されているとかで、こんな深夜にも、宿の者が取り乱したところの少しもなかったのが、さすがに鶉ノにも頼もしかった。

自動車が再び少佐を乗せ、闇を疾駆し去ったのは将軍の別荘へ報告をもたらしたものだろう。

鶉ノはすすめられるままに一風呂浴びると、その暖かみのうちに、すぐ様、わずかながら朝までの睡眠をとった。

三

朝の陽が上がるにつれて、湖水をおおうていた霧が霽《は》れていった。霧の下には濃藍色のS湖があった。四囲の緑は深く、紫の輝きを見せ、その紫に対比して、白い美しい優婉《ゆうえん》な渚が湖を縁取《ふち》っていた。

その渚の、白砂の上に引き揚げられた問題の漁舟《ぎよしゆう》は、秦少佐の指揮を受けた四人の若い人達に依って、鷭ノが見ている前で、残る隈《くま》なく水洗いされたのだった。懸念《けねん》するまでもなく、舟そのものには、何らの疑うところとてはなかった。

舟が湖上に泛《うか》べられると、まず舟子を勤める若い一人がひらりと乗りこみ、続いて髭《ひげ》の将軍と、他の三人の将星らが、尻はし折り頬冠りという鷭ノらにも親しみある姿で飛び移った。最後にいまひとりの舟子を勤める者が乗りこむと、舟はそのまま渚を離れ、湖心に向かって漕ぎ出された。それは外見はいかにも平和な風景だった。湖水の朝は寂しく清く、何らの不似合いなものも見当たらない。……

渚には、少佐と部下の二人と、そして鷭ノとが残っていた。漕ぎ出した舟はやがていつもの地点に達したと見え、艣元《ろもと》の人物も腰を下ろした。湖上はただ一碧《いつぺき》の鏡面のように、他に舟らしいものの姿もない。

「いつもと別に変わりません。将軍らは、きのうもああして仮の会議をされたのです。時間、それから舟の位置も昨日と同様です」

秦少佐のその声には何やら悲痛なひびきがあった。眺めやる一帯の風景、その舟、その湖上、全く、鷭ノとしてさえ、何らの特別なものも発見することはできないのだった。この静けさ、この平和な眺めのうちに、どこに某国特務機関などという、歪《いびつ》な物象が存在するだろうか。

「僕は、しばらくひとりでこの付近を歩いてみたいと思います。昼までには、お引き受けできるかどうかをご返事したいと思いますから——」

この青年としては、めずらしく大事をとったものだった。彼はそう言うと少佐らと別れ、当てもなく、湖水をめぐる露の小路をたどりはじめた。

時に首をあげて見はるかせば、将軍らの舟はまさに一指《しこ》呼の間《あいだ》に絵のごとく浮かんでいる。六人の人物の立ち居も見え、その糸を舟縁《ふなべり》に垂れた者の陽やけした腕さえも見ることができるのである。だが残念ながら、一行が今、果たして何を喋舌《しゃべ》り合っているものやら、それは察することさえできなかった。できないのは当たり前と言え、しかしどこかではそれを某国特務機関の手が明確に知りつつある。察するだに能《あた》わぬのは少佐らはじめ、自分、鶚ノだった。それが彼には腹立たしかった。

「彼らはどこで、どうして、いったい将軍らの会話を捕獲《キャッチ》しているのだろう？　が、機械じゃあない、決して機械なんと言うものじゃない……」

鶚ノは、敵方が、新鋭なる聴音機様の物を使用しているなどとは考えたくなかった。もしそんなことがあれば、それこそわが国、全科学者が責を負うて自決すべき人種上の大汚辱である。が鶚ノとしても、この疑問のうちに、絶対に機械力が働いていないとは言いきれるものでなかった。ただ、気持ちの奥底にあるひとつの声が、強くその叫びを上げるのである。

鶚ノは湖水の南部を歩いて行き、その小路で、向こうから来る一組の男女と摺《す》れ違った。

摺れ違った男女は、少佐のノートにあったあの芸者とそれを伴れて来ている嫖客《ひょうきゃく》の一組らしく、男女ともに旅館の浴衣を着てはいたが、男はその右手に、いい品と見える首から革紐で吊った双眼鏡を握っていた。

鸚ノは急に停止《とま》った。

「そうだ、もしはっきりと見得るならば――」

彼は、何分かそこに停止《たちつく》した末に、そう思わず呟くと、稍《やや》すくわれたかの表情になって、こんどは真っ直ぐに旅館に向かって帰って来た。彼が、思うことあって、一度東京へ帰って来たいと言い出したのはその直後である。

「まだ断定はできません。ただひとつの仮定を得ただけです。がそれについて、是非東京へ帰って来たいと思うのです。遅くとも今夜中には引き返して参りますから、ご面倒ですが旅費をご心配ください」

自動車で送っていただくよりは、普通に電車を利用したいと鸚ノは言った。少佐としても無論、否むべき筋合いは何もなかった。鸚ノはちょうど正午、湖畔を発《た》って帰京した。だがその夜、遅く、再び引き返して来たこの青年は、それが何かの手段でもあるのか、奇妙なことに、ひとりの愛くるしい洋装の少女を伴《ともの》うていたのである。

奇妙なと言えば、その少女が、すすめられて入浴にたった時、鸚ノはその案内の女中へ、次のような注意をも与えていたのだった。

「その少女へは絶対に言葉をかけないでいてください。何を言っても返事はしませんからね、どうかそっとしておいてください」

一方、青年の帰りを待っていた秦少佐は、今朝の仮某会議《かりぼう》の内容もまた、完全に敵方へ盗まれたことを告げ、明日《あす》以後は、もはや会議はされ得ないであろうかと心痛した。しかしこれに対する鶸ノの返事は、今朝《けさ》に比べてまるで違った明るい調子のものだった。

「明日こそ肝心と思います、是非もう一日、会議をなさってみてください。明日は多少、期するところもありますから――」

彼は成算あるもののごとくそう言い、なお少佐に、双眼鏡をひとつ借用したいと申し込んだのである。

四

翌朝、渚では昨日と同じ作業が、同じひとびとに依ってなされていた。そして舟は厳重に検査された後に、また将軍らを乗せて湖心に漕ぎ出していた。少佐は憂いの眼を以てこれを見送った。が今日は、鶸ノの姿はその渚には見えなかった。

鶸ノはその時、例の愛くるしい少女を伴れて、散歩路を湖水の北側に添って、西に歩いていたのである。少女の齢は十六か七、並んで行く姿はちょうど恋人同士の散策かに見えた。が相当のながい時間、二人の間に何の話も取り交わされなかったのはどうした訳か。少女は時に足許の秋草を指して、ニッと青年に笑いかけたりすることがある。青年が笑って頷《うなず》くと少女も満足そうに沈黙《だま》ったままで頷くのである。どちらかと言えば発育のいい動作も明るい方の少女だった。だのにそうして、二人は音もなくなお歩いた。

やがて鸚ノが足を停《と》めたのは、その散歩路が、将軍らの舟の北面に対して真正面に当たる地点、すなわちそこから湖心を望めば、北に向かって舟縁《ふなべり》から糸を垂れている将軍と、今ひとりの将星とに、水を距《へだ》てこそすれ、相対峙することになる地点である。

「この辺で渚へ降りた方がいいだろう」

鸚ノはそう呟き、それから少女の手を執ってやって、散歩路から小笹の繁みを分けて下の渚へすり降りた。少女は一寸《ちょっと》の間、顔を紅《あか》らめはしたが、その冒険に嬉々としてこれも何なく白い渚へ健康な白脛《しろすね》をたてた。

鸚ノは降り立った地点からなお二間《けん》ばかり西へ位取《くらいど》りするように立ち、それから持って来た双眼鏡を箱から取り出して眼に当てて見た。ピントが合うと、将軍らの舟がつい鼻の先にあるように見える。将軍が何か言っている。将軍の左に席をとったこれも相当年輩の人物が、急に糸をたぐり上げ、また下ろして口を開けて笑った。魚を逃がしでもしたものと見える。将軍は何か言いながら、糸を上げて餌を付け換えた。鸚ノの眼に、その時、将軍の手中に光る小さな釣り鉤《ばり》の鍵の手がはっきり見えた。――

鸚ノは双眼鏡を少女に渡し、あれを、という風に将軍らの舟を指した。少女が双眼鏡を眼に当てると、その間《あいだ》に彼はポケットから手帖を出して、分かりいいようにゆっくりと次のように書いた。

「あの舟の、右側にいられる老人が、有名な髭《ひげ》の将軍です。隣で釣っている方も、やはり偉い将軍です。あなたには、あの将軍達の話していられることが分かりますか、分かったら分かっただけをこの手帖に書いてみてください。手帖は僕がしっかり支えています」

その数行が少女に示されると、彼女は自信ある者のようにひとつコックリをした。そして双眼鏡は左手に持って眼に当て、右手には鶸ノから渡された鉛筆を持った。

鶸ノは、少女の前に立ってはその視界を邪魔することになるので考えた末に、後ろから少女を抱くようにして立って手帖を支えた。三脚や画板のような品をでも持って来ていたなら、そんな心配もなかったであろうが、この時はよほど鶸ノも日頃の冷静さを欠いていたかに見えるのである。

少女は初め、手帖への見当が定まらず一二行を書き損じたが、慣れると美しい字で将軍らの会話の内容を誌《しる》し出した。

鶸ノは少女の肩越しに、書き続けられてゆくその将軍らの会話を興味ふかく見守っていた。会話はまず逃げた大魚のことから始まり、馬の話になったかと思うと、刀剣の話が出たりしていた。時事問題に関して将星らの間に取り交わされたものは、エチオピア対伊太利《イタリー》についてのそれも十数行にすぎなかった。今日は会議の体裁をとっただけで、将軍らはほんとうの釣りなのである。会話の内容は、誰に知られても全然危険なものではなかったのだ。

だが鶸ノは満足した。ついに、何らの機械をも使用することなく、彼は湖上の将軍らの会議内容を知り得たのだ。はるかの湖上に、たとえひそひそ話にそれが語られようとも、ひとつの双眼鏡、ひとりこの少女さえあれば、同時同刻に、苦もなくそれを盗みおおすことができるでないか。そして、これは何という簡単な方法なのだ。

鶉ノは、いい加減の時間にこの実験を切り上げた。そして来る時以上のねんごろさを以て少女をいたわり伴れ戻ったが、旅館に帰ると早速、机に向かい、少女が手帖に認《したた》めたところを有り合う便箋に字句を訂《てい》して写し直した。それから別荘の少佐にすぐ来ていただくよう電話をかけ、少佐が駈けつけるとその便箋を差し出して、

「これは今日、僕が将軍達の会話を試みに盗んでみた筆記の前半です。将軍達はまだ水の上にいられるのですから、絶対に僕が舟の近くへ行ったものでないこともお分かりになりましょう。どうか、将軍がお帰りになりましたら、この筆記が舟の中の会話を伝えているかどうか将軍にお訊ねになってみてください。もしこの筆記が真実《ほんとう》であったなら、ほんとうにそれが間違いなかったら、それこそもう敵を逮捕したと思って違算《いさん》はないのですから――」

少佐はその紙片を持って旅館を飛び出し、いつもの渚に駈け下りて将軍らの舟の帰るのを待った。時間はすでに正午で、少佐が待つほどもなく、その舟はすぐ漕ぎ戻って来た。少佐から渡された便箋を見て、将軍が厳粛な表情のまま、その渚に立ち尽くしたのはこの時である。

「秦君、いったいどんな方法で、これほどくわしゅうわしらの話を知ったのじゃ？　そ

して何者の仕業なのじゃ？」

しばらく経ってから将軍はそう言い、見られるがよい、といった風に便箋を次の将軍へ無言のまま差し出した。便箋は次の将軍からまた次の将軍へ渡され、その驚きを一倍にした。

少佐が鸚ノの言葉を伝えると、将軍は、

「では早速行ってあの青年の意見を聞いてみよう、方法が発見されれば、もう敵方の力の半ば以上を殺《そ》いだも同じことじゃ。なあに、間諜《かんちょう》などはすぐめっかる」

と自身一行の先に立って歩き出した。事実、この時はもはや、鸚ノの頭の中ではその某国特務機関の手の者は確実に逮捕されていたのである。

五

「実に簡単な方法だったのです」

と将軍らを前にして鸚ノは言った。

「閣下らの舟は、湖水をめぐる散歩路の、どの地点からも見ることができます。しかし、舟の中の個々の人物を見別《みわ》けるほどのいい眼を有っている者があるとしても、そのお話が何であるかを知ろうとするのは、ほとんど、不可能のことかのように思えました。しかしその不可能を、某国特務機関の者はやっております。そこで、見ることと知ることとを結合させたもの――例えばそうした技術のようなものがあればと思い、種々《いろいろ》に考えた結果、僕はフト、あの聾唖者《ろうあ》らが使用する読唇術《どくしんじゅつ》というものに思い当たったのです。聾唖者らがただひとつの頼みとするのはその両眼だけで、彼はその耳に依って物を聞くことは許されません。しかも読唇術はこの間《かん》にあって、聾者が聞き得ない相手の言葉を、相手の唇の動きから、眼に依って知り得るよう教えています。僕は、これ以外に、閣下らの会話の内容を盗む方法は他にないと思いました。しかし」

と彼はちょっと言葉を切って、

「僕は読唇術の実際というものをまだ知りません。迂闊《うかつ》に左様なことを発表して、万一失敗があってはならぬと思い、昨日《きのう》一度帰京して、以前一二度お目にかかったことのあるのを幸い、小石川聾唖学校の校長をお訊ねしてみたのです。そして読唇術の実験を見せてもらいました。その結果、この術は理想的な術ではあるけれども、習得に長年月を要し、同校の生徒のうちでも、特に恵まれた一二の者しか、実際には使用し得ないことを知りました。しかし、その恵まれた生徒においては、初対面の僕の言葉さえも、すらすらと諒解されてゆくのです。僕は校長に乞い、その生徒の父兄を説いてもらって、三日の約束でその生徒を借りて来たのですが、それが先刻ご覧になったあの少女です。今朝《けさ》、僕はあの少女を渚に伴《ともな》い、双眼鏡で失礼ではありましたが閣下らの舟の中を見せ、閣下らの唇の動きから、どんな会話がなされているかを手帖に書き取ってもらいました。結果はご承知の通りで、練達の者がこれを行えば、多少のむつかしい術語なども、訳なく盗み知ることができると思われるのであります」

　ここで、少佐が何か言い出そうとしたのは、右の前提から引き出される真犯人逮捕への方法のことだったのだろう。だが続いて、鸚ノはそれについての意見をも次のようにのべたのである。

「つまり、この方法で、これまでの会議内容が盗まれていたのでしたら、犯人は今日もまた、この湖畔のどこかに潜《ひそ》み、閣下らの動勢を双眼鏡か何かで見張っていたろうと思われます。われわれは閣下らの舟が出漁中、その周囲のどこかで、双眼鏡か何かを使用している読唇術のできる者、表面的には聾唖者を逮捕すればいい理窟なのです。前に少佐に伺ったところでは、少佐はこの湖畔の、宿泊客について精《くわ》しいお調べをなさっていました。少佐、そうした客のうちに聾唖の者はいませんでしょうか」

　少佐がそこまでは調べが届いていないことを言うと、鸚ノは重ねて、

「実は小石川の聾唖学校を訪ねました時、読唇術が甚だむつかしいものであるとの話から、学校はじまって以来の、成績の優秀なある少女のことを聞いたのです。その校長の話に依りますと、ちょうど十日ばかり前、学校へ変わった求人の訪問者があって、生徒または卒業者のうちで成績がよく、特に読唇術のできる者を世話して欲しいと言い、給料その他の条件も悪くなく、学校としては、これは記念すべき事柄でもあるからと言うので、校長は特に、今春卒業して、当時は家庭にあったその成績優秀な少女を紹介したと言うのですが、あるいは僕はその少女が、ひょっとしたら、敵方の者に利用されて、この湖畔へ来

ているのではないかと思うのです。これは一応のご参考までに申し上げましたので断定はできません。いずれにしましても、この湖畔にある聾唖者が問題だと思います」

読唇術の事実があるだけに、将軍らも鸚ノの意見をもっともなこととした。だがそれを検査する方法として、今すぐに遊覧客をどうこうすることは、もし証拠のなかった場合、という点が考えられて、策を得たものとはされなかった。

そこで仮装会議がもう一日、行われることになり、その間《かん》、陸上に残った者は全力をあげて、湖畔の聾唖者を検索することになったのである。

六

その半日は、鸚ノにとっては、ながい時間の気がした。うまく犯人が挙がればよし、もし手違いを生じた場合は、彼の面目は丸潰れである。

が午前十時、将軍らが湖上に舟を出してから約一時間ばかりして、秦少佐が、鸚ノの言葉通りの、双眼鏡を持っている聾唖者を発見した。しかもそれは、学校を出てまだ間もないと思われる瞳が聡明らしい少女だったではないか。

少女はその夫と称する青年とともに、昨日、鸚ノと、鸚ノの少女とが実験をした渚のちょうど真上の、疎林《そりん》の中から将軍らの舟を双眼鏡で覗いていたのだ。いや、秦少佐がこの二人を発見した時は、少女は、三脚に腰を下ろし、右手に鉛筆を持って、自分の前に立てた画布に向かい、見はるかす湖水の素描に余念がなかった。だが飽くまで、左手にした双眼鏡は、その双眼に当てられていたのである。

背後から少佐が声をかけると、狼狽《うろた》て青年が返事をしたが、背後に人ありとも知らぬ少女は、振りかえるさえしないで、画布にある草地のあたりに、盛んに鉛筆を走らしていた。二人が将軍の別荘へ連れられた時、問題になったのは何らの証拠もないことだった。二人が泊まっている旅館について調査してみても、ただ宿帳に、画家の夫婦であるとの身分が記されているばかりで、それが某国特務機関とわずかでも関係のありそうに思えるものは全然発見されないのだった。

しかも青年は、故《ゆえ》もなく自分らを監禁すると喚き散らして、証拠があるなら出してみよと少佐らの不法を難詰した。全く、この場合その少女の啞《おし》であることも、双眼鏡を所持していたことも、証拠とするにはあまりに一方的なものばかりだった。

少佐らの間では、一応二人を宿へ帰してはとの議さえ起こった。だがさすがに鸛ノは、こんな場合にも日頃の注意力を働かしていて、ついに、二人の動かすことのできない証拠を発見したのである。

「秦少佐、誰方《どなた》か部下の方に速記のできる方はありませんか。これを翻訳されれば、少女らが何をしていたかが恐らく判明すると思いますが――」

鸛ノが持ち出したものは、少女が使用していた画布である。そして指示したのは、その風景画の、草地の素描とばかり思われていた細かい鉛筆の跡なのである。

「それは速記文字です、この女《ひと》には速記もできるものと思われます」

青年の顔色が変わった。だがまだ事実を告白はしなかった。いよいよ青年がそのことを白状したのは夜になってからである。

夜になって、将軍の招電に依って聾唖学校の校長が来湖《らいこ》した。そして画家の妻と称されていた右の少女が例のよき生徒であったことを発見し、また、少佐の部下には速記術を習得している者がなかったため、画布上の速記も校長が解いたのである。もちろん、そこには舟の中の将軍らの会話が細大洩らさず記されてあり、もはや犯行の跡はおおうべくもなかったのだ。――

青年はありきたりの放蕩者にすぎなかった。ただ明るい容姿を有っていたため、秘密な団体の一味が、この唖《おし》の少女を籠絡する道具として使用していたものと分かった。青年は、宿に帰ってから少女が翻訳する将軍らの会話を、電話を通じ暗号を用いて、東京の一味へ知らしていたのである。

それが暗い方面の仕事とは察していたであろう少女が、なおそのことに従事していたのは、帰するところ、満足な肉体を有った右青年への思慕からだったのではあるまいか。

鶫ノは、自分が校長から借りて来た同じ唖の少女が、彼に対する恥じらいの容子から、ひとりそう考えたのである。

第二十九番目の父

一

——昨年の秋、九月から十月へかけての頃、「哀れな精神異常者、大臣を父と頑張る」とか「まさにお家騒動の幕」とかの小さなみだしで、都下各新聞の三面に、それも隅の方に、神谷仙賢《かみやせんけん》という若い男の記事が出ていたのをご記憶になっている読者はないであろうか。みだれた長髪によれよれの学生服を着、頰骨をとがらし、艶《つや》っ気《け》のみじんも感じられない顔に眼ばかりぎろぎろ光らして、霞ケ関の大臣官邸や、それから麴町にある某々《ぼうぼう》の伯爵家、ほかにも、二三そんな名士や高官の屋敷の玄関先へ乗りこんで行って、

「父に会わせてください、仙賢です、お父さんの子の仙賢です、ひと眼でいいから会ってください、お父さんと呼ばせてください」

そう涙とともに怒鳴っては、その度に守衛や玄関子や警官や三太夫や、たまにはそのお屋敷の令夫人にまで大騒ぎをさせた男である。

背がすらりと高くて顔だちのどこか上品な、私には数すくない変わった友人のうちのひとりで、本名は新見計介《にいみけいすけ》という九州の者なのだが、これが最近「神経衰弱の昂じた結果の自殺」をして灰になった。私は前々からこの男のことを何かに書きたいと思いながら、機会もなく、また別な理由もあってそのままに今日になったが、今、彼も死んでし

まってその理由も消滅したし、それに、私へあてた彼の遺書にもそのことがしるしてあって、ちょうど機会もめぐまれているので、しばらく変わった彼仙賢の生活その他のことを書き綴ってみたいと思うのである。

とはいうものの私は、こうして筆をとりながら、まだ何か彼の遺書やそこにしるされてある嘘とも実ともつかぬ変てこな事実を発表することに躊躇している。これはそのうちに出てくる幾人かの人物の地位や名前が、社会的にあまりにも有名であったり美しいものであったりするためであろうか？　それともまた、彼仙賢の示したそれらの事実が、事実というにはあまりにも私たちの常識とかけはなれているものの故であろうか？　にもかかわらず私は、こころのどこかで確かに彼の遺書にあるものを信じているのである。

二

学校を出てからそれでももう四年、五年になるであろうか。その久々で私が彼に会ったのは、そのことにしてからがもう普通のことではない変な出合い頭からであった。

暮れの二十七日のことと憶えている。めずらしく風の暖かい晴天であったので、私は所用で神田へ行った帰りを、ぶらぶら九段から三番町の坂を市ケ谷へ向けて帰って来ていた。そして私が外濠とは反対の方の歩道を坂の中途、と思われるあたりまで下って来た時に、

「お父さん……」

と実に悲痛な、しぼるような若い男の声がつい一二間《けん》先の立派な門構えの中からきこえ、それとほとんど同時といっていいくらいに、

「分かった分かった、君のお父さんはこっちじゃない、さ早く帰る、帰る——」

ふとい、落ち着いた男の声がして、何だろう、と思わず歩調のゆるんだ私の眼前へ、いや子供がしたらしい白墨の落書きがくっきりと浮いている歩道のコンクリの上へ、急に、その門の中からすすきのような男の影が、ゆれて、崩れるようにおよぎ出して来たのである。

突き出されたものにちがいない。その青年は門と同じコンクリの塀にそった細い溝の石桁のふちを、二三歩よろよろと歩いた末にのめるような恰好で歩道に転んだが、尻のところがピカピカに光って、破れて、メリヤスの下ズボンがのぞいて見える愛らしい学生服を着たきりの、その泥靴と、裾が切れて糸の下がっているズボンとの間にはまた、赤い素足がむき出しになっていて、頭にはもちろん襟巻きも帽子もない、そして油気がぬけてかさかさにもつれたながい髪が、まるで学生などとは見受けられない姿であった。

私がおやと思った時、門内で、

「あれだよ、新聞に出たのは」

という別な中年の男の声と、

「いろんなのがいますね、当今……」

とそれに答えたどうやら車夫か何からしいさっきのふとい落ち着いた声とが笑いを含ん

だ調子できこえた。

気ちがいを追い出したところでもあろうか、と門札を見るともなく眺めると、白磁というのか瀬戸物というのか、一尺近くもある大きなやつへ、医学博士、稲垣久三《いながききゅうぞう》と真四角に書いた字がよまれた。市外に療養所など持っている呼吸器専門の博士である。

「お父さん……」

とその時、倒れていた青年がもう一度さっきと同じしぼるような声音《こわね》で叫んで起きあがった。そしてくるりと振りかえって背後《うしろ》に立った私へ射るような視線をすえたのだが――藁のようにかぶさっている髪の下に見えた面《おも》ながなその顔、ほこりに埋《うず》もれているピラミッドといった、秀でた鼻、それから口、熱病患者のようにぎらぎらと光っているおおきなその眼、頬骨がばかに高くなったように見えて、ひところとはすっかり人相が変わっていたけれど、それが仲のよかった昔の友……のわが新見計介であったのである。

「やあ、新見……」

私は思わずトンビの下から手を出してそういっていた。が新見は、私がそう声をかけた時には、どうしたのかもう身を翻して、脱兎という形容がそのままの後ろ姿で逃げ出していたのだ。

狂人《きちがい》、と見れば見られる新見計介の態度ではあった。が新見の父がこのあたりにいるはずもないし、いるとすればそんな風に追い出されたりする理由はないはずである。そしてフト、私のこころのうちを訳のわからぬものがあわただしく通りすぎた。が、顔を合わした瞬間の新見の瞳のうちには、たしかに、私を私と認めた常人の意志がうごいていた。私に対しては、手をとって喜ぶことはあれ、逃げる理由などすこしもない新見であった。で私はとっさの感情にかられてその後を追ったのである。そして坂を走りきって、市ケ谷の橋を中途まで行ったのであるが、意外なことには、それまで逃げていた新見が、そこで急に足を停めて、まるで私を待ちでもするように振りかえって甚だ健康な微笑をさえ見せるのであった。

「久しぶりじゃないか、逃げるなんて――」

と私はいった。

「いや逃げたわけじゃない、あそこではすこし都合がわるいんでね」

意外なその新見の言葉や態度は、現在の自分の姿をいささかも卑下するような調子のものではなく、昔同様の、しっかりした、温かいこころのこもっているものであった。

「都合がわるいって?」

私はそういって坂の上へ首を向けて見た。

「ああ、それで君をここまで引き寄せた、ってわけなんだがね、驚いたろう?」

新見は歩きながら、ズボンのポケットをさぐってバットとマッチを取り出していた。私もそれに並んで橋を渡りながら、

「さっきのかい?」

「うん、それから新聞でも見ているはずだが――二三度写真まで出されたからね」

新見は火をつけて、笑って、しかし私の表情を読もうとしていた。

「でも――」

と私は口の先では思わず返辞をしていたけれど、その新見の言葉に、はっと、さっき、こころのうちを通りすぎた訳のわからぬものの正体をようやくつかんで、驚く、といっていいのか、相手を見直すというのか、何かは知らず一面にしらじらとした、つめたいような感情を腹の底に受け取っていた。「精神異常者」と言ったり「あわれな青年」と書かれたりした新聞の記事が、はじめて私のこころに蘇っていたのである。

「でも、ってやはり僕が精神病者のように見えるかね？」

橋を渡りきったところで新見が訊いた。

「見えない」

と私は答えた。新見からそれを訊ねられるまでもなく、私はそのことや、それにしてもさっき「お父さん……」と言っていた彼の声のことや、それから新聞に出ている彼の名前の違っていることとや、何からかにから疑問に思っていた矢先である。

「さっき、はじめは病気かとも思ったが」と私はすぐにつづけていった。「こうして話していれば僕らよりももっと健康のようじゃないか。があの新聞の記事はいったいどうした訳なんだ？　それから名前が変わっているし、事実はどうやら事実らしいが――？」

「事実は無論事実だがね」新見はそういって快活にちょっと笑って、「それより、君構わないのなら僕んちへ行こうじゃないか。久しぶりだし、僕んちへ行けば、君はまだまだ驚いたり不審がったりすることがあるよ、それに前から頼みたいと思っていることもあるんだし、行こうじゃないか、遠くはないいすぐその先だ。え、構わないいんだろう？」

私は新見の家《うち》へ行ってわるいことは何もなかった。そこで久々に変てこな邂逅をした私たち二人はまるで昨日も会った友だちのように亀岡八幡の境内に近い、あの高台の、新見計介の家へ行ったのであるが、そこで私は、はじめて彼計介の驚くべき生活振りに接したのである。

疑問が、後から後からと私を襲った。がその疑問や驚きを読者に理解していただくために、ここでいわゆる彼計介についての新聞記事――彼が世の中から「精神異常者」だなぞと呼ばれた大体の経緯《いきさつ》をお話ししておくことにしよう。彼自身その遺書の中で、決して自分が「精神異常者」でないことを繰り返して言っている――、この物語の順序としても、これは甚だ大切な一章であるはずなのだから。

三

神谷仙賢という変わった名前が、最初新聞に出たのはたしか九月の末頃であった。その新聞が報道したところでは、彼はその時前述のような風体《ふうてい》のままで霞ケ関の大臣官邸へ出向き、そのまま門を玄関へ入って行こうとしたのである。

当然彼は守衛から誰何《すいか》された。そして神谷仙賢という名前、福井県の原籍、大臣に面会

したいことなどを訊かれ、その面会の内容を告げる段になって、

「大臣は僕の父なのです、取り次いでくだされば大臣はご存知のはずですから――」

と面《おもて》もふらずに答えたというのである。

大臣は当時幸か不幸か旅行中であったけれど、板壁のような感情しか持ち合わしていないその守衛には、仙賢の只者でない強い眼付きと、きたない服装と、妙に壺の合わぬような言葉とだけで充分であった。

「大臣はご旅行中で駄目だから――」

と入れまいとする、入ろうとする、仙賢が、

「ひと眼でいいから会わしてください！」

と絶叫する頃には、もう玄関子も飛び出して来て彼を殴ったり小突きまわしたりしていたし、勝手の方からは一二の女中がこわごわ覗いたり引っこんだりしていた。

間もなく警官が駈けつけて来て、仙賢は有無を言わさず警察へ引き立てられて行ったのであるが、そこで彼は丸二日間というもの、三人からの肩の星の多い人々によって絶え間なしに取り調べられた。

警察の取り調べは、彼仙賢が「何がために大臣の玄関先をそのように騒がせたか」というところから出発していたけれど、肩の星の多い人々の質問や訊問やは、常に彼が「なぜ大臣を父と呼び得るや」の点に的を置かれていた。と、いうのが、実はその時にはもう、官邸の奥向きからそれらの人々へ、もしかしたら、と仙賢の言葉を慎重に考えるよう内命

が下されていたからでもある。

令夫人とてもはや相当な年齢でもあり、夫大臣の仕事がどんな性質のものか、酒の席がいかに政治に必要であるか、そうした席がまた髭くろき男ばかりで円滑に行くか行かないか、すべてよくわかった。夫の第二号第三号をも胸のうちでは許している内助の功まったき方《ほう》ではあったけれど、いや左様な女性であっただけに、そして仙賢の言った原籍の福井県というのが、かつて大臣が知事としての任地先でもあったし、父よ父よと絶叫するその二十六七に見える青年の顔形《かおかたち》のどこかに、上品なものやいくらかは相似たものも仄見《ほのみ》えたので、もしそのことが事実であった場合には、と二人の子供を持つ令夫人が、夫に対する何かの計画や感情を胸のうちにたたまれたにはちがいないのである。

その令夫人のお言葉というので、鼻下《びか》に髭を貯えた三人の人々が仙賢をおどしたりすかしたりして事実の真相なるものを嗅ぎ出そうと必死になった。

――齢《とし》はいくつだ？　大臣の幾歳の時の貴様は子か？　確かな証拠があるか？　母は何という名前で当時何をしていた者だ？　今も健在か？　悪いようにはしないから本当のことを言え、本当のことを！

しかしそれらに対する仙賢の答えは、馬といったり烏《からす》とのべたり、まるで文章にすることもできないような支離滅裂な単語の連続にすぎなかったのである。

その結果、星の多い人々は、ついに仙賢やその行為を、何か政治的なものと見るようになった。そして誰の命令でこんな馬鹿な真似をしたのかだの、党派は何だ、白状してしまえだの、幾分手荒な訊問が行われたのだが、仙賢の答弁は相変わらず馬だの飛行機だの父に会わせろだのの不敵至極なものであった。

ここに至って訊問の人々は、はじめて仙賢を「精神異常者」と考えるようになったのであるが、といってもまだ、そのままで仙賢を解放することはできなかった。というのがやはり事いやしくも大臣の名誉に関するものであったからだ——、ひいては自分達の進退にも影響するわけだったので、最後的手段として、仙賢はやがて、それらの人々の計らいで、その道の大家である医学博士によって「精神鑑定」なるものが行われることになったのである。

「精神異常に近い強度の神経衰弱」というのがその博士の、三人の人たちを安心させた鑑定の結果であった。

「馬鹿」

と、わらわれて仙賢はようやく警察の門から世の中へ送り帰されたのであるが、さて一二日の後には、彼はまたもや麴町《こうじまち》の伯爵家にあらわれて、そこで前日の大臣官邸におけると同様な理由、結果で「精神異常者」または「神経衰弱者」として再び世の中に投げ出されていた。

新聞に出た三度目の、彼が、

「父に会わせてください」

を絶叫したのは牛込のさる前代議士邸の玄関であったが、この時はもう彼の「精神異常」

や「お父さん……」が警官、それから玄関子にも知れていたものと見えて、前二者の場合のようにはたいして問題とはならなかった。が、一二の新聞は穴ふさぎの程度でこれを三面の隅に扱うことは扱ったのである。

——新聞によって伝えられた彼新見計介の風貌はだいたい右のごときまったく「精神異常者」のそれなのであるが、今、私と並んで歩いて行く彼計介のどこに、服装以外に、そんな「精神異常」の神谷仙賢がいるであろう？　しかも計介は現に「お父さん……」を叫んで稲垣博士邸から突き出されて来たのである。嘘か、実か、故意とすればまた、何の必要があって彼計介はそのような痴人の真似などをしているのであろう？

学校を出てからの私のまずしい生活のことを、感心したり喜んだりして話していく計介の姿は、いささかも以前と変わるものではなかった。卒業の間際に、どんな理由からか退学して姿を見せなくなったけれど、計介は気骨のある、しかもすべての方面に才能を持っている秀才以上の人間であった。その彼の偉さとでもいったものが、今も私と並んで一歩一歩歩いて行く彼の肩のあたりや、真っ直ぐに足をのばす昔からの腰付きや、そんなところに無気味なほどにも見受けることができるのであった。

私は好奇心というものよりも、その時、恐ろしさとでもいったこころもちの方が強く動いていたことを今でもよく憶えているのであるが、そうやって私が、いぶかりの積み木を幾回となくこころのうちで採りかえすうちに、やがて八幡の境内をぬけて、はや私達は彼の「不審に思ったりするもののある」その住居の前へと来ていたのであった。

四

「ここだから、君は玄関からあがってくれたまえ」

計介はそういって、私を大きな石の門のある屋敷へ連れこむのであった。なるほど、門札には新見計介とまちがいなく彼の名が書かれてある、が何というこれはまた、私の想像とはかけ離れた立派な屋敷であったろう？

新見計介としてある以上、彼が屋敷の主人にはちがいあるまいが、今正面の玄関を左へ内玄関とでもいった造りになっているのであろう、その植込みの横へ消えて行った彼の後ろ姿と、この宏壮といってもいい立派な屋敷との対象は、何やら私に、解きがたい謎に似た気持ちを抱かせるのであった。一間半に近い御影石の踏み台がどっしりと据《す》わっているその玄関に立つまで、私は新見自身の「僕は精神病者ではない」という言葉を疑ってみたほどである。同名異人ということはしばしば世の中では見かけることだし、言えば乞食に等しい行為や姿を、旧友の私に見付けられたという彼計介の恥じらいがひょっとしたら彼が前々から調べておいたこの同名の新見計介なる他人の屋敷へ、偽って私を導いたのではないのかとも考えたのである。

が、私の心配はまったくの杞憂であった。まもなく玄関の障子が内から静かに引き開かれ、桃割れの若い娘が、

「どうぞ」

とただそれだけいって三ツ指をついて私を迎えてくれたのである。

畳数にして十二三畳は敷けるかと思われる書斎とも応接室とも見える飾りの美しい一室のソファに、私はものの十分も待ったであろうか。

「やあ待たしてすまなかった」

そういって、私は入ったとは別のドアから、和服に着かえて出て来た計介の姿や態度は先刻のそれとはすっかり変わったものになっていた。風呂に入ったのであろう、顔一面の埃は影も止《とど》めず、もしゃもしゃの髪は綺麗に梳《くしけず》られて、学校当時とは幾分肥ってさえ見える健康な顔がほほえんでいた。

桃割れの娘が茶の後の飲み物を運んで来た。

「食事は今日は少し早目にしてくれ」計介は娘にそういってから、「しばらくだったねえ」と電気ストーヴの前の私に真向かいのソファによった。

「ほんとにしばらくだった」

とそこまで私は返事をして、その言葉のすぐ後に付け足すべき「けれど、これ君のほんとの家《いえ》かい」という疑問を発表するのに躊躇した。私の驚きはまだ門を入った時以来のまま、すこしも静まらずにいたのである。

計介が好きだった独逸《ドイツ》や墺太利《オーストリア》の怪奇派の作家の叢書や画集が部屋の一方を区切る大きな書架の中にぎっしりと並んでいるし、特別に造らせたらしい硝子《ガラス》戸の中《なか》には、由緒ありげな置物や人形や、メタルに似たものなども見えているのである。壁にかけてあるのはマチスらしい、部屋の半ばを占領している大きな卓《テーブル》は何と呼ぶ木か、木目が薔薇のように美しく、朱《あか》い塗りのひどく華やかな品であって、その波形《なみがた》に彫刻された足の下には、印度《インド》かシャムあたりを思わせるような絨氈《じゅうたん》がぼったりと敷きのべられているのである。

「ほんとにしばらくだったねえ」

ともう一度私はいって、「いいねえ」という言葉のかわりにしげしげとそれらの部屋のうちを見まわしたものであった。

「乞食の、気ちがいの、学生あがりがこんな生活をしているとは誰も思うまいからね」

計介は私の視線を追うようにして、自身も一巡部屋を見まわしながら呟く程度の軽さでいった。

「君の他には誰か――?」

と私は無意識のうちにいつかやら彼に対するそれらの謎を解こうとしていた。

「僕と、それからさっきの女中と、も一人爺やがいるんだがね」

「君の家《うち》かね?」

「ああ、借家は借家なんだけれどね、居心地も相当にいいし、ここにいればたいして金の心配もしないですむもんだから――」

「家賃はどれくらいだい?」

と私は訊いて、学校当時の、私などよりももっと貧しかった計介のことを想い起こしていた。計介は半苦学のような生活をしていて、私の知っている限りでは、彼が今日《こんにち》、これほどいい生活をするに至るような、例えば伯父の遺産とか、いい家《うち》へ婿に行くとか、そうしたことは何一つ考えることができなかったのである。

「家賃は三百円とかいっていたがね。でも僕あ払いはしないさ、払わなくてもいいというんだからね、払ったにしても僕あ一向に金には困らないんだから——変に思うかもしれないが、皆これがあの『精神異常』ってやつのおかげさ、『お父さん』てのもなかなか馬鹿にはならないんだよ」

計介はそういって故意とも感じられる笑い方をした。そして、

「そうだ、忘れないうちにちょっと今日の仕事を片付けておこう。勝手だけれどちょっと待ってくれたまえ、なにここで一筆《ひとふで》書くだけでいいんだから」

というと同時に立ちあがって、窓に近い書物机に歩んで行ったが、

「まあ君、これを見たまえ、世の中ってこんなものかと思うことがたくさんあるよ、僕にこの家《うち》やこんな生活を与えてくれたものがみなこの中にあるんだから」

私はストーヴの前をたって計介の机に行った。そして計介が整理棚から取り出して示した二三の書類を見た。

第七父《ちち》　小石川×町×番地　×大教授　清瀬三郎　五七　七月×日
父ト呼ビタルニアル程度ノ反応アリ、夫人ハ知ラズ

第八父　小石川×町×番地　××局長官　佐藤祐介　五六　七月××日
父ト呼ビタルモ反応全クナシ
第九父　牛込×町×番地　小説作家　滝口二郎　四八　七月××日
父ト呼ビタルモ反応全クナシ
第三母《はは》　牛込×町×番地　××女学校長　萩原モトノ　五〇　八月×日
母ト呼ビタルニ甚ダシキ反応アリ　女史ニ夫君《ふくん》ナシ

カードという言葉が相当するその書類の、四枚目までを見て私は五枚目を見るのを猶予した。次を見てゆく興味よりも、これらの文字が何を意味するかについての好奇心の方が、ずっとずっと強かったからである。

父と呼ぶとか母と呼ぶとかの文字から、これらがすべて彼のあの「お父さん……」と何かの関係があることは無論うなずかれたのであるが、第八父といったり第三母といったり、それから、それが重要な点であるらしい、反応云々の言葉が、どうにも想像さえできかねたのであった。

私はそれを計介に訊ねようとして、見ると彼は今新しいカードの一枚へ、今日の仕事なるものを片付けるためにペンを走らしているところであった。私は思わずその文字を、彼が書いてゆく端から端から読みとっていった。

第二十九父　麴町《こうじまち》×番町××番地　医学博士　稲垣久三　五八　十二月二十七日
父ト呼ビタルニ反応アリ、夫人モ何事カ知ルトコロアルモノノ如シ

そしてカードをあらためて、

第十一母　麴町×番町××番地　医学博士　稲垣久三妻（四五・四六）　十二月二十七日
父ト呼ビタルニ反応アリ　母ト呼ビタルニアラネドモ反応著シ

「何の反応だね？」

と私は、彼が書き終わるのを待って訊いてみたのであった。が計介は、

「お父さん、と呼んだ時の反応さ。僕を自分の子供だと思ったか思わなかったか、というだけのことだがね。それや、この世の中のことだもの、自分の子供だと思う人もいくらかはいるさ」

と投げるようにいったきり、まだ不審の解けきらない私の視線をとらえながらも、彼は

それ以上の説明はしてくれなかった。

「だって、自分の子供ならともかく、自分の子供でないものを誰が——?」

「だからさ、広い世の中にはその間違いだって間違いとは思わない人間もあると言うのさ。その証拠にはこの通り僕が金持ちになっているからね」

計介は私の問いに答えるのをなぜか喜ばない風であった。私はその彼の言葉から急に冷たいものをでも受け取ったように覚えたので、

「頼みがあるとかいっていたのは何だね?」

と、ちらと頭の隅にあの「精神異常者」を思いかえしながら突然に訊いた。この時にはそうした感情のためか、気の弱い私にもうそんな質問が何の躊躇もなくできたのである。

「ああその頼みなんだが」と計介は立ち上がって何やら窓の外に気を配るような様子を見せてから、「前々から考えてはいたのだが、実は君に預かってもらいたい品があって——でもまだ準備ができていないものだから、いずれ近いうちに、ちゃんとまとめて君のところへ送るようにしよう、無論預かってくれるんだろうね?」

「何だい、大切なものかい?」

「大切といいえばいえるが、でも君以外の人にはちょっと頼みにくいものなんでね、なあに失《な》くすればしたで構わない品は品なんだ、是非たのむ、めんどうでもしばらくあずかってくれたまえ」

何かは知らず私はそれを預かる約束をしてしまった。言葉以外の友情といったものか、

もしくは相手のこころ持ちをたくみに和《なご》やかにしてしまう計介の力とでもいったものか、そんなものがつい私を宣言のうちに征服してしまっていたのだ。

それから私達は、急に恐ろしい勢いになって昔のことや現在のことや、それから死ぬまでのこれから先のことやなどをながい時間喋《しゃべ》舌り合った。私はわずかの間計介に対する不審といったものを忘れていた。が話がちょっと途切れたり、話題がそれに近づいたりすると、すぐまたむくむくとそのくろい雲の影が私の胸一杯にひろがるのであった。

いつのまにか外の静けさが感じられるような時刻になっていた。私はすすめられて彼とともに贅沢といっていい食事を別室でしたが、美しい器やあまい酒や、そうしたものはより以上に私の驚きを深めるばかりであった。

私はその驚きの原因を、今日はとうてい相手の口から訊き出すことはできないと考えたので、十一時を打ったのを機会に帰ることにした。計介は無論まだ早いからといって引き止めたけれど、妙に、その時私には彼から一時《いっとき》も早くはなれたい気持ちがしていたのである。

「じゃ明日《あす》、楽だったら来てくれたまえ、明日は一日家《うち》にいるつもりだから」

電話をかけたのか女中が使いに行ったのか、計介がそういう頃にはもう門の前に私の乗るべき自動車がやって来ていた。

五

――まったくの他人から、不意に「お父さん」と呼ばれた場合、多くの人々はいったいその汚い学生服の相手に対して、どんな感情を抱くであろう？　計介は我が子と思うか思わないかの点だとはいっていたが、誰が、彼を気ちがいと考える以外に、そんな特別な気持ちなぞ持つであろう？

よしそんな普通でない感情を持ったとして、その感情があれほどの彼の豪奢な生活にどんな関係を持つであろうか？　計介はそのためにこれほどの生活をしているのだとたしかにいった。が計介をあの書類にあった大学教授だの××局長官だのが、我が子と考えて幾分の金をでも彼の許に送るのであろうか？

だがこの考えは、まさしく計介が大学教授の子供であり、また××局長官の子息であった場合にのみ成り立つ考えで、まったくの赤の他人が、それ自身「精神異常者」でない限り、どうして計介を我が子などと思うであろう？

計介は学校時代から、変な書物にばかり親しんでいた。ポーだの、ホフマンだの、エーヴェルスだの、そんな人物の頭脳が彼の何よりの愛人であった。狂人の書いたという言葉とも歌ともつかぬ紙片などを集めては、なめるようにしてそれを眺め親しんでいたことのある計介である。ひょっとしたら新聞の記事通りの、彼は「精神異常者」なのではあるまいか。そう考えればあの変な第九父だの十父だのという重要書類の説明もつくし、あれだけの屋敷が何やらしんとしていた点もうなずかれる。あの屋敷はやはり計介の伯父か伯母かの家作とでもいったもので、便宜上、ああして計介を主人扱いにしておいてあるのではあるまいか？

計介を狂人と考えればいろいろな点がなるほどと思われるのであった。がまた一歩翻って考えてみると、あの日の態度や言葉や眼付きや、そんなものは絶対に狂人のそれではないことが思われるのだし、それからそれへ、私の思念は果てしもない迷路をAからBへそしてまたBからAへ、何回となく行っては帰り帰っては行った。

私はそうした計介に対する疑問の日を、それから三日明け暮らしたのである。その間《あいだ》に一度、あまりにあの日のことが夢のように思われるので、夕暮れを幸いに亀岡八幡の、彼のその屋敷へそっと行ってみたこともあるのである。がやはり、新見計介との門札は前日通りかかっているし、様子をうかがったところでは、同じく桃割れの娘がおり、計介は主人として普通に夜《よ》を送っているのであった。

もう一度行って訊いてみようか、事実彼が狂人であるか普通人であるか、はっきりと見極めてみようか、そんな虚勢に似た考えでいるところへ、その三日目の夕方、計介の「頼む」といっていた紙包みが届いたのである。

郵便で来たもので、小包の表紙を解くと中からぱらりと封筒が出た。

先夜は失礼した。預かっていただく品を送るから、受け取ったら時候見舞いの端書《はがき》で返事をしてくれ。僕が持って行くのが至当だが、郵便の方が安全だから郵便にした。これは、僕の生命と財産に関する書類なんだ。と言っても、君にもしものことがあってこれが失われても僕は決して悔やみはしない。ただ、僕の身体《からだ》に万一のことがあった場合、君はこれを開いて、僕のその、死——死の真相を知って欲しいのだ。

理由は今は言わないけれど、恐らく僕は、遠からず君の眼も耳も届かないところへ行ってしまうだろう。ただ、それが病死であるか不時であるか、または自殺というようなものであるか、いずれにしても、それは決して事実ではなく、事実は、事実は僕は誰かに殺されたのであると知ってくれたまえ。これは間違いなくここで言うことができるのだ。

僕は近いうちに、たしかに誰かに殺されることをもう天命とさえ思っている。

世の中という大きな力に反抗した僕というものがあまりにも小さかった。

この頃は、目に見えて死の影が濃い。僕の家《いえ》も僕の生活も、みなその死の影がこしらえてくれた。彼らはただいい機会を待っているにすぎないのだ。

僕は近頃になってそれに気付き、一時は甚だそれを恐れたのが今は、ただ君にだけでも僕が「精神異常者」でなかったこと、人に殺されたのであること、それだけ知ってもらえれば安心して殺されることができると思っている。

三十人もの僕の父や母どもは、それが父や母であることを世の中に知られるのを何よりも怖がっているのだ。そのために僕というものを処理しようとしている。

――みな僕の身に万一のあった場合のことだ。それまではこの書類も開かず、僕のこの手紙のことも読まないことにしていてくれたまえ。

手紙はおよそ右のようなものであった。私はこれを見ると、何かは知らず心配になったので、そのまま計介の屋敷を訪ねて行った。そして折よく計介もいて、前日同様に何かと話したり笑ったりしたのであるが、手紙についての私の心配に対しては、彼はいささかも説明しても、答えてもくれなかった。いや、答えないというよりは、そうした事実はまったく知っていないような様子であった。事情あってそうしているとは、どう見ても見えない彼の態度であった。

私は新見計介を、時間によって、発作の起こる一種の精神異常者と考えるように何日かの後になっていた。彼の思想や計画や、それからあの生活などが、どうしても、私には分からなかったからである。

そうして私は年をこした。

事情があって、松の内には計介の宅を訪れることができなかった。

七日になった。

その夜《よ》の十時過ぎ、私は彼が彼の家のある書斎で自殺したという報せを彼の爺やから受け取ったのである。

私が八幡の裏手へ駈けつけた時には、すでに医師が来、警官が来、門前には四五の近隣の人々が集い、屋敷は慌ただしいものに支配されていた。

私は彼が、南部式の拳銃で、美事にその右顳顬《みぎこめかみ》を撃ち貫《ぬ》いてあの絨氈の上に倒れているのを一目見たきり、後は警官との応接や彼の知人への通知や、そうした忙しさに元気を出さねばならなかったのだが——。

六

誰が新見計介を殺したか？

あの彼の手紙を思い浮かべながら、私は明け方の四時に家《いえ》に帰って、彼からの預かり物を開いて見たのである。

包みの中は三十八枚のカードであった。私はそれを読んでゆくうちに、自ら身体《からだ》の顫《ふる》え戦《おのの》くのをどうすることもできなくなってきていた。

カードの一枚一枚が、何もかも彼計介の不思議な生活を説明していたのだ。

私は、その一枚一枚を、全部ここで読者に並べてお目にかけたく思う。が恐らくそれは許されることではない。第一父から第二十八父まで、第一母から第十母まで、何とそこには、世の師表と仰がれ先達と敬されている有名な人々が、女性達が、醜悪無残に、その過去を白々と洗いさらされていたことであろう！

かつて、計介が反応と記していたのは、それらの、知名の士や婦人の過去に、恐ろしい秘密があるかないかの意味であったのだ。

「お父さん」「お母さん」の言葉だけでなく、計介は相手相手によって「鉱山は？」ともいい、「姉さん！」と呼びかけてもいたのである。

「お父さん」と呼ばれた二十幾人の名士たちは、みな過去の自分の秘密にぎょっとして顔色を変えていた。計介はその表情から相手に秘密あることを知って直ちにその財産や親戚関係や、家族や原籍やありとあらゆる調査を終え、やがてはその人物の最後の秘密を発《あば》き知り尽くしていたのである。恐ろしい彼の頭脳、そして脅迫。

彼の第一の犠牲となったのは、彼を「精神異常者」と鑑定したかの某《なにがし》の医学博士であった。彼はそのようにして、警察を欺き、社会を欺き、うまうまと「精神異常者」となって彼の仕事を続けていた。

犠牲者が、彼に家を贈り、米を贈り、金を贈っていたことに何の疑いがあろう、そして、一日も早く彼が、この世から去ってゆくことを、祈らないでいるものが、誰一人としてあったであろう？

検死の医師は彼の犠牲者の一人ではなかったであろうか、立ち会いの警察官もその一人ではなかったであろうか？

彼は自殺したのではないと信じてもいいのであろうか？

私は彼が神谷仙賢と偽名していた訳を初めて知った。そして初めて知る世の中の恐ろしさに思わず竦然《しょうぜん》としたのである。一人の若い青年を、計介を、その行為がどれだけかよくなかったにしろ三十人近い名士貴婦人が、寄ってたかって殺してしまった。そして表面では計介自身が自殺した、自殺したということにしてしまっている！

――私は憤りとも恨みともつかぬはげしい感情に何時《いつ》か夜《よ》があけはなれていることにも気づかずにいた。

固くなった私のこころをともかくも解きほどいてくれたのは翌朝《よくあさ》の郵便であった。

――夜が明けた、そう思う気持ちで机上に置かれた四五通の封書を見てゆくうちに、一通、新見計介とある大型の封筒を知って私の気持ちは一方ならず周章《あわ》てたのである。

封を切って見ると便箋一枚に走り書きで、

前略、書類に添えた手紙の大部分を取り消したい。この手紙が君の手に届く前に、僕はもうこの世からおさらばをしている。けれど、これは僕が殺されるのでなくて間違いなく自殺――僕自身が僕を殺すのだ。

理由は、封した二枚のカードを見てくれれば分かる。

強大な悪が弱小な善を押し殺してゆくこの社会がうらめしくて、その強大な悪へ弓をひいた僕は、今日に至って善も悪も、みなこの楽しい社会のために神が置いたものであることを知らねばならなかった。

僕は僕自身の気持ちから、もう生きていることが無意義に考えられるので、土にかえる、可哀そうであった僕を時々思い出してくれ。

そして同封された二枚のカードには、誰が取り調べたものか、次のように記されてあるのだった。

医学博士稲垣久三ハ妻ノブ子トノ間ニ三男一女アリ　原籍××県××町番地ノ者ニシテ明治××年×月独逸イイユッホノ許ニ留学ス××年帰朝　翌年推薦ニヨリ博士号ヲ受ケ　小石川×××病院ニ勤務三年ノ後　麹町×番町ニ開業セリ患者日ニ集マリ　×年ナラズシテ　市外××ニ分院ヲ有スルニ至レリ

独逸ニ至ル以前ハ、郷里××町ニアリテ医ヲ業《ぎょう》トセルモ　同業多ク生活意ノゴトクナラズ　一個ノ洋燈ヲモッテ　診察室　薬室　母屋等ヲヨウヤクニ照明スルガゴトキ状態ニアリキ

当時長男ヲ得タルモ　コレタマタマ双生児ニシテ　同業ノ手前生活ノ苦シキタメ　二児ヲ養育スル能《あた》ワズトテ　一児ヲ悲シクモ死ニ至ラシメンコトヲ決心シ　看護婦太田シズエニ謀リタルニ　シズエハ同意セル心ノウチニモ女ノ優シサアリタレバ　忍ビズトテ秘カニ同町××番地ナル彼女ガ伯母　太田マサニソノ一児ヲ託シタリ

マサハ当時女児ヲ分娩シタルモ分娩ト同時ニ女児死亡シタルヲ以テイタク嘆キ悲シミ居タル際ナレバ　稲垣ガ一児ヲ　快ク受ケテ我ガ子トシ　世間体ヲツクロイテ無事幾年カヲ経ヌ

マサノ死児ハ　シズエガ産婆ノ位置ニアリタルタメ　ソノママドコヘカ葬リシモノノゴトシ
後、シズエ死シ、続キテマサ　マサノ夫卓三モ死シタルニヨリ稲垣ガ一児ハ血縁ニアラザル新見惣三ノ養ウトコロトナル
新見計介ハ事実ハ稲垣久三ガ子ナリ　久三ハ独逸留学ノ前後ニオイテ　如何《いか》ナル経路ヨリヤ　カツテ死ニ致セシトノミ信ジ居タル双生児ノ一児、新見家ニ養ワレテアリト知リ×年×月　秘カニ××町ニ帰リテ事実ヲ調知セントシタルモ　当時スデニ惣三死シ　計介ノ行方　イズコニアリヤ不明ナリキ
新見計介ガ稲垣久三ノ実子タルコトハ　以上ノゴトキ理由ニヨリテ　妻ノブ子モスデニ承知セリト言ウ　以上

まだ私は何か滓《かす》のように分からないものを感じながら、でも茫然として、カードを手にしたまま冬の陽の障子の影にながい間座ったきりでいたのだった。

鮫人《こうじん》の掟

……舳《みよし》の前方には、とおく淡路の頭が童話の本にでもありそうにうっすらと霞んでいた。左にはやや近く岬の灯台が白く輝き、右には前ノ島の緑が声の届きそうな距《へだ》たりにあった。船の位置は、町の波止場からは約二千米《メートル》の沖合になっていた。

時間は、午前の十一時にはまだいくらかの間があった。海へは権蔵《ごんぞう》と二郎の二人が入っていて、都合で遅れて来た為吉《ためきち》は、ちょうど甲板で支度を終わって、もう面《マスク》をつけるだけになっていた。

最初、船の右側から入っている権蔵のろっぷに引き揚げの信号が来たのだが、これは普通の信号で、人夫達は鼻唄交じりに作業を始めたような有様だった。左側から潜水している二郎のろっぷが、誰もが作業を中止するほどの烈しさで危急信号をつたえて来たのはそれから四五分して、つまり権蔵の方の引き揚げの、第三回目の休憩の時に当たっていた。

旧式な潜水作業ではたいていの場合、潜水夫が俗に潜水病といわれるものにかかるのをおそれて引き揚げに際してはその程度によって二三回、あるいは三四回の引き揚げては休憩ということをする。つまり何尋《なんぴろ》か引き揚げては一二分休憩し、また何尋か引き揚げては休憩して、潜水夫の吸気に海底の水圧から海面へ出るための調和を与えるのである。その権蔵の、最後の休憩の時に二郎から危急信号が来たのである。したがって二郎の方の人夫達が、それ！　というので懸命にその引き揚げに従事しはじめた時分には、権蔵の方はもう甲板に引き揚げられて面《マスク》さえも脱がされていた。

面《マスク》を脱がされた権蔵は、それまで堪えられるだけ堪えていたといった風に、新しい空気に接するなり、

「水、水、水」

と叫んで、がくんと甲板に腰を折った。いつもは赧《あか》い鬼のような顔が、ひどく蒼ざめて眼には鋭い恐怖の色をさえ見せていたので、

「ど、どうしたんだ、権さん？」

と人夫のひとりが訊《き》いたけれど、彼は大きく呼吸《いき》するばかりですぐには答えができぬらしかった。そしてようやくに水を得て気を落ち付けると、真っ先に「陸へ帰してもらいたい」といって署員の身体《からだ》にすがるようにした。

「幽霊《みさき》に追いかけられて、すんでに命を奪《と》られるところでした」

権蔵は狂人《きちがい》のように眼を見開いてそういった。その眼は鰯《いわし》のように真っ赤になっていた。

署員が、

「馬鹿な！」

といって、ひとつ背中を食らわしたけれど、彼の脅えは直らなかった。後から追いかけられることを恐れでもするように、ちら、ちらと海面へ注ぐその眼の色は刻々に変わって

来、始終膝のあたりをがくがくさせて、はては甲板を沖に駈け陸に走り、最後には訳のからぬ怒号さえするようになってきた。

署員は一度振り返って波止場の方を見やったが、まだ昼の物を乗せて来るはずの署のボートの影も見えなかったので、

「ボートが来たら帰してやる。それまでは船室ででも静かにしておれ」

そう無理矢理に彼を名ばかりの船室へ押し込んで来た。

その船室へ署員が権蔵を押し込んで行った留守に、ちょうど二郎が甲板へ引き揚げられて来たのだったが、危急信号を送ったのも道理、二郎はそこへ引き揚げられる前にもう生のない人間になっていた。が、ただぐんなりと土左衛門《どざえもん》のように揚がって来ただけで、どこにも傷らしいものが見えなかったから、初めは人夫達も何かの急病ではないかと不思議に思ったくらいであった。

「誰もポンプを怠けたのじゃあるまいな?」

白々と甲板に横たわったゴム服のままの二郎を見た時、署員はすぐにそう訊いて死体の上に跼《かが》みこんだ。十に近い人夫達は、誰も作業を怠けた記憶を持たなかったので、無言で同じように二郎の死体へ群がっていた。

「あ、胸だ、血が、血が――」

面《マスク》を冠《かぶ》らないままでいた為吉が発見して指《さ》したその二郎のゴム服の胸に、方《ほう》七八分の破れが一ケ所できていて、その内部にまさしく鮮血のたまりを見ることができたのである。

皆《みんな》が手をめちゃくちゃにさし交わして死体の服を脱がせたが、

「これぁ……」

といったきり、誰もしばらくは言葉を口にすることができなかった。左の胸の、ちょうど心臓のあたりに傷があって、そこからまだどくどくと血が吹き出していた。その血で、傷の形は見えなかった。

しばらく経ってから人夫の中のひとりがいった。

「鱶《ふか》にでもやられたのじゃあるまいか？」

「さあな？」と署員も首を傾けたが、「何にしてもすぐに水上署《すいじょうしょ》へ知らさねばならん。この船をやるのもなんだし、ボートはまだ来ないかなあ」

「鱶って奴は変な食い付き方をするからな」

「大変なことになったもんだ」

人夫達が二郎を悼《いた》んでいるうちにやっと波止場の突端から署のボートが姿を見せた。

「事故あり、至急署長並びに係医師の出張を乞う」

署員はボートを見るとすぐさま艫《とも》の方に紅白の手旗信号を持ち出して、そう急を訴えた。

「……だが僕が行って見ると鱶じゃないんだ。どう見たって槍か銛《もり》か、そんなもので一ト突きに殺《や》ったらしい。署長も首を傾《かし》げていたがね」

その日の夜、食卓を前にした医師の竹田がひどく打ちとけた態度で客らしい相手に語っていた。

客は竹田の向かいに端然と正座して、折々簡単な相槌をうって聞いている。細面の色白の、絵草紙からでも脱け出たような柔和な相貌であるけれど、その肩幅は馬鹿にひろく、丹前の袖口からのぞいた手首のあたりは鉄のようにたくましい。そして声のひびきには錬《ね》れた軍人のようなところがあった。

「海の底でのことだから、あるいはどんな魚類がどんな武器をその男の胸に突き込んだかも分からない、しかし僕には傷口で見るとどうしたって人為的なものとしか考えられないんだ、だから飽くまで殺人だと頑張った」老けて見える割合には若いらしく、それに酒の気《け》もあるかして、この町の医師は甚だ雄弁に話を進めていた。「署長も僕の説を幾分は首肯したに違いないんだが、何にしても田舎のことだからね、こんな変な事件は事理を究めるよりも早く始末をつけたいと見えて、署長殿、内々は鱶にしてしまいたい意向らしい。とにかく二郎が殺《や》られた時は、底にはまあ誰もいなかった理窟だから、無理もないさ、犯人のいない殺人なんてないからね。自殺ということも僕も一度は考えてみた。だが自殺なら何も危急信号などする必要はなかろうじゃないか。どんな経緯《いきさつ》があったかは想像さえつかないが、殺人は殺人に違いないと僕は思うがね」

「権蔵とかいう先に揚がった潜水夫の幽霊の話、あれはいったいどうなったのだ?」

相手の客が不意に訊いた。

「ああその幽霊じゃないかとの説もあったよ」医師はますます雄弁になって、「これは刑事のひとりが冗談にいったのだが、それで一応は権蔵を訊問してみることになって、僕も立ち会ったが変ちくりんな話なんだ。作業場の深さは二十尋《ぴろ》あまりとのことだが、それくらいなら底でも電灯なしに四五間《けん》四方は充分肉眼でも見分けられるそうだね。権蔵は船から西、二郎は東という風に捜索の区域がきめてあったのだが、一度、権蔵は二郎の姿をその西で四五間向こうに見たと思うといっていた。ぼうと藻合《もあい》を分けて行ったというのだが、自分の見違いだったかもしれぬともいっている。とにかく二郎の姿が見えたから、権蔵はひと休みするつもりでその方へ歩いたんだそうだ。すると、ちょうど二郎の姿が見えなくなった藻の蔭のところに、恐ろしい化け物がじっと権蔵の方を睨んでいたというんだよ。海底の死体という奴は、流されぬ限り、大抵《たいてい》砂や泥を冠って横たわっているものだそうだが、そいつは立ちはだかって、おまけに銛《もり》まで構えていた、あばら骨をむき出して、眼をむいて、皮膚が失《な》くなっている顔のくせに、頭にはまだ長い髪がもつれついていてひどく凄かったというんだがね。でそれを見るなり先生、夢中でろっぷを引いて引き揚げてもらったんだそうだ。二郎が殺《や》られたのなら、その幽霊の銛かもしれませんといっていたが、訊いてみると、その銛の様子がどうも二郎の傷口に合うような気がしてね、だから僕はその幽霊というのが、ひょっとしたら何か、不思議な犯人じゃないかとも考えるんだ」

「二郎の死後の、君の推定時間はおよそどれくらいだね？」

「経過した時間といってはほとんどないね。危急信号だったから人夫も我武者羅《がむしゃら》に引き揚げたらしいし、信号した時には二郎もまだ生きていたはずだから、きっと引き揚げられると同時くらいに殺《や》られたのだろう。二分や三分のことではどんな科学も明確な説明はなし得ないからね」

「権蔵と為吉はそれでどうなっている?」

「別に何もないさ。為吉は入ってはいなかったし、権蔵も二郎が殺られた時分にはもう海面近く引き揚げられていたのだから」

「警察ではどうするつもりでいるのかね、やはり鱶にしてしまうか、それとも他に何か――」

「明日《あす》、もう一度為吉を入れてみるといっている。つまりその幽霊の正体を見付けようというわけだ。僕が頑張ったもんだから、署長も仕方なしさ。為吉だって嫌だといったのだが、そこはおかみの御威光で何でもかでもと承知させてしまった。明日は僕も行ってみるつもりだが、何なら君も行ってみては? 君には持って来いの事件じゃないか、どう思うね、いったい?」

客は医師の言葉にその面《かお》に似ぬ豪快な笑いをした。それからやや真面目になって、

「面白い事件は事件だね。連れてもらえるなら行ってみてもいい」そして気をかえたように、「君が出かける時、鞄を持っていた看護婦があるね、若い、あれはやはりこの町の者かね?」

「ああ美代《みよ》ならこの町も――そうだ、美代と二郎とは遠縁か何かに当たるはずだった」

医師はそういって酔いの醒めたような表情をした。いや、客のその唐突《だしぬけ》な質問の意味が、

どうやらやはり事件に関聯したものだったらしいことを悟って、今更のように驚いたのである。

「堤《つつみ》、君はもう犯人を知ってしまったのか?」

医師が膝を直して真剣に訊いたけれど、堤と呼ばれたその相手は微笑するだけでそれには直接に答えなかった。


——鳶が一羽、碧《あお》い空の上を飛んでいた。その真下の波の間に、赤いブイが浮いていた。ブイを船側に付けるようにして水上署の作業船がじっとしていた。作業船の甲板では為吉が人夫達に見守られて潜水面《マスク》をつけようとしていた。

昨日《きのう》に変わらない快晴である。署長は一通りの注意を為吉に与えていた。竹田も堤も、同じ甲板に立って為吉の様子に目をつけていた。

「もしものことがあったら署長さん、頼みますよ」

そういって為吉は、ちょっと淋しそうな笑いを見せて面《マスク》をつけた。

「大丈夫だ」

強い、その署長の言葉を聞いたか聞かなかったか、為吉は静かに船べりを下りて行った。

コトンコトンともうポンプは押されていた。ずぶずぶと為吉の頭は音をたてて、青い海面の下にゆれて、うすれて沈んで行った。送気のゴム管と命綱がかわいた船べりをコトコトすべって伸ばされてゆく。

「油断するなよ、こら、しっかりろっぷを握っておらんか」

年輩の人夫が若いのに注意した。

「二十尋です、もう底に着いています」

と署員が堤に説明した。

真っ青に澄んだ海面には何の変化も起こらない。平和な小波《さざなみ》がぱちゃぱちゃと船桁を洗い、遠くから発動機船の機関のひびきが時々トロトロと波上を伝わって来るばかりである。為吉は今どのあたりを歩いているであろうか？　底知れぬ海の青さを眺める時、誰の胸にもフト権蔵のいった死霊のことが事実のようにも思われてくるのであった。

「難所でしてね、記録で見るとここではいろいろの事故があったようです。一昨日《おとどい》にしたって、ほんの二時間か三時間、荒れといえば荒れがあったんですが、それで一艘沈みましたからね。いや船はその時すぐに波止場へ引くことができました。ただ四人その船の者が渫《さら》われたものですから、それで昨朝《きのう》から作業にかかっていたわけなんですが、それがまだ一名も見付からないうちにこんなことになって——」

堤に対する署長の説明はそこで切れた。ろっぷに掛かっていた人夫達が、必死の表情になってそれを手繰《たぐ》りはじめたのである。

「危急信号です」

と署員が一言《ごん》いって海面に眼を注いだ。

「休みますか、どうしますか？」

ポンプについている年輩の人夫が急《いそ》がしく訊いた。

「最初もその次もいいから三回目のところで二分ばかり休ませろ。三回目まで揚がってくればたいてい大丈夫だ」

署員の言葉で十四五尋引き揚げた時二分休んだ。ろっぷにはそれでもわずかに手答えがあった。

「大丈夫、大丈夫」

年輩の人夫の声に、他の人夫達もほっとしたように口元をゆるめ、最後の引き揚げに力を協《あ》わせた。コトンコトンとポンプも音を弾ませていた。

そして船にいるすべての者の眼が海面の一点に集注された時、ゆらゆらと頭部を見せて為吉があがって来た。

「大丈夫、大丈夫」

ともう一度誰かがいった。為吉がたしかに手や首を動かしていたからである。水際で更にひと休みして、いよいよ彼は甲板に引き揚げられたが、人夫のひとりが面《マスク》を脱がせると、

「水を……」

と手真似をする様子が権蔵の時と同じといっていいほどよく似ていた。その声は嗄《しわが》れ、顔も、まるで海草のように蒼ざめている！

「元気を出せ、何《なん》だ男のくせに！」

慣れた署員はドンとひとつ肩のあたりを食らわした。署長も人夫達も、皆《みんな》まるくなって

為吉を取りかこんだ。

「幽霊がいた——」とようやくのことで潜水夫は元気を出して、

「ちょうどその向こうのあたりだよ、さんばら髪の口の大きな奴が銛をこう持って立っていやがった。署長さん、もう帰らしておくんなさい、あの化け物がぐっと睨んだ時にゃ、もう俺《おい》ら駄目だと思った」

そういって首を振る為吉の様子を、堤は人々の背後《うしろ》からだまって注意して見ているのであった。

「出鱈目《でたらめ》をいうときかないぞ、為！」

署員が大喝したけれど、為吉の言葉にいささかの嘘もないらしく、彼はむっとしたように首を上げて、

「嘘と思われるなら旦那が潜って見られるといい。もう金輪際《こんりんざい》この沖の仕事は俺《おい》らご免だ」

「服さえ着ければ素人にでもはいれますか？」

突然堤が質問した。

「誰にだって入れやすとも」と興奮の続きのようにすぐ為吉が引き取っていった。

「さ、俺らのでよけれゃ、これを着て化け物に会って来ておくんなさい」

署長は堤の前を笑って、一本気なこの為吉の興奮をたしなめ、それからなお海底の様子をくわしく話すようにと為吉にいった。為吉は一刻も早く船を帰してくれと駄々をこねて、

やがて町へと引き揚げる船室で何かと海底の模様を語るのであったが、事件に関係あることでこれぞと思われるようなことは何一つなかった。

「甚だ勝手ですが、さっきおっしゃっていた難波船の記録を拝見さしていただきたいと思いますが――」

船が町に帰った時、腰を低くしてそういう堤を、署長は単に都会人の物好きとでも思ったのか、気軽く、

「ご希望ならこれから署までご一緒にいらっしゃればお目にかけてもようございます」

と先にたった。

竹田医師は、患家《かんか》の都合があるからといってそのまま一行と別れようとした。

「じゃ僕は水上署までちょっと行って来るからね、もし君が病院へ早く帰るようだったら」堤はそれから急に声を落としてもう四五歩先にたっている署長らの方に気がねしながら、「どうかして、あの美代とかいったね、あの看護婦にそれとなくそれだけのことを訊いてみてくれないか、うん、ひとつ本気に調査してみようと思うんだから」

竹田の耳に口を寄せて、堤はわずかの間語っていた。竹田はうんうんと首肯《うなず》いて、この相手には絶対の信頼をでも持っているように、

「よし承知した、早く帰って来るといい」

莞爾《にっこり》として、やがて別れて帰って行った。堤は遅れた署長らの跡を学生のような元気さで追って行くのだった。

「……訊いてはみたがたいしたことはないらしいよ」

その日の夜、かなり遅くなって帰って来た堤を迎えて、竹田が浜での約束の報告をしていた。

「でも、恋愛関係だけはあったろう？」

と堤はいつになくニコニコしていた。

「恋愛関係というまでに進んだ仲じゃないらしいね、しかしあの人と一緒になるつもりだったとは白状した。美代《あれ》にも驚いたが権蔵の奴にも驚いたね、君が心配してくれたように、権蔵の奴、たびたび美代《あれ》を脅迫までしていたことが分かって驚いた」

「どんな方法だね、その脅迫は？」

「それが、これは僕の落ち度なんだが、ほら、看護婦はあちらの病室の方で寝《やす》ませることにしているだろう、権蔵の奴はそれを知っていて、毎夜《よ》のようにやって来ていたというんだ。そしてナイフなど見せて一緒になれとか何とか迫っていたらしいんだが十も齢下《としした》の娘を、実にひどい奴だ」

「昨日《きのう》、いや一昨日《おととい》の晩もやって来たかしらん？」

「一昨日の晩も来たといった。いつもよりはいくらか遅くなってやって来て、明日の仕事さえ済ませばもう潜水稼業はやめる、だから一緒になってくれといったそうだ。潜水夫をやめるというのは、美代《あれ》が口実にそんな職業の者は嫌だといっていたためらしいがね」

「やめる——昨日の仕事を済ませば潜水夫をやめるといったんだね？」

堤は特別なことのようにその点を訊き返した。そして竹田がうなずくのを見ると、

「じゃその時、権蔵が何か金のことに関して喋《しゃべ》舌りはしなかったか、聞かなかったかね、これは大切な点なんだが——」

「いってたよ、権蔵が美代《みよ》に」と竹田は驚いたらしく堤の面《おもて》を今更のように見て、「明日の仕事さえ片付けば、相当まとまった金も手に入るから、それで家《うち》を持って——当分は遊んでても暮らせるような口吻《くちぶり》を洩らしたそうだ」

「まとまった金がねえ——」

「しかし堤、君にはなぜ権蔵が金のことをいったなんて分かるんだい、おい？」

「いや、ただ想像にすぎんのだよ、とかく犯罪には金と女が付きものなんだから」

堤は笑って、それだけしか竹田の疑問には答えなかった。

「まとまった金というのは、なるほど、少々訝《おか》しいわい」

そう考えこむ竹田の言葉に、堤も、

「たしかに給料のことをいったのではないらしいね」と相槌を打ったが、やがて、「まあそれはそれとして、君、いったい権蔵は娘から嫌われているのを知ってたのかね？　二郎という男のあるのは気付かなかったのかね？」

「嫌われていることは知っていたらしい。が二郎のことは、美代《あれ》は知るまいといっていた。二郎の方へは美代《あれ》から権蔵に困っていることを話したそうだが、権蔵へはそんな気振《けぶ》

りさえ見せなかったといっている。権蔵という奴はずいぶん向こう見ずな奴だそうでね」

「じゃ二郎の方から権蔵を殺《や》る動機はあっても、権蔵の方から二郎を殺る理窟はないわけになるね」

「うん、権蔵が二人の間のことをずっと知らないでいたとすればだ」

「だが二郎の方はまた、娘といったいいつ、どこで話したり会ったりしていたのだろう?」

「いくら訊ねても、美代《あれ》はそのはっきりしたことをいわないのだが、病室へ来た時もあるとは白状したから、二郎もこっそり来ることは来ていたに違いない。権蔵と出会《でくわ》さなかったのが幸いさ」

「なぜ出会《でくわ》さなかったといえるのだね?」

「なぜって」と竹田は今一度堤を見かえして、「美代《あれ》がそういっているんだから——それとも君は、二郎と権蔵が出会したとでもいうのかい?」

「出会したと断言はできないがね、出会すような時があったかも分からないさ」堤は人なつこく微笑しながら、「おかげで大体察しがついた、明日はひとつ潜ってみようと思うんだが、どうだい、付き合ってくれるかね?」

「海へ? 君が、君が潜るのかい?」

「健康上よくないかね? 僕は例の幽霊って奴を引っつかまえて見世物にしてやろうと思うんだが——」

「堤、ほんとうのことをいってくれ、ほんとうのことを！」

相手の表情を注意していた竹田は突然湧き上がるような喜びの声音《こわね》でいって膝を浮かした。そして身を乗り出しながら、

「おい、犯人が分かっているなら教えてくれ。権蔵か、為吉かえ？　僕の診断に間違いはないのか？」

フト堤の面上を淋しいものが通り過ぎた。だがそれもほんの瞬間で、

「明日になってみなけれゃ分からないが」といった時にはまた元の朗らかな調子にかえっていた。「君の診断には間違いはないと思うよ、ただ不思議でならないのは、その幽霊という奴さ」

「行く、行く。患者なんてどうだっていい。明日は行って君の助手の役を勤めよう、なあに君の身体《からだ》なら何十尋《ひろ》潜ったって大丈夫だ」

「署長も皮肉らしくそんなことをいっていた、僕がうまく言葉尻を押さえて許可させてしまったもんだからね」そういって、堤はさすがに興奮を抑えかねたものか、稀にしか見せない強い性格の片鱗を眉宇の間に浮かべながら、「これで、僕もめずらしい調査を誰よりも先にやることになった」

――竹田は一切の医薬的準備を整え、身には何かの地の厚い服を着込んでいた。堤はゴム服に合うよう身軽くして、それでも万一を思ってかジャックナイフの手頃なのを携帯

した。

署長の好意で船は水上署のを借りることができた。いや署長までが一名の署員を従えてもうその船に待っていた。人夫は竹田が前夜のうちに頼んでいたので心配はなかった。やがてモーターが軽い音をたてて回りはじめた。

天気は昨日《きのう》よりか幾分落ちてはいたけれど、風や雨の心配のあるものではなかった。赤いブイが、昨日と同じように波間に見えた。

「いいか竹田、僕の信号は一つが生きているという知らせ、二つが幽霊を見つけた知らせ、捕まえた時は三つ引くからね。四つの時は凶器だと思ってくれ、五つの時は最後ののだ。六つ以上になったら引き揚げてくれ」

船がモーターを止めた時に堤はいった。

「一つが無事、二つが幽霊、三つが捕まえた時、四つが凶器で五つがあれだな、承知した、安心して潜ってくれ」

竹田もいつにない真面目さであった。用意はすっかり整った。堤は服を着て面《マスク》をつけにかかった。

「もうひとつ頼んでおこう。僕が潜っている間、どんな船もこの船へ近づけないでくれたまえ。それからどんな潜水夫もだ。いいか、送気管を切断されるうれいは、充分にあるんだから」

竹田は答える代わりに強いコックリをひとつして見せた。堤は笑いながら面《マスク》をつけ、やがて勇敢に水の底へと沈んで行った。

コトンコトンとポンプが回る。命綱の他に堤の希望で付け増した二本のロップがするすると輪を崩してゆく。遠くを内海通《ないかいがよ》いらしい二本マストの汽船が通る。午前の太陽が夢のように甲板を照らしている。

「無事だ、無事だ」

命綱の端を握っている竹田は手ごたえのあるごとに狂喜した。

「なるほど確かな信号がある」

時には署長も綱の一端に触ってみて喜びを分かつのであった。

「や、二つだぞ！」

竹田が叫んだ。その真剣さは一時ポンプにかかっている人夫らの手を止めさせたほどであった。

「おい！　ポンプを、おい！」

竹田はそんな時も八方へ気を配っているらしかった。何十秒か命綱には信号がなかった。署長も署員も人夫らも、呼吸をつめて海面を凝視した。

「三つだ、三つだ、堤が幽霊をつかまえたぞ！」

竹田の声に手の空いている者が皆《みんな》そのロップへ群がりついた。

「あ、こっちのロップに信号がある。さあ引き揚げろ」

人夫の一人の声に、人々はまた増し綱《づな》の方へなだれて行った。

「堤は無事だぞ！　きっと幽霊をふん縛ったのだ、構わず引き揚げろ引き揚げろ」

竹田は命綱に無事の信号があったので、確信をもってそう叫んだ。綱は恐ろしい力をもって手繰りあげられた。人々のこころはその一本の綱の先端《さき》に集注した。

「や、何やら大きな物が揚がって来た！」

綱の最先端を握っていた人夫が澄んだ海面をのぞきこんだ。と間はなかった、何やら人身大の物が船べりへ姿を見せたと思うと、その人夫は、

「わっ！」

と叫んで持っていた綱の手を離した。がその物体は再び沈みはしなかった。綱は人夫ひとりが持っていたのではない、人夫の後ろにいた二三の者の手によって、その物体は船べりへ引き揚げられたままで沈まずにいた。

「何だ、何だ？」

といって人々は船べりをのぞきこんだが、

「あッ！」

と声をたてて皆身《みんな》を引いた。さすがに竹田ひとりが恐れなかった。

「なるほど、こいつは幽霊にちがいないな。堤もよくこいつが縛れたものだ、それにしても肝心な銛をこいつは持っていないが――？」

というところへ更に信号が伝わって来た。その数は四つであった。その竹田の表情と言葉に勇気を得て、やがて人々は問題の幽霊を船上へ引き揚げたのであった。

それは不思議な、二た目とは見られぬほどの恐ろしい人間の死体であった。権蔵、為吉の言葉の通り、半ばぬけ落ちたくろい髪を頭骨に乱し、骨の出た胸をそらして、足を踏ん張り眼窩を見開いたようにして硬直している。淀んだような海底の藻合に、どんな大胆な者が見ても、これを幽霊と信じるのは無理のないところである。

人々は今更のように、海が持つ底知れぬ恐ろしさといったものを感じるのであった。

「これは昨日や今日沈んだ人間の死体じゃない。頭部の様子では一二年はたしかに海の中にいたものだ。がそれにしては腰から下の工合《ぐあい》が生々《なまなま》しい」

署長がそんな解釈を下している一方では、竹田の握っている命綱がまた新しく伸ばされはじめていた。堤がどこへか遠く出て行くに違いないのである。もしかして、と綱をひかえればその度に無事の信号が送られて来た。

「幽霊も捕らえ凶器も発見した堤が、いったいどこへ行くのであろう?」

興味もあれば心配もあった。綱は静止してはまたのびていった。そうしてもう、このうえ綱を伸ばすことができないと見られた時分、コツ、コツ、コツ、と自信ありげな五ツの信号が送られて来たではないか。

「とうとう堤はやり遂げた!」

竹田が空に向かって大呼《たいこ》するうち、やがて引き揚げの信号が来た。

「さ、これで今日の仕事もいよいよ終わりだ。皆《みんな》注意して引き揚げにかかってくれ」

ポンプはコトンコトンと勇ましく鳴った。第一回の休憩をしてまた人々は堤を引き揚げるのに骨を折った。そして第三回目のあの四分の休憩が来た。その時であった。

「署長、ちょっとここへ、面白い実験をお目にかけるから」

引き揚げとは反対の船べりで、いつのまに行っていたのか竹田が呼んだ。

「実験、何の？」

署長が不審顔に寄って行くと、竹田はその船べりから海中に下ろされた一本のろっぷを示して、

「握ってみたまえ」

いわれるままに署長は何の気はなくそれに触れたが、同時に、

「これは？」

と中心のないような表情をした。

「もう堤は揚がって来る頃なんだよ。このろっぷは錘《おもり》をつけて堤とは反対の方向へ、ちょうど二十尋《ひろ》あまり伸ばしてあるんだが、どうだい盛んに信号しているじゃあないか。今この底には誰もいないんだよ、ちょうど一昨日《おととい》のあの時と同じようにね」

竹田が意地悪くにやにやと笑いながら、そう説明しているうちに反対の船べりには歓声が揚がった。

竹田は署長を放っておいてその方へ飛んで行った。

最初水の面《おもて》には半ば錆びた銛の尖端《さき》が表れて来た。それから堤の潜水面《マスク》が、最後に何やら方二三尺ばかりの箱らしいくろいものが彼の腰のあたりに眺められて揚がって来た。

「やあ、大変だったな、大変だったな」

竹田は堤を助け揚げてその面《マスク》を脱《と》ってやった。

「幽霊先生日光浴をやってるんだね」堤はニコニコと甲板の怪死体へ眼をやってから、

「ついでに事件の原因も捕らえて来たよ。凶器はこれさ、うん、幽霊先生が持っていたんだが、手頃だから僕が護身用に持って歩いた。事件の原因はどうもこれらしい、諸君揚げてくれたまえ」

大きな箱が甲板へ引き揚げられた。

海藻やその他の汚物が付着してはいるが、それは誰の眼にも立派なひとつの金庫に見えたのである。

「この中に事件の原因がある。署長もおいでなんだからちょっとお眼にかけよう、いや鍵もへちまもない、この通りだ」

堤が扉の一ケ所をどうかすると、新しい金庫のようにそれが開《あ》いた。

「おお、これは――」中をのぞき込んで署長が思わず叫んだ時、もう堤はその扉を静かに、だが手早く閉ざしていた。人夫らにはその内容の何であるかを知る暇はなかった。

「お話は帰ってからにしましょう、少し疲れたようですから、僕は船室で休ませていただきますよ」

「モーターをかけろ、おい、凱旋だ凱旋だ」皆《みんな》の呆然《あぜん》としているうちに、竹田ひとりが噪《はしゃ》ぎ切っているのであった。

「……僕は最初から権蔵が怪しいと思った」その夜、竹田を前にして堤が機嫌よく語っていた。「殺《や》っておいてから相手のろっぷを自分が持ち、まず自分を引き揚げさせて、その途中で相手のろっぷで信号する。お互いの距離は相当あっても、綱の長さと、それからその距離の中間に、ろっぷの浮揚をふせぐ装置さえあればできることだからね。滑車の理窟と同じものさ。で権蔵の犯行とすると、その原因は何だということになる。女か、だがそれにしては僕が昨日《きのう》半日がかりで調べた結果も、権蔵が二郎と娘との関係を知っている証拠がどこにもない。では金か、というと君が訊いてくれたあの話だ、明日《あす》の仕事さえすめば相当の金が手に入るという。僕はそれを聞いた時にはじめて分かったと思ったよ。潜水夫が出所《でどこ》の知れない金を得るなんて、それは海底から取り出すことをいってるようなものだ。おそらく一昨日《おととい》の晩、二郎は権蔵に一足遅れて病室へ来て、権蔵が娘にいっているその金の話を、どこかへ身を忍ばせて聞いていたのだ。同じ潜水夫である二郎には権蔵のいってる金が果たしてどこにあるのかすぐに分かったのに違いない。翌日二人は海に入った。二郎は権蔵の手にその金を渡すまいとしたのらしい。権蔵ははじめてそこで二郎と娘との関係を知った。彼は金庫を獲《と》るためにかねて備えていた銛をもってついに二郎を殺《や》ったのだ。幽霊のことは権蔵が考えた後からのトリックだろう。あの死体が何者だかは知れないけれど、恐らく沈んだままでいる船の中からでも権蔵が運び出して来たものらしい。うん、銛はたしかにあの幽霊が持っていたよ。金庫は五年前のその沈没船の物なんだ、署の記録の中にちゃんとあの金庫のことも書いてあった。ああもちろん、金庫はその沈没船の中にあったのだがね。いったい潜水夫達の間では、沈没船引き揚げなどの仕事の時、めぼしい品があると皆これを自分の心覚えの海底に一時隠して置いて、幾年か経ってから折を見て引き揚げて自分の所有にするんだってね。海底の掟だとか誰だかがいっていたが、とにかくはじめての経験で勉強になった。海の底って、光線の工合《ぐあい》や何か、想像も及ばない実に美しいところなんだね」

ちょうどそこへ署から電話がかかってきて、権蔵が犯行の全部を自白したと知らしてきた。それは堤の言葉を裏書きして余りあるものであった。

「第一は君の診断がこの犯罪を発見した。第二は、権蔵が引き揚げの信号をする時、そんな幽霊を見たのならなぜ危急信号をしなかったかその疑問が僕を考えさせたことだった。第三にはあの娘の態度だ、彼女は使いに来た浜の者から二郎が殺《や》られたと聞いたのだろう、君に鞄を渡す時、かくしてはいたがひどく取り乱していたからね。だが一番僕の興味を惹いたのは、海底の犯罪というめずらしさだったよ」

四五日、磯の香でも嗅いで呑気にしたいといって竹田の許へやって来ていた堤は、そんな言葉を残して、翌日もう、都会の自分の興信所へと帰って行った。

鍋

「全く、まちがいというものは仕方ありませんですよ。僕がこんなところへ来るようになったのも、実は、恐ろしいまちがいが原因でしてね」とその髪のながい、ロイド眼鏡の、いつも憂鬱そうに黙っている職業も分からない若い患者が、皆の話の後をうけて、めずらしく、低い声でのろのろと話しだした。

「たった一枚の、そうですたった一枚の五十銭銀貨が、僕をこんな不幸に陥れたといってもいいのです。僕はその五十銭銀貨を、ひとつは金のなかったためですが、フトやって来た屑屋に古雑誌を売って、その代にもらったのです。むくれたような顔をしている汚い屑屋でした。だからその五十銭を手の上に受け取った時、嫌あな気持ちがしたのは事実なんですが、しかし、久しぶりに握った金なので、それをどう使おうかと、素人が株で儲けた時のような、有頂天な気持ちでいたのもほんとなのです。

そこへちょうど、三好という友人があそびに来たので、やっとのこと金の用途がきまりました。久しぶりでもあるし、その五十銭で肉を買って、一杯やろうという相談になったのです。ところが肉を買っても酒はどうする、というと、三好が俺にまかせろとにかく五十銭で両方を都合しよう、葱《ねぎ》はそら裏にいくらもあるじゃあないか、というのが僕が借りていた家の裏はすぐ家主の菜園になっているので、盗もうと思えばできない話でもないのです。

俺ぁもう一二年肉なんて食ったこともないぜ、という三好の言葉に、考えてみると僕もこの一二年は人間らしいご馳走を食っていません。そこで、食指が猪突に動いて、よしやろう、君は肉と酒とを買って来い、僕は葱の用意をしておくから、とこういう相談がきまったのですが、いざ肉を買いに行こうとする間際になって、三好がこんなことをいうのです。『オイ、食うのはいいが、もしいい気持ちにやっているところを、家主にでも見付けられたらどうする？　オイ』とそういうのです。

三好がそんなことをいったには訳があるので、その事情もちょっとお話ししておかないとこのまちがいが分からないんですが、実はもう僕はその家主に十六ケ月も溜めていましたので、もし家主に見つけられれば、家主の方では、ナンだ、こいつ家賃も払えないくせに肉など食ってやがる。とこう思うのは人情でしょうからね。それは思ったところで構わない食わなきゃ生きていけないんだから、とそれくらいにこちらが狡《ずる》く構えれば問題はないでしょうが、僕に十六ケ月も家賃滞納をさせたのでもお分かりでしょうが、実にいい家主なのです。

月々家賃の催促に来ることは来るが、こちらが事情を話せば、なるほどそれではご催促もできますまい、私の方は今に今食えないというわけではないのですから、それじゃあまた、お出来になった時頂きましょう、そういって帰って行ってくれる家主なんですから、僕も実はこの三好の言葉には少々辛い思いをしたわけです。が食いたいというその時の慾は実に驚くべきもので、そんな人情なんか吹きとばして、ナァに、家主に見つけられれゃ、その時はその時だ、いくらでも口実はあろうじゃないか、というんで、そのまま三好は街へ、僕は裏の葱畑へ、ということになったのです。

ちょうど夕方のうす暗がりなので、葱を盗むには好都合でした。多少胸がドキドキはしましたが、何せ、学校当時に寄宿舎の裏で、茄子《なす》や芋《いも》をやった経験があるので、度胸をきめてこれくらいと思う幾株かを、早いとこ引っこぬいて帰ったのですが、案外わるいことはできないものと見えて、帰って電灯の下で洗ったり切ったりしてみますと、せいぜい二鍋か三鍋の量くらいしかありませんでした。

でもまあそれで葱はできた、次は火を起こすのですが、迂闊なことに、炭があるかどうか調べていなかったのでひどく心配しましたが、これは台所の下を探すと、冬の残りがとにかくありました。イヤ、こんなことは話にたいした関係がないから省きましょう。

そうやって待っていると、やがて三好が帰って来たのですが、引き受けただけあって、ちゃんと左手に酒、右手に肉の包みを提げて来ています。三好は百メしか買えなかったといいましたが、なかなか上等の肉のようだし、酒は五合もあるので、僕は思わず三好の手を握ったくらい嬉しかったのです。

その嬉しさでたいして気に止めなかったのですが、三好がその時、安く買おうとしたので、肉を切ってもらわずに来たといって、台所で器用にそれを料理しました。いったいがこの三好という男は才の利く人間で、これまでもちょいちょいそんな歴史を持っているもので、僕も、ははア、安く買ったなんて、奴さんまたあの肉を誤魔化して来たんだナと、それを不審に思うどころか、持って行った五十銭と酒と肉との勘定が合ったように思ってその時はそのままお互いに何もいわずにしまったのですが、これがそもそも、このまちがいの根本でした。

やがて窓を閉めたりなどして、電灯を低くさげて、二人でぐつぐつやりはじめたのですが、その酒のうまかったこと、肉のよかったこと、まるで舌の上でとろとろと解けてしまうようで、もう二杯か三杯の酒で、二人ともいい気分になってしまったのです。

ところが、噂をすれば影とはよくいったもので、こんなに遅くなってはもう家主も来まいなどといっていると、ヒョックリ、その家主が、ハイ今晩は、と玄関をあけて来たじゃありませんか。

六畳一室の家なので、玄関の障子をあければもう僕らの行為《ていたらく》は一目瞭然です。今月はいかがですかァと、ヒョイと障子をあけて首をのぞけた家主がハッとしたようでした。がさすがにそこは頭の禿げているくらいで、ヤアこれはお盛んなところへお邪魔して、といって帰りそうにするじゃありませんか。

まま、家主さん、まあ家主さんお上がりになって、といってまず三好が飛んで行って手をとりました。僕も是非一杯やって行ってください、といって手をとりました。そして二人で無理矢理に家主にあがってもらったのですが、まあそうでもして断りをいわなきゃ、帰してしまっては次の月顔が合わせませんからね。人情も人情ですが、三好はたしかに、そんな点で、僕なんかよりはずっと世故にたけていたともいえるのです。

で、引っ張り上げられてみれば、家主もいやともいえないから一杯盃を受けましたが、いくらすすめても鍋の中はつつこうとしないのです。店子のものを食うのを嫌がるような家主でもないにと思ったのですが、そうやって世間話をはじめ出すと、家主が今そこの踏み切りで、といって話しだしたので分かりました。家主は惨《むご》たらしい死体を見て来たので、物を食う気になれなかったのです。僕の家へそんなに遅くやって来た訳も、どうやらその轢死人を見に行っていて一時間かそこら費やしたためらしかったのですが、これは家主は別に説明はしませんでした。

さてこの轢死人なのですが、実はこれが問題なのです。これをお話しする前に、ちょっとその踏み切りを説明してみますと、僕の家からは五六町北に当たっていて、この踏み切りを越えるとそれから北がずっと市街、僕らのいる南はまあ郊外で、踏み切りを遠ざかるにしたがって人家もまばらになっているのです。

でその踏み切りは、西から東への線路を南北へ渡っているわけですが、その西というのが急勾配で、列車がやって来ると、ずいぶんブレーキはかけているのでしょうが、それは凄まじいひびきを立てて、まるで矢のようにすべって来る、例えば飛び込み人があるのを機関手が知ったにしても、とても停車させるなんて思いも寄らぬような位置になっているのです。それに、悪いことには、北側はずっと石垣がつづいて、その石垣の上にすぐ家があるからいいのですが、南側となると、これが一面の低い芝生で、春なんかだと、ピクニックにでも来たようにして、その芝生でぶらぶらしていて、それから列車が来るのへ飛びこめば実に訳ないのです。いや事実それまでに、そんな工合《ぐあい》にやった自殺者があるのですから。

ともかく、そういった危ない踏み切りなのです。で家主のいうところでは、今日の轢死人は女で、それもまだ若いのだが、どうやら自殺らしい、直正面から轢られたと見えて、顔が滅茶苦茶どころか、手も足もバラバラで、もちろんどこの誰とも分からず、その身体を集めるのに、人夫が十四五人も来て大騒ぎだったというのです。

ここまではいい、ここまでは僕もまたかと思って聞いていたのですが、続いて家主がこんなことをいいました。

私は知らなかったのですが、人間ひとり死ぬと大変ですね、警察からあんなにお巡りさんが来て、人夫を十人の上も動かして、それで何をするかというと、飛び散ったその轢死人の手や足や、いや手や足はいいが、それこそ、指の先くらいな肉きれまで探させるのですから。ちょうど私が帰って来る時も、おおよそ身体は集まったが、まだお尻のところの肉が、どうしても見つからないといって騒いでいました。あの警察の人の意気込みでは、おそらく今夜中かかってもその肉を探すのでしょう、いやもう目もあてられぬ惨たらしさで、私も急いで帰って来ましたようなわけで。

家主はそういって、さも眼の前にその死体があるような表情をしたのですが、なおこんなこともいいました。人々の噂を聞くと、その轢死人はもう一時間も前に飛びこんだもので、だからそのお尻の肉も、犬か何かが咬えて行ったものだろう、そうでなくちゃ、あれだけ探して見付からぬなんて法はない。また轢いた機関手も機関手で、いくら夕方とはいえ、手応えで人を轢いたか轢かないか分かりそうなものだのに、それとも、これゃ失敗《しま》ったと思っても、めんどうだからそのまま飛ばしてしまったものでしょうか。また街の人や、踏み切りの番人も番人で、一時間も経って気がつくなんて、よっぽど轢かれた女《ひと》は運がわるいのですね。

とまあ大体が、家主の話はそんなようだったのです。が考えてみてください、僕らはこれから肉を大いに食おうとしていたところでしょう、そこへ轢死人の、しかも尻の肉があるだのないだのという話じゃありませんか。家主はそんなつもりでいったのではないでしょうが、聞いた僕らは面白くありません。何だか気持ちがわるく、鍋の中の、ぐつぐつ煮えている肉も、もう食物という感じではなくなってぶくぶく煮つまって泡をたてている赤黒い汁が、その轢死人とつながりのある血か何かのような気がしてくるのです。

僕はそれでもまだ平気な方で、もう鍋こそつつかなかったですが、どうにか我慢して家主の話を聞いていたのですが、大変だったのは三好の方で、フト気がついてみると、もう真っ蒼な顔をしているのです。ちょうど家主が、あの尻の肉がないという話をした時でした。僕が見かねて、三好、気分でも悪いのか、と声をかけるとほとんど同時に、ぐええ、というように咽喉《のど》のところを抑えて、彼が立ち上がったと思うと、台所へ飛んで行ったのです。

家主も驚いたようでしたが、僕も、相手があまり蒼い顔をしていたので、驚いて、その後から、まあ背中でも撫でてやるつもりでついて行ったのですが、行って見ると三好は、台所を出たところで土の上に跼《かが》んで、自分から、指を咽喉の奥へ突っこんで、例のぐえッぐえッてやつをやっているじゃありませんか。

オイどうしたんだ、といって僕がその背中に手をかけると、三好が、君も、肉だ、肉だ、ぐえッ、早く君、ぐえッ、といって片手で何か教えるようにするんですが、僕には何の意味だか分かりません。

そこで、僕はコップに一杯水を汲んで持って行ってやったのですが、するとようやく、彼が内緒の声で、しかし鋭く、オイ、今食った肉ありゃ牛肉じゃあないんだよ、今の轢死人の、というから、エッと僕も驚きました。しかし信じられないので、ほんとか、と訊きかえすと、彼が手短かに語ったのですが、世の中には妙なことがあるもんですね。

つまり三好は、その肉は買って来たのじゃあないというのです。拾って来たのですがそれが例の踏み切りの芝生です。三好が五十銭銀貨一枚を握って、さてこれで酒と肉とをどう買ったものかとその芝生のところを通りかかると、夜目にもフトひらひらしている竹の皮の端が見えたので、ツイ近寄って見ると、その竹の皮の上に、まだ切ってない肉が乗っかっていたもので、しめた、肉はこれで、五十銭は全部酒が買えるぞと、三好はそのままその肉を持って来たのだそうですが、そんなところに肉が落ちていたのは、大方御用聞きがあそびでもして落っことして行ったのだと思ったんだといっていました。

僕も、一時は吃驚《びっくり》しましたが、いくら何でも、轢死人の肉がわざわざ竹の皮に包まれているわけはないと考えたので、馬鹿なことをいうなと三好を元気づけてみたのですが、すると彼はまたこうもいうのです。

僕ももちろん、竹の皮があったからこそ安心して持って帰った。しかし、竹の皮という奴は必ず肉屋の店にあるものとは限っていないんだから。例えば、何かの包みになっていたその竹の皮が、前からその芝生にあったと考えてもいい、あそこはモダンな夫婦なんかが、弁当持ってよく寝ころびに行くところだ、竹の皮が一枚くらい落っこちていたって不思議はない、また、夕風で、それがどこからか運ばれて来たとも考えられないことはない、そして君、その竹の皮の上へ、パッと、轢かれた時に飛び散った肉の一片が、うまくやって来て乗っかったと考えたら？　ちょうどそれくらいの、線路に近いところで僕は拾ったのだし、時間も、ちょうど夕方の列車が通った直後になるし、空想とばかりといえないじゃあないか。

僕は三好のその言葉を聞いて、大急ぎで座敷へ引っかえして見ました。煮つまるといけないと思ったのでしょう、気を利かして家主が鍋に水をさしてくれていましたが、僕はすぐそれを七輪からはずして、電球へすれすれになるくらい近づけて見たのです。しかしその目の前にある肉が、牛の肉か、人間の肉か、見分けられるはずもありません。

家主が、何か悪いものでも入っていましたか、と心配してたずねてくれたのですが、これにも満足には答えられない仕末です。眼で見ても肉の鑑別のつかなかった僕は、すぐその味のことを頭に浮かべました。これは誰だって牛肉の味は知っているのですから、人間の肉なら、きっと違った味にちがいない、とまあそう考えたわけなんでしょうが、すぐその後から僕が行きづまったのは、牛肉の味こそ知っておれ、人間肉の味はまだ知らないという点でした。

やれ枇杷《びわ》に似た味だとか、白粉花の匂いがするものだとか、種々聞いてはいましたが、そうした説も、決して、その経験をもった人々から出たものとは考えられませんから、つまり人間の肉が、そのようにして味をつけて鍋にした場合、牛肉と同じ、あるいはそれに似た味を持っていた場合はどうでしょう？　牛の食物と、人間の食物と、たいして変わっていないことなどを、そんな急がしい際にもフト考えたりして、僕は困ってしまったのです。

三好がそれほど真剣な様子でいなかったら、僕もそんなに狼狽《あわ》てはしなかったのですが、まるで蒼白になっているもので、僕も何だか胸ぐるしくなってくるし、で最後に、僕が思いついたのは例の竹の皮なのです。これが肉屋の物か、それとも路にでも落ちていたものか、それが分かればと思ったものですから、僕は鍋を置くと、こんどはその竹の皮を電灯のところへ持って来て検めて見ました。

すると、これには僕も、思わずひやりとしたのですが、不幸なことに、ご飯粒が二ツ、相当硬いのがその竹の皮についていたじゃありませんか。

新しい竹の皮ならそんなことはないし、肉屋のものなら、万に一つの偶然がないとはいえないにしろ、まずそんな粗相のあるはずはない、それに三好が拾ったといってるのだし、これゃヒョッとしたら、と思うともう僕も夢中です。いきなり窓をあけて、鍋ごと、それらの肉を裏の空地へなげ捨てたのですが、これでまた、家主からその訳を訊かれるようなことになってしまいました。

しかしこの時、僕らもあっさりとそれを家主に告げていればよかったのですが、さすがにいいかねて、ぐずぐずしていると、とうとうそこへもっと恐ろしい知らせが来てしまったのです。

筧《かけい》という友人がぶらりとやって来たのですが、入って来て僕らの様を見て、どうしたと訊くうちに、この男はまた暢気な男で、僕ら二人がそれほど苦しい思いをしているなんてことは察しもしないで、また、これは家主に向かって例の轢死人の話です。

ところがこの男は、家主よりも遅く現場に行ったものと見えて、かなりくわしい話をしていたようでしたが、その男が、イヤ踏み切りのあたりは消毒で大騒ぎだ、といった言葉がピンと僕らの耳にひびきました。

やはり尻の肉は見つからないそうです。書き置きが出て来て身許が分かったそうですが、家主さん、あの女は天刑病でしてね、それで世をはかなんで自殺したんですよ、とその筧がいった時の僕らの気持ち。

僕らはたった今、その天刑病者の肉を食ったのだ、そう思うと、まったく眼の前がまっくらになり、足許から世界が崩れてきたような気がしました。ねえ、こんな恐ろしいまちがいがありましょうか」

そこまで語って、若い患者は、当時を思い出したものか、実に痛ましい表情をした。皆も釣りこまれて、中にはその患者から、そっと身を退らす者もいたが、

「で、それであなたは病気になったのですか、その病気に?」と誰かが半信半疑で訊いてみると、

「病気にはなりました、しかし」といってロイド眼鏡の奥でにやりと笑って「その天刑病というのは筧の嘘だったのです。そんな造り話をするのが筧の道楽で、いつか新聞に出ていた話をそのまま用いたわけだったのですが、三好が肉を拾ったのは事実でした」

「じゃあその肉はやはり轢死人の?」とまた誰かが訊いた。

「いや、肉を拾ったのは事実ですが、轢死人のじゃないのです。死人の肉は別なところで発見されました。ほんとうを申し上げると、その牛肉を落とした御用聞きも判ったのです。ただ僕らの神経が細かったからそんな騒ぎを演じたのですが——」

「しかし、それであなたがこんな病院へ来るようになったというのは? それなら別に不幸なことでも何でもないじゃありませんか」また訊ねるものがあった。するとこの若い性病院の患者は、もひとつにやりと笑っていうのだった。

「いやそれが不幸の原因だったというんですよ。僕だってその時は真剣に驚くし、家主

が第一事情を聞いて仰天して、そして何もいわずに、その時持っていた八十何円だかを放り出して、お願いだから、何もいわずにどこかへ行って欲しいといったくらいですからね。家主は帰る、その後でほんとうのことがわかる。八十円金はある、しめたしめたで三人、それからすぐ悪いところへあそびに行って、で、つまりこんな不幸なお土産を背負いこんだという話なんですからね――」

樽開かず――謎物語を好みたまふひとびとへ――

その一　乞食学者宮中へ召されること

晩年、ヘトロデトスが樽の家《いえ》に住んだことは有名な話で、国王も何回かは、その変わった家とひとととを訪問したものであった。

国王の訪問は単なる物好きからではあったろうが、当時はトロアス国王でもその教えを聴かれるのだというので、はるばる遠国からやって来て弟子入りする男もあり、樽の家の前は、毎日、彼の講義を聴こうとして、近隣から集まる老若男女でいっぱいであった。けれども、やがて国王が他国との国交関係で忙《せわ》しくなり、すっかり樽の家を顧みなくなると、妙なもので、自然と聴講者の数を減じてきたばかりか、肝心の弟子さえも、その説くところの高遠なのに引きかえ、生活が甚だみじめである哲人に愛想をつかし、いつかひとり減りふたりへり、今では弟子といっては造酒《つくり》屋の息子のポトムススがただひとりきり、街のひとびとも、河岸の樽の乞食学者と呼ぶほかには、まったくヘトロデトスを忘れてしまったのであった。

弟子ポトムススは、もう嫁をもらい、家業を継いでもいい齢頃《としごろ》ではあったが、純情な、性来《せいらい》思索をこのむ青年だったので、今は誰ひとりめんどうを見る者もない哲人によくつかえ、毎日かかさず樽の家を見舞っては、師の健在を喜びその講義を熱心に聴いていた。

哲人は全幅の愛を傾けてこの青年を教え、時には厳しく叱りつけもしたが、青年が毎日持って来てくれる食事を前にすると、青年の純情を思い、自分の過ぎ来し方を想い、心ではついホロリとするのであった。

「わしが富や権力を好む男であったなら、きっとこの齢《とし》までには国の宰相くらいにはなっていて、ポトムススよ、お前を世の中の誰にも愛されるような立派な地位につけてやっているものを、可愛い弟子よ」

と哲人が弟子の身をいたましいことに思うと同様、青年の方でももし機会があれば、何とかして師を以前のような、華やかな身分のひとにしてあげたいと考えているのであった。

ところがある日のこと、思いもかけぬ幸福がやって来たというのは、楯と槍を持ち厳《いか》めしく板靴を穿いた衛兵が二名、立派な、鞍《くら》置いた馬を曳いてやって来て、急のお召しで、ヘトロデトスに宮中へ来るようにというのであった。

「大公ホスビウスが、何やら老師の教えを乞いたいと申されております。どうぞ馬に召されますよう。われわれがお伴を申し上げますから」

教えを乞いたいとだけで、くわしいことは使者の衛兵にも分からないのであった。しかし、街の乞食学者が宮中へ召される、こんな名誉なことがあるであろうか。ひょっとしたら、これがきっかけで、老師の上にはまた、昔のような盛時が帰って来るのではあるまいか。ポトムススが思えば、哲人ももしそうなった暁には、こんどこそ弟子を宮中へ推薦して、後事の憂いのないようにしておこうと、とにかくお受けして哲人は珍しい参内《さんだい》をしたのであった。

蓬頭垢面《ほうとうこうめん》の哲人が、肥馬にまたがり、衛兵を従えて静々街を行くさまは、街の人々へも多大の衝動を与えたと見えて、ポトムススがその弟子であると知るひとびとは、青年の許へやって来ては、この参内のいわれを知ろうとあれこれ推察を語ったが、多くはヘトロデトスのこれまでの苦労が報いられて、官位を授かるのだろうというのであった。

「そうなるとポトムススさん、あなたも造酒屋を継ぐわけにはいきませんね。先生が偉いひとになられるのだから、あなたも自然と位につく。もしそうなったら、是非私の店を贔屓《ひいき》にしてください」

誰もがそんなお世辞を並べるので、ポトムススは早く宮中での結果が知りたくて仕方がなかった。そこで、彼は街はずれのわが家から、何度も何度も樽の家に行ってみたが、夜に入っても、師はまだ宮中を退下《たいか》して来てはいないのであった。

青年は夜《よ》の明けるのを待ちかねて、早くから婢《つかいめ》をせきたてて、特に師が好まれる食事を造《こしら》えさせ、それを持っていそいそと樽の家に出かけて行った。

「老師よ、朝の食事を持って参りました。宮中からのお召しは何でございました？　老師よ、まだお目ざめではございませぬか」

樽の戸が閉まっていたので、ポトムススは三度そう声をかけてみたが、中からは何の返事もないので、これはまだお帰りになっていないのだ、とすると、昨夜は宮中へお泊まりであったろうか。となると、いよいよ何のお召しであったかが知りたくなって、青年はついにそのこころを抑えきれず、そっと食事を樽の前に置くと、遠からぬ王宮をさして出かけたのであった。

「昨日《きのう》参内したへトロデトス老師の身より者でございます、師はまだ宮中へおいでございましょうか」

青年は橋頭の城門を守る衛兵に正面から訊ねてみた。衛兵は暇で困っていたと見えて、これを聞くと早速城門の溜まりで訊いてくれたが、するとちょうど昨日へトロデトスを迎えに来た衛兵のひとりがいて、

「おおお弟子さんか。だがさあ、わしらはここまで先生のお伴をして来ただけで、ここから先のことは衛士長に訊《き》いてみなければ分からないね。衛士長に面会するにはむつかしい手続きがいるんだが、あんたが少うしお金を都合するなら、会えないこともないと思うが——」

青年ポトムススは、幸いに多少の小遣いを持っていたので、それを皆衛兵に渡して、衛士長に会えるよう取りはからってくださいと頼みこんだ。お金の有り難さはまた格別と見え、衛兵が引っこむと間もなく衛士長という口髭《くちひげ》の男が出て来たが、

「あの老寄《としよ》りならナンじゃ、その、これは滅多には喋舌《しゃべ》れないんじゃが、わしが城内の橋廊まで案内して行ったよ。知ってるじゃろう橋廊というのは。そうその通り濠《ほり》の向こうから見える高いところじゃ。わしはそこまでしか知らん。それから後のことは、マチウスかホラチウスに訊かねば表詰《おもてづ》めの兵隊ではまるきり分からん」

マチウス、ホラチウスの二人は、大公の信任厚い橋廊の見張り兵とのことであった。これは非番の日でなくては絶対に城門の方へも街へも出ることができない兵だと聞いて青年は一時がっかりしたが、ちょうど明日《あした》はその非番の日で、二人とも街へ出るであろうから、その時目をつけていて、会って訊いてみればよかろうと衛士長が教えてくれたので、青年は失くした財布をまた見付け出したように喜んだ。

「けれども、彼奴《かれ》らから訊こうとすれば一樽も二樽もの酒が要《い》るぞ、若いの」

衛士長が笑いながら付け足してくれたこともポトムススには有り難かった。彼は幾度も頭を下げて、やがて城内を帰って来たが、もし、自分がそのようにしている間にも、師が樽の家へ帰られてはいないかと、もう一度河岸《かし》へ引きかえして見たけれど、彼自身が置いた食事はそのままで、樽の戸は相変わらず閉まったままでいるのだった。青年は、なおもし、自分が家に帰った後で、師が帰られてはとのこころづかいから、食事のうちの飲み物だけを、そのまま樽の前に置いて帰ったのであったが、これが後に、意外な証拠になろうとは神ならぬ身の知る由《よし》もなかったのであった。

その二　宮中における薔薇の問答のこと

さて翌日になると、ポトムススは身仕度をして、朝のうちから王宮前の広場に行き、昨日聞いたマチウス、ホラチウスが出て来るのを今や遅しと待ち受けていた。マチウスは肥えて丈短く、ホラチウスは痩せて丈長いどちらも鷹の羽かざりのある帽《ぼう》を冠っていると聞いていたので、やがて彼らが出て来た時にも、青年は間違いなく、見張り兵二人を呼び止めることができたのであった。

「今日は私の家に祝い事があって、衛兵の皆さまをお招きするのでございます。ご馳走と申してもございませんけれど、お酒だけは幾樽も用意してございますから、是非私の家までお運びくださいますよう」

ふたりの見張り兵は、ちょうどこれから街の居酒屋へ行こうとしていたので、只《ただ》で酒が飲めると聞いてはもう眼の色も変わり、他の衛兵達に知らせては、自分達の飲み代《しろ》が少なくなる勘定だとでも考えたのか、それは有り難いすぐご馳走になりに行こうと、ポトムススの尻を押したてるようにして、彼らで街はずれの造酒屋へと来たのであった。

かねて手筈は整えてあったので、家の者も皆何やら家内に祝い事あるように装い、マチウス、ホラチウスを上座に据えて、お手のものの極上の酒を溢れるほども運んだから、半刻たたぬうちに二人はすっかりいい機嫌になり、はては自分らはホスビウス大公側近の者で、宮中のことなら、どこにどんな秘密戸《かくしど》があるか、ぬけ路があるが、何でも知らぬことはないなどと気焔をあげはじめたのであった。

機会を待っていたポトムススは、そこで何気ない風を装いながら、

「それでは、一昨日《おととい》の午後、街からへトロデトスという老人が宮中へあがりましたが、こんなこともご承知ですか」

「ヘトロかヘトラか名前は知らんが、うす汚い年寄りが来たのはよう く知っている。ようく。のうホラチウス」

「そうとも、ようく知っているぞ、年寄りは橋廊へやって来て大公殿下にお目にかかったのじゃ。あの時殿下が何とおっしゃったか、マチウス、お前は知っているかい？」

「知ってないでどうする。命令で眼と顔だけは外方を向いていても、ちゃあんと耳はな、殿下のお声ばかりか年寄りの声まで聞いているんだ。よく参った、ヘットラデス――」

「近う寄れ」とホラチウスがすぐマチウスの後を受けて、大公の声色《こわいろ》を使いながら、「汝を呼んだのは他ではない、これじゃ、この謎を解かそうとてじゃ」

「ほう、薔薇の花びらでござりまするな」とこんどはマチウスがヘトロデトスの声色になって、「この花びらを謎と仰《おお》せあるのは？」

「いかにしてこれへ参った花びらであるかが不明なのじゃ。余は余の富と軍隊にかけて、そのいかにして参ったかを知りたいのじゃ」

心地よく酔っぱらった二人は、このようにして、当時の大公と哲人との問答をつづけていったのであった。

「余の軍隊にかけて、とおっしゃる――」マチウスは見えを切って、「花びらは風が持って参ったのではござりませぬか」

「風の他には？」

「鳥奴が啄《ついば》んで――」

「鳥の他には？」

「殿下、人が持って参ったでございましょう」

「その人間が居おらぬので汝を呼び寄せたのじゃ。ヘットラデス、ここにあるのは花びらであるが、別にこの近くに一房の花が参っているのじゃ。これが肝心なのじゃが、この橋廊以西、花は絶対に禁じてある。花びらならば風も、鳥も持って参ろう。なれど、一房の花となっては風でない、鳥でない、と申して、ここに花の房を持ちこんだ兵も婢《はしため》も誰一人いないのじゃ。これは余の権威を以てもう調べ終《お》おせた。しかも花の房は厳然としてここにある。奇怪ではないか、のうヘットラデス」

「その花房のあるところに、自ら咲き出でたものでもござりましょうか」

「断じて！　この橋廊以西には花を咲かすべき一盛りの土くれもないのじゃ。橋廊の下は、見よ百尺の城壁、それからあの深い濠じゃ。いかな豪の者が登って来よう？　しかもここには昼夜わかちなく見張りの者が控えておる。さあ薔薇は、いかにしてこの城頭へ参ったであろう？」

「殿下よ、ヘットラデスはその花の房を一度見とうござりまする。その花、その在る所を知らいでは、何事も申し上げることができませぬ――」

「ではこう参れ。姫の御前《おんまえ》であるからこころを致して――と殿下は年寄りを従えて塔の方へ参られたのじゃ。のうマチウス」

見張り兵二人は、ヘトロデトスをヘットラデスと呼んでしまった。しかし事情はポトムススによく分かった。大公ホスビウスは、城内で発見された一房の薔薇のために哲人を呼んだのだ。その花がどうしてその橋廊、いや姫のいられる塔内へ出現したかが分からなくて、学者である老師をわざわざ樽の家から呼び寄せたのだ。いかにも、あの橋廊、城塔に一盛りの土くれもないといえば、花は城内で咲いたのではあるまい。また、禁じてある花を何人《なんぴと》も持ち運んだのでないとすれば、これはたしかにそのあたりの依似《えせ》学者が解き得る謎ではない。しかし、大公ともあろうひとが、何故そんなわずかな花のことを、その軍隊にかけてまで知ろうとしたのであろう？　何かの戯れでもあるのだろうか。だが戯れにしては、見張り兵までたてての接見《せっけん》は少々念が入りすぎている。それが正しく真実で、特異な事柄であったが故《ゆえ》に、これほどもマチウス、ホラチウスの二人が当時の問答をハッキリ記憶していると考えるのが正しいのではあるまいか。

薔薇の謎のことが真実とすれば、では老師はこの問題をどうお解きになったであろう？よも誰かがあの濠を渡り、高い城壁をよじてそこに持ちこんだなどとはおっしゃらなかったにちがいないが……。

「塔へ参られて、それからどうなったでございましょう？」

青年は、見張り兵二人のお芝居の終わったのを見て、早速追いかけて訊ねたのであった。

「殿下が塔へ参られてからのことはトンと気を付けていなかったわい。それというのが塔内は殿下のほかは男子禁制とあってな、イリアナ姫とエカテーナ老女の女護《にょご》ケ島じゃ。塔内のことが知りたいなら、洗濯女のリカにでも訊くほかはなかろう。じゃが彼女め、なかなかの頑固女《かたぶつ》じゃから気安くは話すまいがの」

ポトムススはなお酒をすすめながらも、その洗濯女リカの住居、その他のことをうまく二人から訊き出すことは忘れなかった。しかし、せっかく分かりかけた宮中での老師のことが、塔内のところまで行ってポツンと切れてしまうのは何とも残念で仕方がないのであった。その問題の薔薇の花が、姫の在《おわ》す塔内にあることだけはハッキリと推測ができたのであったが。――

「しかし、お二人は間もなく塔からは引き返しておいでだったでございましょうな？ その時の殿下と老人とのお話は？」

「その時はもう年寄りは何にもいわなかったよ。ただ、殿下がわしに一言《こと》仰せられただけじゃったが、のうホラチウス」

酔ってはいても、そういって相手をふり返った時の、小兵のマチウスのとろんとした眼には何やら異様な光があった。

「そうじゃそうじゃ。殿下がお前にたった一言いわれただけじゃ」

「何と仰せられたのでございまする？ それから年寄りの方は？」

青年が訊いたけれど、見張り兵はますます酔ったふりをして、何やらそのことをかくそうとするのであった。ポトムススは、相手のその容子《ようす》から、非常にそれが秘密なことに違いないと見てとったので、更に家僕にいいつけて、蔵から飛び切りの宝酒《たからざけ》を持ち寄来させ、言葉たくみにすすめたので、こんどこそはさしも酒好きな見張り兵も正体なく酔っ払い、

「宮中の勤めも呑気なようで悪くはないが、ひとつ違うとあれだから情けないテ。何が何だか知れないけれど、この者を牢屋へ、と一言仰せられればそれきりじゃ。悪いことがあってもなくても、それきりじゃ。可愛そうに、あの年寄りは悪い人間でもなさそうだったが、とうとう暗いところへ入れられてしもうたわい」

と問わず語りに喋舌《しゃべ》ったのであった。

「それではあの、ヘトロデトスは牢屋へ入れられたのでございますか」

何度樽の家に行って見ても、師が帰っていられないはずであった。師が牢屋へ入れられたと聞いてみると、いよいよ薔薇のことが単なる戯れでないことが分かってくる。師にどんな粗相《そそう》があったかは知れないとして、いずれはその問題が原因したことは考えるまでもないが、何のために師は牢などへ入れられたであろう。そして今も、その暗い牢内で自分の上を思ってくださっているのであろうが。

「では、年寄りはまだ牢内にいるのでございましょうか」

「まだいるか、もう首を斬られたか、そこまではわしは知らん。牢のことなら牢番のキルルスに訊くがよいわい。ああ酔った酔った。あまり宮中のことを喋舌るとこんどはわしらの首がなくなる。三日するとまた非番じゃ、その時またわしらはお祝いに来たいと思っとるよ、若い衆《しゅ》さん」

見張り兵は、飲むだけのものを飲んでしまうと、捨てぜりふを残して帰って行った。あの師は何の科《とが》もなく、今城内の牢に閉じこめられている。いったい何が原因でそんなことになったのであろう？　救い出す路はないものか。いや救い出すとしても、何よりその薔薇のことを調べてみるのが一番だ。それが分かれば師を救う路も自然とひらけてくるであろう。何はともあれ、まず洗濯女リカの家を訪ねてみよう。そうだそれが一番いい、と純情な青年はようやく決心して、もう暮れがたの街へと食事もせずに出かけたのであった。

その三　姫の恋と鳥の糞のこと

洗濯女リカの家は、街も王宮に近いあたりにあったので、ポトムススは、そこへ行くためにはどうしても城の濠《ほり》の縁《ふち》を行かねばならなかった。

王宮は周囲に深い濠をめぐらし、城門の橋頭から城壁に添う高道を行って、更に撥《は》ね橋によって内城へ入るようにできていた。撥ね橋のあるあたりに中の高塔があり、その高塔から西端の塔まで問題の橋廊がかけられ、仰ぐと、まるで迫るように、高く、その橋廊の深い弓眼を見ることができるのであった。その橋廊を渡り切ればすなわち西の塔で、これがイリアナ姫のいます、例の薔薇の在所であった。塔は周囲まるく、濠の上に高く突出した弓眼の廊を持っている。この廊は戦時、塔壁をよじて来べき敵兵への、岩石、熱湯を浴びせるための仕かけなのであった。

雲もない夕暮れの空を背景に、美しく聳えたその塔を思わずも振り仰いで、ポトムススは見張り兵から聞き出したあの問題を考えるのであった。戦時に雲梯《うんてい》をでも使用すればとにかく、今どんな豪の者といえども、大公がいったようにその塔壁は登ることはできまい。とすればやはりその薔薇は誰かが持ち運んだものには違いないが、さてあの橋廊を何者がそのようにして、二人もの見張り兵の眼をかすめ、姫のあたりへ持参したであろう？　いや、見張り兵の眼をあざむくことは不可能なのだ。とすると、薔薇を残した者はあの見張り兵のどちらかなのではあるまいか。だが、マチウス、ホラチウスの二人が、それを身体《からだ》のどこにかくして持ちこんだであろう？　厳しい宮中の、それも姫の側近であれば、彼らも必ずや日々身体検査を受けるにはちがいないのに――？

「それにしても、姫はいったい、なぜあんな、離れ島のごとき西塔へ在《おわ》すのであろうか、御座所は、中庭の奥の、礼拝堂の近くにあるものだとやら、たしか建築家の誰かに聞いていたと覚えているが――」

青年ポトムススは、思わず呟くと、ふと、はっと何やらに思い当たったのであった。

「そうだ、橋廊の見張り兵というのは表向きで、事実は、彼らは塔の姫及び老女エカテーナへの目付けなのではあるまいか」

すると大公がそれほど、薔薇の花を問題にする意味が分かってくるような気持ちがする。薔薇の存在はそれが人によって運ばれたことを意味するのではあるまいか。つまり、大公が怕《おそ》れたのは、大公の見張りの眼の下をかい潜《くぐ》って、何者か、その大胆を敢えてした人物の影のことではないだろうか。

ここまで考えてきて、ポトムススがぎょっとするごとく思い当たったのは国王トロアスの留守ということであった。国王はこの一年あまり、さる国との戦いのために、遠く国を出て現在はその異母弟である大公が仮に主権を握っている。国王の戦いはいつ果つべしとも分からない。街に伝わってくる噂によれば、苦戦のなかなかの持久戦であるとか。とすると、この留守の間に、大公ホスビウスがその異母兄の国に対して、何かの野心を抱くようなことが起こり得ないとはいえまいではないか。

「姫と老女は、後に来るある場合のために、人質として大公の手があの塔へ檻禁《かんきん》したと考えることはできないであろうか」

青年ポトムススは、われ知らずしばしその場に佇立《ちょりつ》したのであった。

そのように考えてくると、老師が牢屋へつながれた意味もうなずけてくる。たとえ、その薔薇について、老師がどんな解決を与えたとしても、事情がそのようであれば、大公は解決の証査のハッキリするまでは、事を感づいたに違いない哲人へトロデトスをそのまま街に帰すはずはないわけであった。すると、老師は今も健在であられるにはちがいない。いかに大公といえど、事のきまりもつかぬ間に、罪もない老師を処刑《しおき》などするはずはないであろうから。

純情な弟子ポトムススは、そこで身顫《ぶる》いの出るような勇気を感じたのであった。大公の陰謀を知ったものは自分の他には今この国のどこにも誰もいないのだ。自分が今行おうとしていることは、師を救うものであると同時に、国を救う路でもあるではないか。これはうかうかとしてはおれないぞ、そうだ、一刻も早くリカに逢ってみよう、リカが正しい女なら、この自分の推察が真実かどうか、それを決定するような何かを語ってくれるには違いないであろうから……。

もう暗くなっていたが、青年は駈けるようにして洗濯女の家をめざしたのであった。けれども、不幸なことにはリカはその時家にいなかった。知人の家に婚礼のことがあって、今日は朝から泊まりがけで行き、明日《あす》の晩にならねば帰って来ないと、その老母から告げられて青年は、またしても落胆して、リカの行き先をまで尋ねたが、もう年老いたその母は娘の行き先を聞かされてもいず、青年はついに明夜をまで待たねばならなかったのであった。

ポトムススが翌日のそのながい一日を、どんな思いで待ち暮らしたか、もちろん牢番キルルスの方へも手を回す方法は講じてみたけれど、この方は宮中内の秘密牢《かくしろう》のことであり、なかなか今日明日という工合《ぐあい》にはいかないのであった。

それでも青年は夜に入《よい》って、うまく洗濯女に会うことができた。リカはまだ若い頬《ほほ》の赤い女であったが、大公の眼がねにかなって出入りを許されるだけあって、物言いの初々しいにも似ず、心だてはなかなかしっかりしていて、ポトムススの質問にも、それがいささかでも大切だと思われる点ではハッキリとした返事はしないのであった。

けれども、この若い娘は、青年ポトムススの純情には恋心に似たものをでも動かされたと見えて、初対面の者にかかわらずそれほどつれなくはせず、ヘトロデトスが姫と老女に会ったことだけは話してくれたのであった。

「宮中のお噂は、あまり下々へ洩らしてはいけないことになっておりますの。けれども、あなたは理解のある方と存じます故《ゆえ》、多少のことはお教えして差し上げますわ。ちょうどわたしが御用を承っていた時でしたの、そのお年寄りのことを存じているのですけれど、お年寄りはまず姫さまに会い、それからエカテーナ老女さまのお部屋で老女さまにお会いになりました。大公殿下がおいでになったことはわたしは存じません。何でも、その朝、姫さまがお目覚めになると、そのお祈りの卓に、奇麗な薔薇の花が置いてあったとかのお話で、それが誰が持って参りましたものか、大公殿下のご不審の種になっているのだとか、老女さまの問わず語りのお話で伺いました。姫さまは、その花を胸に飾って、それはそれはお喜びでございました。姫さまは、毎日祈禱書と空ばかり見てお暮らしでございますので、いつもお寂しくいらせられるのですけれど、その日は、薔薇の花を胸にせられて、お顔も一段とお美しく、特にわたしにさえお言葉をくださったほどでございました。姫さまがお喜びになったについては、他に訳もあるのですけれど、このことはもう申し上げますまい。若い娘が若いあなたに、他人さまのお噂とはいえ、恋のことについてお話しすることはいかがかと存じますから――」

青年はこの娘にたえてない感謝の念を捧げたのであった。彼が内心に想像したことが、ほとんど事実となって分かってくるのではないか。祈禱書と空ばかりの姫といえば、それは自由を束縛されたひとを表現するものでなくて何であろう？　お痛わしいイリアナ姫！

「老師のことについては、その他に何かお話しくださってよいことはございませんか」

「そうね」とリカは考えて、「これはわたしに関係することです故《ゆえ》、申し上げまいと存じましたけれど、別に差し支えのないことですからついでに申し上げておきましょう。実は私はお年寄りからその時お褒めにあずかったのでございます。わたしが塔内のお掃除をよくすると申されて——不思議に思《おぼ》し召《め》すのは無理ではございませんが、お年寄りは、塔内に真っ白にある鳥の糞の跡をご覧になって、それでお褒めの言葉をくださったのでございます。でも、これはわたしがそれほどきれいに掃除いたすのでございませんけれど、でも不思議に、塔内の鳥の糞は、どこも、まるで小刀でかき取ったように取り清められているのでございます。もっとも、鳥の種類では、そのように見える糞をするものがいるのかも分かりませんけれど——」

鳥の糞？　と青年ポトムススは異様の感じに打たれたのであった。むつかしい謎に打《ぶ》つかっておりながら、老師が何故特にそんなものへ目をつけられたであろう？　これはたしかに普通のお世辞ではないに違いない、と彼はやがてリカの許を辞しての帰る途々も、腕を組み眼を冥じては考え続けたのであった。

その四　牢番の話と縄梯子のこと

青年ポトムススが、伝手《つて》を求めて、牢番キルルスに面会するまでには、それから十日間の日が経った。ポトムススは城の表へ出入りする呉服商人にまず手をまわし、それからキルルスへ賄賂《わいろ》をつかい、やがてその商人の手代として城中で牢番に接したのであった。

牢番は、青年が想像していたような、毛むくじゃらの恐ろしい人物ではなかった。もう相当年寄りの、ただお金を蓄《た》めることだけに目のないらしい小造りな書記型の男で、薬が利いていたと見え、青年はさして苦労することなくこの男から老師についてのことを訊き出し得たのであった。

「いやわしも」と牢番はその暗い牢番部屋でぐっと声を落としながら、「樽の先生が見張り兵に引っぱられてここへ来た時には、何とまあ不幸な人じゃろうと考えたものですわい。わしはこの牢はじまって以来の番人じゃが、よかれ悪しかれ、この牢に入った者で、ついぞ許されて出て行ったのはないのじゃからな。齢《とし》もわしとそう違わぬ、もう観念しておられるらしい樽の先生を見た時は、わしはほんとにそう思ったものですぞ、先生はきっと殿下のお言葉に反対したにちがいないと――」

「老師は殿下のお言葉に反対したのでございましたろうか。ほんとうのことをご存じなら、どうかお教えになってくださいさい。できるだけのお礼はする心算《つもり》でございますから」

ポトムススは、すでに自分が探り出した知識から推して、老師が大公の言葉に反対したとは考えられなかったので、何やら中心を外《そ》れよう外れようとするらしい相手の言葉へそう質問をはさんでみた。すると牢番は、またいくらかのお金がもらえるという慾心から、もっと大切なことを聞かしてくれたのであった。

「これはのう呉服屋さん、誰にも話してはいけないことなのじゃが、まあそこは、魚心あれば水心ということもあるから喋舌《しゃべ》るのじゃが、ほんとうは、お年寄りは殿下のお言葉に反対したというわけではなかったのじゃ。わしがお年寄りに水を差し上げたりして、それとなく訊いてみて知ったのじゃが、何でもお年寄りが殿下のお召しにあずかったのは、殿下が考え悩んでいらっしゃる謎解きのお手伝いとかのためじゃったそうなが、お年寄りはそれを、考えた末に、わしにはわからぬといわれたのじゃそうな。その謎を解くことができなかったので、つまりお年寄りは入牢仰せつけられたという理屈になる。謎を解いていたらそのまま街へ帰されていたのじゃろう。わしはその謎がどんなものかは知らないから、何もいうことはできぬけれど、宮中のことといえばたいていはそんなものじゃ」

青年ポトムススは、老師があの薔薇の謎を解き得なかったときいた時に、ひどい怒《いか》りに似たものを感じたのであった。そんな馬鹿なことがあるものか、老師に限って、そんな不名誉をされることがあるものか。まだ自分にこそあの謎の本体を摑むことはできないけれど、老師が、あの神のような究理学の博士が、どうして、あれくらいの謎にへこたれなさるものか、老師が解けぬとおっしゃったとすれば、それは解けなかったのでなく、解いた結果を口にすることを欲しられなかったためか、もしくは、牢番が聞いたということが、全部嘘であるのかどちらかなのだ。絶対に、老師がそんな不名誉をされるなんて、絶対にあり得ない。……

「老師はその謎を、ほんとうに解けなかったと申されたのでございますか、キルルスさん？」

純情な青年は、そこで更に念を押して訊ねたのであった。牢番はいくらかになることと考えているので別に偽りはいっていないらしく、

「いいや、解けぬと申し上げたので、牢に入れられたとはいっていられたが、謎がわからぬとはいわれなかったよ、呉服屋さん。そればかりか、どうやらあのお年寄りは、ほんとうのことを知っていたらしく、誰にも分からない方がいい、誰にも分からない方がいい、とよく独りで何やら考えてはいっていられるのをわしは聞いたよ。鳥は神がお造りになったものだ、鳥はまっ白な糞を造る、なんて妙なことも口走っていられたがな。じゃから、わしも、謎が解けたか解けなかったかという点では、ひそかに殿下よりもお年寄りの方へ肩を持っている、とこういう次第ですじゃ」

老師はやはり謎はお解きであったのだ、とポトムススはほっとした気持ちであった。でなくては、牢番が聞いたという師の独り言は意味をなさなくなる。謎は早や解かれていたのだ。けれど、何がために師はそれを口にすることを欲しられなかったのであろう？　また、大公が師を城中へ止めた意図は、その老師の心の奥を見透してのことだったろうか、でなかったろうか。

「キルルスさん」と青年はそこでやや改まって、今一段低い声になりながら、「私は一眼でよいから老師にお眼にかかりたく思うのですが、あなたのお力で、そうお取りはからい願われませんか。私は今ここに金貨でわずかばかりですが持っております。これを皆あなたに差し上げますが、是非ひとつお骨折りになってください」

青年は、チリチリンと綺麗な音をさせて、用意の金貨をみな卓の上に打《ぶ》ちまけたのであった。けれど、その時の牢番キルルスの表情といったら、思わず卓の方へ手は差しのべたが、やっとのことでそれを引っこめ、泣きたいような顔になって、

「せっかく、せっかくじゃが呉服屋さん、それはできん、あんたが、このお城の高さほどもお金を積んでくれたとしてもそれはできん！」

「では、ではもう老師はこの世においでではないのですか！」

青年ポトムススは、それだけ訊くのがやっとであった。老師が今も牢内においでなのなら、慾張りのキルルスが、なんで面会させないなどというだろう？　宮中の規則がどんなに姦《やかま》しいからといって、もうその禁を犯してここまで話してきたキルルスではないか。

「老師はいつご他界になったのです？　誰が、どんな命令を下して、誰に、どこでそんな非道なことをさせたのです？」

思わず青年の声が高くなるので、

「いやそれは違う、違う」と牢番は狼狽《あわ》てて手を振っていうのだった。「お年寄りは亡くなられはせん。牢に来られた晩に、遅く、お許しが出て街へ帰されてしまったのじゃ」

「何？」

事実であろうか？　事実ならなぜ、あの翌日自分が樽の家に行った時に、老師はそこにおいでではなかったろう？　居てなお戸を閉ざしていられたであろうか？　とすればそれはまたどんな理由で？

「間違いはないでしょうな、キルルスさん。ではなぜお許しが出たのです？」

青年ポトムススが、卓上の金貨をみな相手の方へ押しやったので、牢番はその理由をつぶさに物語ったのであった。牢番キルルスは宮中での年長者だったので、各方面へ知人を持っていたから、宮中での出来事のほとんどは、彼が知りたいとさえ思えばみな誰からも聞くことができたのであった。

哲人へトロデトスが、一度下された獄《ごく》から身をのがれることができたのは、その夜《よ》塔付近に起こったある騒ぎが原因になっていた。一口にいってしまうと、何者か、塔へ続く北部の橋廊へ縄梯子を残して行った曲者《くせもの》があったのであった。縄梯子は弓眼のひとつから濠《ほり》に向かって下ろされ、その端は濠の上十数尺の塔壁でぶらぶらとゆれていた。

北部橋廊の見張り兵がこれを発見して大騒ぎとなり、早速濠は捜査され、塔内関係の人々も一斉に取り調べられたが、誰も、その曲者の影だに認めた者はいないのであった。

多くの者の考えるところは、何者かがひそかに濠を泳ぎ渡り、異常な力を以て塔壁をよじ登り、塔内に来、何かをなさんとして、見張り兵のために果たさず、再び縄梯子によって濠へ下り、更に濠から街へと逃げのびたのであろうというのであった。

これは例の薔薇の出現の、ひとつの説明になったらしく、大公も謎への不安をまず払い去って、へトロデトスを許す気にもなったかに考えられたのであった。

「多分そうだろうと思うのですわい、呉服屋さん。お年寄りは帰る時、特別に殿下から食事をたまわったくらいじゃからな」

内々で、やはりその曲者は捜査されているが、今もって捕まらぬとの牢審の話なのであった。が曲者のことはよし、ポトムススは街へ帰ったという老師へトロデトスを捜さねばならぬ。そこで彼は牢番に叮重《ていちょう》に礼をいい、王宮を出るや、飛ぶようにして河岸《かし》の樽へと帰って来たのであった。がさて、そこで青年ポトムススは、どんな驚きに打たれねばならなかったろうか？

その五　樽の中の死と正義のこと

もはや、十年以上もの風雨に曝《さら》されて、その樽は塗りもはげ、胴のあたりは板と板とに隙さえ生じている有り様であったが、そのわずかな円筒の空間こそ、哲人が唯一の住み家であり、王侯の宮殿にもまして、究理の輩《ともがら》に貴い真と美の殿堂なのであった。

さても青年ポトムススは、たとえ師へトロデトスが宮中から帰されても、その樽以外には、街のどこにも行くべき家はないと知っていたので、夢のような期待に胸を躍らして河岸に帰って来ると、

「老師よ、ご無事でございましたか」

とまだ樽の戸の閉ざされているかどうかも見ないうちから、喜びの声をあげて走り寄ったのであった。が樽からは何の返事も聞こえなかった。見ると前日同様、その戸はかたく閉ざされていて、彼が思わずもハッとしたことには、あの翌朝、彼が師の上を思って、そ

こに置いて帰った飲み物の器が、調べてみると中味も共に、あの時のまま残されていたことであった。

「そうだあれから、十五日間、自分が食事を差し上げねば、いったい老師はどうして生きてこられたであろう。老師はあれ以来、何も召し上がるものがなかったのだ——」

飢え、ということが青年の頭にすぐ来たので、

「老師よ、ご無事でございましたか、老師よ！」

と彼は二三回叫んだ末、意を決して自ら樽の戸を引きあけて見たのだった。と痛わしや！　老い衰え痩せさらばえて、中にながながと音もなく眠っている哲人の姿！

「老師よ、ポトムススでございます、老師よ、老師よ！」

狂気のごとくなって、青年は師の足許《あしもと》に取りすがり、強くゆすぶり起こすようにしてみたが、それはもはや、一個の骸《なきがら》でしかないのであった。

「老師よ、こんな悲しいことになるのでありましたなら、なぜあの時、私が食事を持って参りました折、ひと言、お言葉をくださいませんでしたか。ポトムススはおうらみに存じます、老師よ」

純情な青年は、身も世もあらず泣き口説《くど》いたのであったが、その時フト、老師がなぜあの時、自分に言葉をかけてくれなかったかを疑う気持ちになったのであった。

薔薇の謎は自らお解きになったのだし、大公からは許されてお帰りになったのだし、何も自分に言葉をかけてくださらぬ理由はないではないか？　師をそれほども沈黙に導いた

ものは何であったろう？

青年のこころは、再びあの薔薇の謎へと帰って行ったのであった。そして彼は、ながいこと考えた末、ひとつの、最も正しいと思われる推理を引き出すことに成功した。

「そうだ、それに違いない、正義を愛された師が、こんな不可解な態度を取られたのは、そのほかの事情では絶対にないからだ。これはこうしてはいられないぞ！」

青年はそう叫んで、文字通り飛び上がったほどであった。

青年の考えはこうであった。師がその弟子である自分に対して、返事をくださらなかったのは、例の宮中での話を自分に聞かしたくないお考えだったからに違いない。何故それを聞かしたくなく思われたかといえば、それを聞かすことが正義でないとお考えになったのに依るのであろう。とすると、宮中での事件は、それを発表することが正義でないか、もしくは正義を打ち毀すことになるものかのどちらかということになる。師は薔薇の謎はお解きになったのであった。そしてしかもその結果を発表はされなかった。自分の生命を賭してまでもそれを拒まれたのであった。として見ると、問題を置きかえて考えれば、例の薔薇は正義の表徴として出現したものともいえる理窟になるではないか。この考えを突っ込んでいけば、大公ホスビウスが不正義であり、薔薇は、その不正義への正義の敵討行為とも見ることができる。

「だからこそ大公は、その軍隊にかけてまであの謎を解こうと焦ったのだ。花を持って橋廊を行った者は誰もいない上に、鳥も、風もそれを運ばなかったのであるから、どうしても塔をよじてやって来た曲者《くせもの》があるという理窟になる。けれど、あの城壁は普通では人間の力では登れないから、最後は塔の中で、咲いたか、誰かがそれを咲かせたか、その結論になるのだが、これも、塔に一盛りの土もないとあれば不可能と考えられてくる。大公は困って老師を呼んだのだ。そこで老師がお解きになった。がそれを老師はいわれなかった。それが正義に反するからだ。ここで大公が不正義であるとの既知の事実を当てはめてみると、老師がお解きになった謎の答えは、正義である姫及び老女の側にあることになるのではないだろうか」

既に、見張り兵や、洗濯女リカから得ていた知識で、そこまで推理を積み立ててくると、青年には、どうしても師へトロデトスが、謎の答えを大公に告げた場合、正義なる人々に災いの下ると知って、自ら沈黙を守ったのだとしか考えることができないのであった。

「もし、老女がどこからかその花を手に入れて、そっと姫の卓に置いたものと考えた場合はどうであろう？　姫は毎日の単調と、だんだん理解されてくる自分の今の境遇とから、絶望を感じひょっとしたら健康をさえ損ねられたのではあるまいか。その場合、老女として、執るべき手段で何が一番適当だろう、それは姫の気持ちを明るくする、その心に希望を植えつける、それが何よりではあるまいか。とすれば、老女が姫への忠節から、その一房の薔薇を都合することはあり得ないことではなくなってくる。特に姫に、その花薔薇が姫の恋しい誰かから贈られたものと思わせることができたなら、その効果は一層偉大ではあるまいか。姫の恋しいひとはきっと大公の軍隊以外にある者に違いない、これはリカの言葉からも想像できるが、そうとすれば、薔薇の出所はどこまでも秘密にすべき必要がある。事実においては、誰もあの塔内へそれを持ちこむことはできないのであるから――」

青年ポトムススは、ここまで来て、牢番から聞かされた、あの縄梯子の疑問をたちまちに解決した。彼はどんな豪の者も、あの百尺の城壁をよじ登り得ないと最初から信じていたので、縄梯子のことを聞いた時、深い疑問を感じていたのだが、この推理を組み立てるに至って、はっきりと自分の考えに満足することができたのであった。

「つまりその縄梯子のことも、老女の忠節を正しいとすれば、彼女が姫への薔薇を、その恋人からのものと信じさせようとして打った芝居ということになりはしないか。塔壁をよじ登る人はなくとも、塔にある者が縄梯子を弓眼から下ろすことだけはできるのだ。どんなに監視の眼が光っていても、国家の安危にかかる場合、やろうとさえ思えば、どんなにもして、縄梯子の一本くらい、女手に造ることはできようではないか。それには一年からの月日があったのだ。老師は早くも、この老女の忠節を見ぬかれたのにちがいない。薔薇の謎を老女の謀計と発表せんか、邪悪な計画にある大公は必ず老女の上にその魔手を振るうであろう。これは正義の許さないところではないか。そこで老師は沈黙を守られた。生命を賭してまで、弟子である自分にまでそれを語ることをさけられた。自分は若い、どんなフトしたことからこの老女の秘密が大公の側《がわ》へ知れないと保証できよう、これは一国の主権の上に関係しているのだ、老師は正義のためにそれを守られたのだ、忠義な老女を救い、大公によって私されんとするこの国王の国を守らんとされたのだ。そして自ら、樽の中に死を待たれたのだ。何という師の高潔なご精神であろう、それを決心された時の師のお心の中はどんなであったろう。自分はこの師のこころを無駄にしてはならないのだ、そのためには、そうだ、一時も早く、大公の陰謀の、計画の完成せぬ前に、自分は出征中の国王を訪うて、このことを告げ、老師の名を国史の上に輝かすようにしなければ」

思い決すると青年の一すじ、ポトムススは国家の難を身一つに背負った気持ちで、樽もそのまま、自分の生家へも何事も告げず、その夜の暗にまぎれて国王の出征地へと旅立ったのであったが、さてこのポトムススの勇壮な行為はどんな結果を来《きた》したか？

その六　戦いのこと並びに国師号のこと

さても青年ポトムススは、老師並びに国家を思う情に身の苦しさも忘れ、度々の危難にも打ち克って、ようやく国王の陣へ達したのであったが、これから以後のことは、その結果をのべた方が、早く且《か》つ分かり易いと考えられる。というのは、この純情な青年が、老師の死から引き出したそれらの想像は、多く事実にあてはまっていたからであった。

己が国土の危機と聞いて、急ぎ相手国と和を講じ、自ら軍を率いて帰って来た国王と、大公ホスビウスとの間には、推察されたとおり、市街を中にはさんで物凄い戦いがはじめられたのであった。

しかし、ポトムススが考えたように、大公の計画はまだその中途にあったので、異母兄の軍を迎え撃つにしても配兵などに手落ちがあり、勝利はついに国王の側に帰したのであった。

塔にあった姫も老女も無事であった。というのは、ポトムススの知らせによって、国王は早くも、戦端を開けば、姫が人質とされる苦戦を承知されていたから、まだ自分の軍を市街まで進めない前、騎兵を用いて、これを属国からの使者に仕立て、貢《みつ》ぎ物を持参したものとして城内に入りこませると同時に、喊声をあげて市街に突撃し、大公が狼狽《あわ》てて命を下すどさくさの間に、早くも塔の方面を内部から占領さすよう謀ったからであった。

大公ホスビウスの陰謀は、かくて明々白々の事実となったから、国王はその血族という に免じて死刑だけはさし控え、大公を遠い国へと追放したのであった。かくて暗雲は一掃され、国の上には再び明るい毎日が訪れ、誰の眼にも碧玉のような青い空がのどかに仰がれるようになり、姫らは牢獄に等しい例の塔から、なつかしい本城の居室へかえることになったのであったが、このためにポトムススが異常な出世をしたことは無理もない次第であった。

「吾を救い、姫を救い、吾が国と民とを悪魔の淵から救い出してくれた勇敢な若者よ、吾は吾と吾が国土の続く限り、汝に汝が欲するほどの富と栄誉を与えるであろう！」

祝賀の宴のはられた時に、国王は自らポトムススの手をとって高くかかげ、その功績を一同の者へ示されて、青年の以後をはっきりと約束されたのであった。

青年は別に、官位も賞金をも欲しなかった。彼が望んだのはただ、樽の家を貫く記念して保存されたいこと、国史の一頁へ、老師へトロデトスの名を止められたいとのことだけであった。にもかかわらず、国王は青年のこの二つの望みをかなえた上に、更に、ポトムスに「国師」としての高い位と年金とを与えたのであった。

国師ポトムススは、やがてリカと結婚して河岸の近くに新居を営んだが、自由に宮中へ出入りできるようになり、姫や老女にも会う機会ができてくると、やはり、例の薔薇の問題について、当時考え切れなかった謎を、親しく彼女らの口から聞いてみたくなるのであった。

「エカテーナ老女さま、私は思いもかけぬことから、こんな地位を受けることになり、こうして皆様のお近くへも参ることができるようになりましたが、それについて、かねがねお訊ねしてみたいと存じていることがございます。それはまだ老女さまがあの塔内においでの頃の、薔薇の花に関係したことでございますが、老女さまは、何か、その糞土もなくて、薔薇をお咲かせになる技術をでもご存じなのでございましょうか」

国師ポトムススは、ある日老女に向かってついにそのことを質《ただ》したのであった。これを聞くと、今はもう、姫の結婚の式につらなるのを待つだけに、何の苦労もなく、余生を送っているといった容子のエカテーナ老女は、にっこりと上品な笑いをひとつして、

「まあ何のお訊ねかと存じましたら、ポトムスス様。技術《わざ》もへちまもございませぬ、薔薇は草の中でも成長の早い、しかも力の強いもので、芽さえ大切にいたしますれば、土はなくとも、結構、鳥の糞のようなものにも育つのでございますわ」

鳥の糞！　とこの時はじめてポトムススは、老師のそれに眼をつけられた意味を知り得たのであった。老女は、塔内に落とされるその糞をかき集め、それに、あの一房の薔薇の花を咲かせたのであった。

国師ポトムススは、老女からこれを聞いて、事件の全部を知ることができた。しかし、彼は彼の純情であることを意識しなかっただけに、彼が食事を持って樽の家に行ったあの最初の朝は、もう老師へトロデトスが、大公からすすめられた食事の毒に当たって、動くことも、弟子の声を聞くことも、返事をすることもできない状態にあったのだとは、ついに察し得なかったのであった。

叮寧左門

身投げ男

「南無阿弥陀仏！」

永代橋の欄干です。石を拾って袂へ入れたかどうかは分からない、声はまだ確かに若い男の声でした。物識りの言うところでは、この身投げの声にも種々と通りがあるそうで、悲声というこれは世をはかなんでの身投げ、呪声というこれは世を呪っての身投げ、今聞こえた南無阿弥陀仏はまさしくその後者ですが、止めた方も元より物識りでないからそんなことは知りません。

通りかかって、あわや、飛びこもうとするのを見かけたから傍観はできない。

「た、待った、死んで花実の咲くものではない。待った、待った」

古風な止め言葉ですが、がっしりと腰帯をつかんで引き戻した。見ると、と言ってほんとうはこれは後に判るはずなのですが、四月はじめの闇の夜の、時刻も四ツ半をまわった頃おいですから、それほどくわしく人相風体が判るわけではない。けれどもそこはやはり扇《おうぎ》の力で、これが美男の万屋という、神田猿楽町の米問屋の若旦那です。芝居ですとたいてい結城か何かでりゅうとした身なりですが、当時の商家はほとんどは固かった、たいてい棒縞の木綿に紺の前だれ、そしてこの若旦那も見かけはいたって質素です。

「さあ、何故貴い一命を自ら捨てようなどと不量見を召さる？　河岸の女子に現《うつつ》をぬかし、親御に知れぬ借財ができてか、思う娘と添いとげられぬ……いやあ意見をいたすような拙者も齢ではない、さ訳を申してみられよ、万屋とか申されたナ」

これは侍です。言葉でも判る通り、年頃も同じような、言葉使いが侍らしくもなく町寧なのは侍の人間が町寧にできている故《せい》からでしょう。

「拙者は八丁堀同心、坂東左門と申す者、悪いようには致さぬから……」

侍が名乗ったところで見ると、言葉使いも町寧なはずです。これが八丁堀で有名な「町寧左門」と綽名《あだな》されている同心。何事にも町寧で、まるで仕事の押しがきかない。犯罪捜査に当たっては、ひどく疾風迅雷的でなければならないところを、この左門、一から十まで町寧過ぎて側目《はため》に見るとまるで蝸牛が歩むような仕事振り、上役の覚えもしたがって目出たくなければ、手先などからも時には馬鹿にされかねない人物で、自然お役も暇というわけ。仕事のできないわけではないが、持って生まれた性格でこれは面《レッテル》が物を言う当節としては甚だ損な次第であります。

けれども左門、左様な世評には一向に頓着がない、お役は暇でも扶持《ふち》に変わりはないのだと、この頃の陽気では、まずぶらぶらと花を見、水を見、宵は宵で川風に吹かれることも一興と、これほど遅くにも永代のあたりを散策していようといった人物です。だいたい町人の身投げをつかまえて、自ら役名を名乗るなどというのがそもそも手先などからも嗤《わら》われる原因なのですが……。

「さ、話してみられよ」

けれども、相手が八丁堀同心と聞いて、はっとしたらしく改まって言ったこの万屋金右衛門伜《せがれ》銀次郎の言葉がちょいと意外なものでありました。

「それでは、旦那様は八丁堀の旦那様でござりまするか」

「いかにも、拙者は八丁堀同心じゃ」

「確かに御同心衆でござりまするか」

「うむ確かに同心に違いない」

「それなら申し上げることがござりまする。いいえ、申し上げいではおかれぬことがござりまする。ああこれと言うのも日頃信ずる観音さまの御引き合わせ、南無阿弥陀仏、南無阿弥陀仏」

青菜に塩という言葉そのままに、それまで打ちしおれていた銀次郎が、左門を同心と聞いて急に颯爽《さつそう》として参りました。いやその語気のうちには死さえも辞せぬ強い決心さえこもって聞こえるのです。

「坂東さま」

「うん」

「さても御同心衆とは情けも容赦も、いいえ眼の見える方はいらっしゃらない、お人形《でく》揃いでござりまするな」

「私らを人形揃いと申されるのか」

「左様でござりまする。かようなことを申して、お咎めを蒙ろうとも構いませぬ。どうせ死のうとまで思いつめました身体《からだ》、ほんに御同心衆とは馬鹿たわけの寄り合いと申すのでござりましょう」

銀次郎は昂然《こうぜん》として言いはなちました。相手を同心と知っての罵倒です、怨訴です。これが町寧左門でなくて、ほかの疾風迅雷的同心たちであったなら、銀次郎は立ちどころにびんたの八つや九つは食らわされ、番所へ曳かれた上では相当な拷問も受けたことでしょう。相手が左門であったのは、この若旦那にとっては無上の幸いでありました。

「異なことを申される」

と左門は銀次郎の眼に光っているものをそんな間にも町寧に認めながら申しました。

「我らが馬鹿たわけと申される訳をお聞き申そう。我らが馬鹿たわけ故《ゆえ》、お手前が死のうとなさったとあらばそれは一大事じゃ。さ申され、拙者も同心のひとりでござる」

御不審のケ条

つい十日ばかり前の出来事です。所用あって銀次郎、十軒店のあたりへまで出向いての帰り、ぼんやりとしていたわけではないが、我が家へもう少し、というところで、五人伴《づ》れの侍の、いくらか酔っているひとりへどんと突き当たってしまいました。いや、ほんとうのところは侍の方から、銀次郎が右へ避ければ右へひょろひょろ、左へ避ければ左へひよろひょろ、そしてついに正面から打《ぶ》つかってしまったのです。

「ううぬ、無礼者、何奴じゃ、名を名乗れ」

「武士へ対して体当たりをくれるとは腕に覚えがあるのであろう、乃至《ないし》は遺恨か、さあ、さあ、さあ」

花見帰りの酔っているから堪《たま》りません。ひとりがずらりと長いのを引き抜くと、まるで子供の遊びのよう、五人がずらりずらりと引き抜いて、往来に手をついた銀次郎の前にぴかりぴかりと閃《ひらめ》かして見せるのでした。

「何の遺恨か、さあそれを言え」

「立ち上がって尋常に勝負」

「勝負！」

斬ろうとするのではない、斬るぞ斬るぞと脅《おど》かして興がるのが第一、第二には、こう言いがかりをつけて幾らかの酒手《さかて》をせしめようとの肚なのです。当時の旗本などにはよくこんな手合いがあったもので、見こまれた町人こそいい迷惑、相当に金を積むか、講談に出て来るような大豪傑でも登場せんことには納まることではありません。

「何卒お許しくださいますよう、突き当たりましたのは重々手前の不調法でござります る」

まさか、とは思うものの、相手は狂人水《きちがいみず》を胃の腑にためた連中です。眼前一尺と離れないところに、ぴかりぴかりと一定の方向はなく振りまわされている白刃、どんな拍子で、

鼻の先へ来ないものとも限りません。銀次郎生きた心地もなくひたすら恐れ入っていると、

「御免、御免ください」

弥次馬をかき分けて、五人の前に出て来た年輩の御浪人があるのです。びんろうじの紋付きがすっかり色あせ、臀《しり》のあたりには、つぎさえ見える貧しい身なりですが、大柄なその骨格には気品があり、切れながその眼尻には人を威圧するに足る光がしっとりと艶を消して潜んでおります。

「やあ片倉の旦那様だ、片倉の旦那様だ」

弥次馬の一部からその声があがったのは、この御浪人、猿楽町界隈では相当知られている人物と見えます。その浪人の後ろから、長屋の熊助、八太の顔が現れたのは、かねて万屋の恩顧を蒙っている彼らがこの浪人を頼みこんでつれ出して来たものでしょう。

「片倉八郎左衛門と申す、これなる町人の知り合いの者でござる。いずれの御家中かは存ぜぬが、拙者からもお詫びいたす、平にお許しを願いたい」

八郎右衛門は小腰をかがめて、五人に向かって一礼しました。けれども五人にとっては挨拶の言葉などは山とあっても必要ではない、銀次郎を脅かして、こうして時を経《た》てて待っているのはただ幾らかの酒手です。銀次郎の身寄りの誰かが、それを持って来るであろうと待ち兼ねるところへ、八郎右衛門が出て来たので、一時はしめた、と思ったものの、いっこうにその浪人からは出る物が出そうにないので、ついにその鬱憤《うつぷん》は銀次郎から二本差しているだけに八郎右衛門の方へ移りました。

「詫びるとあれば許しても進ぜよう、が詫び様と申すものもござるぞ、ご存じか。土下座を召され、腰の物を当方へお預け召され。さらばその上にて拙等もまた相談いたそう」

酔って、からんで来るのですから堪りません。御浪人、浪人しているくらいの仁《ひと》だから真っ直ぐな気一本の仁に違いない。土下座して詫びるなどとはもっての他の侮辱であります。それに、だいたい侍どもの悪いことが分かっている。

「拙者に土下座せよと申されるのか」

「いかにも」

「せぬと申したなら」

「こう致すのだ」

行き懸かりです、何の苦労もない血気な若侍、ひとりが抜いているやつをそのまま、やっとも言わず八郎右衛門めがけて斬りつけました。こうなればもう遠慮も、礼儀もへちまの皮、ひょいとその白刃をかわした八郎右衛門が、

「理不尽な!」

どこに持っていたか造りたての青竹刀、恐らく世すぎのための平造りでしょう、何流と言うのか太く長く、鉄のごとく重そうなやつをぴゅう! と、虚空に風を切ったと見る間もありませんでした。

「むうっ!」

若侍の一人は強《したた》か脳天を食ってそのままそこに悶絶です。

「それ！」

と続いて一人が打ちこみましたが、腕の相違と言うは恐ろしいもの、とうてい八郎右衛門の敵ではありません、これも脳髄がしびれるほどの小手を食ってばったりその場へ、残る三人はかなわじと踵を返して三十六計一目散に逃げ出しました。

わあっとばかりに弥次馬どもの嬉しがった歓声、折から万屋の親ども番頭もかけつけて来て、八郎右衛門、感謝と尊敬の嵐の中に包まれたわけですが、不幸はその騒ぎが一段静まった頃にやって来ました。

ちょうど同じ時、弥次馬に交じって、この八郎右衛門の素晴らしい働きにじっと目をつけていた八丁堀同心の手先伝次という者があるのです。

「あれだけの腕前を持ちながら、主取りもしないでおるとはこれゃ臭いわい。どうでもつっ走り旦那まで知らさざあなるめえ」

不可解な呟きを残して、八丁堀へとって返したことがその不幸の原因です。

「お取り調べの筋あり」

と言うので八郎右衛門、ばかりか当年十七歳になる琴江という一粒種、母が早く亡くなって、棟割り長屋の浪々生活に、親一人子一人の、その娘までが引っ立てられて行ったのです。何の御不審かと、銀次郎親子が手をまわしてようやく訊《き》きましたところでは、
一《ひとつ》、八郎右衛門浪々中のこと、
一、素晴らしき使い手であること、

一、年頃の娘を持つこと、

重《おも》なる原因はその三ケ条であると言うのです。年頃の娘を持つことが何故御不審か、武芸の達者がどういけないのか、浪々中だって、自ら好んでやっているわけではありません。殊に身も心も美しい琴江どのが、何のお取り調べで引かれたでしょう？　大袈裟に言えば命の恩人、その親子の大難です。銀次郎親子が百方奔走したことは言うまでもなく、しかもお上の掟は厳《げん》として、十日の今日まで彼らは揚屋入りのままであるのです。命を助けられた銀次郎として、富裕な家庭に人となった純情の青年として、それを思えば世を人を、一途《いちず》に呪わしく考えるようになったのもまた無理からぬことと申さねばなりますまい。

「坂東さま、かような御不審と申すものがござりましょうか。御同心衆を人形《でく》と申し上げげましたのはこのためでござりまする」

じっくりと、腕を組んで聞いていた叮寧左門、言葉はなく、いかにも、と言った風にうなずきました。

確かに右三ケ条、御不審というのはおかしい。八郎右衛門に叩きのめされた五人の侍が、地位を利用しての意趣返しではないかと考えられるくらいです。八丁堀同心に眼がないと言われても、返す言葉もないようです。

けれども、既に読者もあの手先伝次の呟きでご承知の通り、この三ケ条の御不審というのが、実は奉行所における確《かく》とした御不審であったので、と言うのは、左門ももちろん知っていることですが、次にお話しするごとき理由が存在するからでした。

生首を抵当に

弥生、三月のはじめ頃から、ひそかに軍資金を集めると称して、江戸市中の目ぼしい商家を荒らしまわっている怪しい一団があります。その来るや迅雷のごとく、去るや疾風のごとしで、奉行与力は無論、特に同心に至っては、文字通りろくろく夜の目も寝ず、これが捜査検挙に力《つと》めておりますが、まだその一名をだに捕らえることができません。ただわかっているところは、彼らは常に三人で一組となり、何の意味か、必ず二個なり三個なりの生首を持参して、それらの商家へ金子の抵当《かた》に置くということ、気の利いた同心のひとりが、その生首の斬り口を検《み》ると、これが敵ながら見事な腕前です。だいたい、人を斬るのが侍、と言っても、大根や葱《ねぎ》を切るのとは違い、よほどいい刀、いい腕でないと、それほどすっぱりやれるものではありません。ところが、これらの生首、斬り口から推算すると、どうしても相手は一流の師範と考えられる腕前です。

当時、徳川の政策から、取り潰された大名も指折るばかりあって、それらの家臣は皆、職を求めて繁華の江戸に登って来る。これを浪人と言ったのですが、これら浪人の中には、昔も今も同じこと、腕はあっても就職はできず、飢え死にするくらいならいっそ、自ら一つの社会を造ろう、主義に生きよう、と団体を造ったり社を結んだり、そして第一の問題である金子の段になると、これはもう斬り取り強盗より他にない、それにはまた、習い覚えた武芸兵法という便利があって、我も我もと不逞の徒に変ずる、奉行所の使命は市中取り締まりというのが実はこの浪人取り締まりであったくらいの事情なのです。

その浪人が今、軍資金を集めるとて強盗を働いている。奉行所は血眼です。そしてそれらの浪人が素晴らしい腕前である、と言うのが素晴らしい腕前の浪人がそれである、との結果によって、例の三ケ条のうちの二ケ条、八郎右衛門が浪人であること、腕達者であることが問題ともなり得るわけなのです。

つまり揚屋入りになっている浪人は八郎右衛門だけではないわけで、ただ、腕がたつというだけで召し取られた者がずいぶんとある、お調べ中の者もありすでに釈放されたるもあり、八郎右衛門の取り調べが長引くのは、彼が無類の使い手であることももちろんですが、御不審の第三ケ条、あの、娘のあること、あれがずいぶんと大きな原因になっていました。

何故か、と言うと、これがまた面白いのです。最近になって押し入ったある商家で、これは日本橋大伝馬町の質屋でしたが、そこの小僧が、三人組のひとりに縛られる時、相手が女であるのを発見したことに依るのです。三月以来の取り調べで判明している箇条の中に、

「押し入り者、三名のうち、一名は丈低く、身体つき華奢《きやしや》にて、多くは物言わず、覆面深くしたり」

というのがあって、さてこそ一人は女だと捜査官らの考えが一致したためで、小僧がど

んなところからそれを女と認めたかは左門は知っていませんでしたが、いずれにせよ、八郎右衛門はそれで充分取り調べられる価値があるのでした。

仲間に女がいたところで、それは他の女盗賊であるかもしれず、誰かの家内であるかも分からず、琴江に限ることではないではないか、との議論が出そうなものですが、それは第三者の考えることで、怪しいと見たら、いや見ないでも、事件さえあれば、その犯人と見なす者を捕らえないではおけないのが捕追の職にある人々の通例です。

町寧左門、上役からうとんじられているだけに、この浪人詮議の嵐の中にあっても、何の受け持ちも命ぜられず、超然として、同僚達のいたずらな捜索ぶりを眺めていたわけですが、今、町人銀次郎から、

「同心は人形《でく》」

と罵られて、八丁堀一党の社会へ対する責任というものをむらむらと感じて参りました。確かに八郎右衛門がその三人組の巨魁であるかないか、その娘が女賊であるかないか、八丁堀に丁目でない目があるかないか、これはひとつ調べあげいではなるまいと決心されてきたわけです。

「よろしい、銀次郎どのとやら、しばらく待たれい。拙者が刀にかけてこの問題を詮議いたす。八丁堀同心に眼があるかないか、言われるごとくであったなら、その時は心おきなく身投げをされてよい、まずそれまで八郎右衛門殿のこと、拙者にまかせておかれたい」

「けれども坂東さま、いつになったらそのお調べがつきましょう？　もし、そのお調べ

中に片倉の旦那さまが、いや琴江さまに万一のことがござりましては……」

いかにももっともな話です。

「それではただ今より五日の間といたそう、拙者としても、日限《ひぎり》をいたした方が張り合いがござる」

左門、きっぱりと言いきりました。一ケ月以上、左門以上の、疾風迅雷的同心達が、ここを先途と捜査に尽力して、なおその片影だに摑み得ない三人組を、左門、五日のうちに逮捕しようと言うのです。果たして成算あってのことかどうか。

「それではお約束申し上げましたよ」

銀次郎はせめてもの希望を得、生きて再び猿楽町へと引き揚げるのでした。

斬り口めきき

「いつもながら、見事に斬ったのう」

手先が前後にまわして見せる蓆《むしろ》の上の三個の生首を、奉行所の縁から見下ろしているのは与力の堀内作左衛門という仁《ひと》、昨夜、と言うのがちょうど左門が銀次郎の身投げを止めたその昨夜ですが、芝露月町の島屋という太物問屋に押し入って、例の三人組が金子三百両を奪って行き、訴えによって同心が駈けつけ、いつものことですが、三人組を捕らえるかわりに、遺留品である例の抵当《かた》、この生首三個を持って奉行所に引き揚げて来たところなのです。

どうせ訴えがあるのは、三人組が悠々仕事をして、引き揚げてから相当経ってからですから、同心に捕らえられないのは当然のことで、それにもう一ト月以来の事件と言うと、奉行所でもまたか、と驚きには慣れていますから、上役も同心たちを叱ったりはしません。苦笑を洩らして生首の斬り口に恐嘆して見るくらいのことなのです。

「相当、手のたつ曲者と相見える」

作左衛門殿は、もう一度そう感心して、やがて下座にいる同心に眼配せしました。証拠の首、これは塩づけにして、ある期間保有して置くのですから、作左衛門殿の眼配せの意味は、早くそれを取り下げて、いつものところへ納《しま》って置けと言うのです。同心は無論、疾風迅雷的同心ですから、上役の眼配せの意味はすぐわかる。

「伝次、もうよいから」

と首を首桶に入れさせようとした時、

「あいや、拙者にも一度その首を——」

左門です。何時かその場に来ていたと見えて、言うと等しく席にすすみ、手ずから首をとって斬り口その他の検分にかかりました。町寧左門の名に背かず、生首を扱うこと、あたかも愛玩の茶器をでも撫でまわすような有り様です。

「どうじゃ、驚いた斬り口であろうが、の」

作左衛門殿、部下の御奉公熱心を賞する一面に、町寧めが、お前がそんな物を検《み》たとこ

ろで、どうせ歯の立つものでもあるまいに、との充分な軽蔑をこめて言葉をかけました。と町寧左門、

「拙者、いささか思う仔細ござりますれば、この品、一二日持ち出しお許し願いとうござります」

三個の生首を、一日か二日自分に借してくれと言うのでありました。これは借さないと言うわけはない、それが幾らかでも捜査を助けることであれば、上役とても、個人の感情でとやかく言うことはできません。

「何ぞ手がかりでも見つけたかの」

作左衛門殿、町寧が何をはじめるのか、と慰み半分のようにお許しが出ましたから、左門の方は今に見ておれ。とこれは肚のうちで、

「ちと仔細がござりまして――」

それだけ言って奉行所を出ました。

三個の首、桶にはいっているのがなかなか重い。これを左門気に入りの平七という手先に持たせて、その足ですぐやって行ったのが四谷三十騎町の山田浅右衛門という仁《ひと》の屋敷です。

俗に首斬り浅右衛門、格は御家人ですが刀の鑑定で名が高い、試し斬りの名人で、大名達もこの人に頼んで秘蔵の名刀を試してもらう。試すといっても木や草を切ったのではほんとうの試しにならないから、この浅右衛門が人間を斬る。どうして斬るかと言うと当時

の罪人、斬罪のうちの斬罪死罪になった者の身体を幾通りにも斬ってみる。だいたい罪人を斬るのは同心の役目で、きまった役もあるのですが、なかなか普通の腕では人間が斬れない。そこで首斬り同心はたいていの場合、この浅右衛門に頼んで、首一個につき三文で罪人の首を斬ってもらっていた、これは無論内緒のことです。右様の訳であるから同心と浅右衛門は親しい、試しの材料にする人間も自由に得られる、そこで大名達も浅右衛門に依頼する、というのが事実、この浅右衛門が物凄い腕前であったためです。ならば刀の鑑定はもとより、人間の斬り口、斬られ口も鑑定できないわけではありますまい。

叮寧左門、奉行所で例の生首を一見すると、左門にも分かる立派な斬り口です。いったい何者が、どんな名刀で斬ったであろう？　ひとつ山田氏に鑑定してもらってみよう、こう考えたからわざわざ四ツ谷まで出かけたのですが、何事についても最初から吟味してかかる、叮寧に叮寧に、蝸牛の歩みのようにやって行く。ここらが叮寧左門の叮寧左門たるゆえんでしょう。

「本日伺いましたのは余の儀ではござりませぬ、これなる首級、およそいかなる腕前の者が斬りましたるや、その流儀、用いました刀、その点御高見を伺いたく……」

左門が用向きを申しのべると、かねて親しい仲の浅右衛門、いろいろに斬り口を取り調べて後、

「左門殿、これは腕前はいずれも師範以上の者でござるよ」

「ほう師範以上」

「流儀は皆同じ、つまり斬りたる者は一人でござる」

「なるほど、して流名は?」

「流名は一刀流でござる」

左門も、この明解な言葉に呆れるほども感心しました。餅は餅屋との言葉がありますが、一刀流の師範以上の者と言えば、江戸市中、いかに広しといえども、そんな人間は五指を屈するくらいもいないでしょう。

左門心に小躍りして、ついでのことにそれを斬った刀の点も訊ねてみると、これがまた明解。

「一の首は越前ノ国康継。この首は信濃守国広、三の首は虎徹でござる」

と言うのです。斬り口の立派なのも道理、これらの刀は皆、慶長以来の刀鍛冶のうちでも、名人と言われる者ばかりの作品です。値段も当時は二百両三百両の名刀ばかり、浪人者がよくそんな高価な品を、と左門が不審を打つ時に、浅右衛門がにやりと笑って申しました。

「左門殿、驚きめされたか、は、は、は、拙者とてそれほどに斬り口の鑑定《めきき》はでき申さぬ。したが、今申したは事実、これは皆、拙者の斬った首でござるよ、は、は、は」

目がある八丁堀

事件は落着いたしました。叮寧左門の叮寧さがこの名誉を齎《もたら》せたのです。すなわち、山田浅右衛門が斬った首、といえば罪人の首に定《きま》っています。罪人の首といえば出所は自ずから分明です。

北の刑場は浅草、俗に小塚原と言われるところ、南は品川、鈴ケ森で知られている二刑場です。江戸町奉行の支配下では、この他に斬罪を行うところはありません。ちょうど浅右衛門が、問題の首の罪人罪状のことを知っていましたので、左門にとっては二重にも三重にもの幸いでした。

すぐに平七を従えて鈴ケ森の刑場に向かいました。場番の組下の者で権蔵という親爺《おやじ》、これがわずかな金をもらって、それらの首を曲者どもに売っていたのです。

「買ってくれたのは芝の藤吉って男でやすが、渡世のことはあっしぁ存じません、夜盗を働くような度胸はねえと思いやすが――」

その親爺の言葉。親爺の方は平七にまかして、左門がその芝の藤吉を尋ねてみると、折よく家にいてすぐに就縛、元々小胆な男とみえて、一喝するまでもなく泥をはいたのですが、この藤吉は首買いをやっただけで、夜盗を働いていたのは藤吉の親分株で「神田の鉄」という遊び人、三人組といえば、一人は仲間の「腕の嘉三郎」で、女というのは姐御でしょう、と分かりました。

ここまで調べがつけば後はもう叮寧もくそもありません。奉行所へ報告し、手先をすぐって神田へ出張、多少の騒ぎはありましたが、その夜のうちに右三名を白洲に引っぱってしまいました。

彼らが何故生首などを用いたかと言うと、これが事件の眼目で、一つにはこれで商家を脅すため、一つには彼ら自身がいかにも腕前のある武士達だと思わせるため、彼らが名々大小を腰にし、覆面頭巾で武士を装ったのは、ただ、仕事の口実に体裁を合わしただけのことですが、奉行所の方では、時節がら、一途にそれを浪人の仕業、首の斬り口から見て、てっきり腕達者の浪人者と見たわけです。三名中の一名は、やはり鉄の女房で、女だてらの荒事でした。もちろん、彼らの軍資金なるものは、すべて丁半の軍資金以外ではなかったのです。

左門が五日と言った二日をのこして、三日のうちに事件が片付きました。八郎右衛門親娘が青天白日の身になったことは言うまでもありません。

「八丁堀にも丁目はござる」

後、左門が銀次郎と会った時、冗談でもない口調で言うと、銀次郎は、

「もう身投げなどいたしませぬ」

とこれも真面目に申しました。八郎右衛門がこのことから、何侯へ何百石で抱えられるようになったとか、娘が銀次郎と結婚したか、せぬか、それは書き足す必要もありますまい。

二十一番街の客

日本には、まだ私立探偵というものはない。日本で探偵（行為）を行うのは、大体官吏に限られている。まれに新聞記者とか弁護士とかがそれを行う場合はあっても、それはある限られた範囲――官憲の許す範囲内においてである。だから日本では、小説の中に出て来る私立探偵でさえも、表面、甚だ颯爽《さっそう》たる存在のごとく思われながら、実は、よくよく注意してみると、ほとんど、それ自らは探偵行為をなしていないような場合が多い。ただ小説の進行につれ、登場人物の一人として、事件の起伏のまま紙面を右往左往しているうちに、いつか勝手の方で解決になってくれる、といったような名探偵が多いのである。

かようなことでいいわけがない。犯罪の種類、形態、その多岐多様もまた今日は昨日《きのう》の比でないのである。そして明日は――問題は更に深刻なものを有つであろう。社会はその解決に悩んでいる。巨人の出現を期待している。よろず、お上まかせにして恬然《てんぜん》としていたのは、過去日本の誤謬《ごびゅう》であった。――とするなら日本にも、いや東京にも、せめて一ヶ所くらいは、倫敦《ロンドン》ベーカー街に勝るとも劣らぬ私立探偵事務所が存在してもわるくはないであろう。いいや、民主主義精神の立場からも、是非これは、われわれ青年の情熱からでも出現せしめねばならぬ喫緊《きっきん》なる問題である。

詮作君は、まあそういったような見地から、かかる方面にはとんと門外漢であるただ一人のお袋を一週間余りも説得し、無理往生させ、ようやく大枚の資金を得て、新宿二十一番街に、ともかくも堂々たる私立探偵事務所を持った。

階下は、ちょいとしたフルーツ・パーラーであるが、往来に面して店の横から二階へ上る階段があり、客は階下に関係なく、この探偵事務所を訪うことができる。

階上のいわゆる事務所は、八畳ばかりの外室と六畳ほどの内室とであるが、詮作君は外室を応接室、内室を自分らの仕事部屋に決定した。

秘書も、むくつけきワトソンやマッギンスでは少なくも時代意識に添わないから、新聞広告で妙齢の美人を募集すると、すぐに格好なひとが見付かった。名前は縣田《あがた》さんといって齢は十九歳、英語にも堪能で速記ができ、もちろん探偵小説はファンで人との応待に妙を得、諸事キビキビと事務に精しい、というのであるから申し分がない。

詮作君は、帳簿や、薬品や、マドロス・パイプや、それからヴァイオリンまで買いこんで用意をととのえた。さあ！　果たして誰が、どんな事件を第一番に持ちこんで来るであろう？

だが、開業後の三日間は、詮作君の張りきり方にもかかわらず、この記念すべき探偵事務所を訪ねて来た者は誰もなかった。おそらく世間は、まだこの事務所の存在について、あまりにも知ることが少ないのであろう。世間、歴史の示すところ、などと言わなくても、事実は、どんな事業にしたところで、一般がその真価を認めるまでには、みな相当な荊棘《けいきょく》の路をふんでいる。殊に、これは日本最初の事業なのである。三日や四日、依頼人がないとて神経を尖らしなどするのは、全く大探偵家として当たっていない。ウムいや、人は必ず訪ねて来る。見よ、一歩事務所から出て行った一般世間は、時々刻々、群集、教唆、強盗、売春、轢死、謀殺、横領、詐欺、逃亡、紛失、傷害、破産、暴行、行衛不明——考えただけでも身内がぞくぞくするような、調査や探査を必要とする犯罪事件を簇生《そうせい》しつつあるではないか。

詮作君はそこでまことに鷹揚《おうよう》に、その四日目をも、縣田《あがた》さんを相手に探偵事件を論じたり、独り思索に耽ってみたり、パイプ煙草《たばこ》をくゆらしたり、りゅうりゅうと得意のヴァイオリンを鳴らしてみたりして過ごした。なあに事件は、そのうち必ず飛びこんで来る。

そして、やがて五日目の午後であった。コツ、コツ、と往来から階段を上って来る重い靴音。……

階段はただこの事務所に通じているだけであるから、これは事件依頼者の訪問にまず間違いがない。詮作君は、壁の姿見の前へ行って、ちょいとネクタイのあたりを直したりした。そして、足音が扉の外にとまってそのノックが聞こえると、

「はい。どうぞ……」

と、詮作君自らそう招じて果たしてどんな人物が顔を見せるかとさすがに精神をときめかした。同時に外からその扉があいて——そこに記念すべく現れたのは、無論初対面の、見たところ年齢五十前後、色浅ぐろく、体格のがっしりとした、目立たぬネズミ色の背広

に玉虫の春外套《がいとう》を着たまず紳士風の男で、左手にまだ幾分か濡れている洋傘を持ち、その薬指には、昔、請負師などがよくした大きな金の指輪をはめている。態度は、しかしよほど世慣れたところの見える人物であった。

「どうぞこちらへ。さ、ご遠慮なくおかけください」

詮作君は如才なくソファをすすめ、それから、さりげなく次のように付け加えることを忘れなかった。（最初に、まず敵の荒胆を取りひしいでおかんことには、依頼者なんてものは、なかなか探偵を信じたりはしないのである。）

「山本さんとおっしゃるのですね。どうぞおくつろぎになってください。上野から真っ直ぐにいらしたのでは、花時だから省線の中も込んで大変だったでございましょう」

折からかねての手筈の通り、そこへ縣田《あがた》さんがお茶を捧げて出て来たが、その縣田さんにしてからが、詮作君のこの大胆な推定にはひどく驚いた風であった。縣田さんは、だが詮作君と訪問客との対話をそっと速記するために、そのまま「花壇の蔭」へ引き返して行く。客はもちろん、半ば口をあけて、呆れたように詮作君の面長な顔を見つめている。

……

数秒間がやっとのことで経過した。客は、ほうッとしたごとく我に返ると、初めて吃《ども》りがちに口を開いて、

「……私が山本だの、上野から来ただのと、いったいどうしてそんなことが分かりますか」

詮作君はここぞと鷹揚《おうよう》に微笑しながら、

「ああそれ……これぁ実に簡単な探偵術ではごく初歩の問題ですがね」

と、やや得意になって説明した。

「きょうはちょうど一時間ばかり前まで小雨でした。失礼ですが、あなたは濡れた洋傘をお持ちになっています。すると約一時間ばかり前に、あなたは雨にお逢いになっていたことが推定されます。次に、お脱ぎになりました帽子の縁には、桜の花びらが一つくっついておりました。これは雨があがってから、あなたが花の下をお通りになった証拠でしょう。雨があがってから約一時間のうちに、この僕の事務所へおいでになる――その時間内で、頭上に降るほどの桜の花の咲いている所を考えてみると、これは上野公園よりほかにありません。結局が、小雨の中をお家から出られ、公園をお通りになる頃から雨がはれて、それから省線でここまでおいでになった――時間的にもそれで何もかもがぴったりするわけです。外套《がいとう》の背によれができていますが、これは省線の中が込んでいたものと考えてよろしいでしょう。ご住居を上野付近、と考えたのもそんな次第からです。お名前の山本さん――に至ってはもっと簡単なことで――現にそこに、山本とお彫りになった金指輪をはめておいでになるじゃありませんか。まあ打ち明けてみればざっと以上のような次第でして。――ところでご依頼の件を伺おうではありませんか」

客は、再び呆れたように、やはり眼を見はって詮作君のよく動く口のあたりを凝視していたが、やがてその表情が崩れてきて、妙な微笑に変わったと思うと、

「しかし、まことに残念ながら」

と詮作君の苦心をあわれむ親類の者か何かのような、ものやさしい調子になって言った。

「あなたのご推理はいささか方角がまちがいました。なるほど、私は桜の下を通って参りましたけれど、これは上野でなく、新井薬師公園です。事実、私の宅は新井薬師の裏方にあり、そこから西部線で高田馬場に来、更に高田馬場で省線に乗り換え、そして新宿へ参ったようなわけですからね。時間の問題は西部線の駅で案外ながく電車を待たされたためか知れません。省線とちがって、あの線は、五分おきの発着が二十分三十分おくれることはめずらしくはないのですから。——それからこの指輪ですが、実はこれは私の品ではなく、ある知人——すなわち山本君から事情あってしばらく私が預かっていたもので、今日はそれを、これから返しに行く途中なのですが、なまじいにポケットなどへ入れて行くよりも、こうして指にはめていた方が安全だと思いましてね。ですから無論、私は山本と申す者ではないわけで——私は実はこういう者です」

客は、服の内かくしから手摺れた名刺入れを取り出し、その中から一枚の名刺を抜き出してテエブルの上に置いたが、見ると、肩書きに「東京興信所」とあり、名前は、所長「幡司」なにがし、と印刷してある。なにがしとは、その時もう詮作君には、名前のその後をまで読み下す勇気がなかった——そのためであった。

客はそうして、自分を名乗ると、さて、あらためて言ったのである。

「私は、亡くなられました御尊父とは甚だご昵懇《じっこん》に願っていた者でありまして、実はこのたびも、御母堂から、最近あなたがこの新宿で事務所なども持って、何やら事業をすると言っていられるのだが、そしてもう看板もあげたり、秘書も雇ったり何かやってはいらっしゃるらしいのだが、いったいどんな仕事をしていらっしゃるのだか、甚だ心許ないから、一度調べてみてくれないかとご依頼を受けましてね。でも若い方のことではあるし、私は、いっそ正面からお眼にかかってお話を伺ってみた方が、変に裏から手をまわすような調査をするよりも、その方がお互い気持ちがよかろうと思いまして――それでまあ失礼ではありましたけれど、突然にこうしてお伺いしてみたようなわけなんです」

往来は、またしても小雨になった気配であった。

印度手品

――私は昨夜、自分が顧門にされているN・C協会の席上で、思いもかけず一場の口演を強いられ、役員の立場上仕方なくその時思いついたままを日華親善に関し約二十分あまり喋舌《しゃべ》った。その喋舌っているうちにフト思い出したのであるがこの――最初南方へ出かけた者が一度はきっと驚くことが二つある。

一体むこうの住民というと、中流以下の者だと平生たいてい清涼剤として檳榔《びんろう》の実を噛んでいるのであるが――ピナンと称しその実を砕いて石灰とこね合わせこれをある草の葉に包んだものを、ちょうど米兵が始終チュウインガムを噛んでるような工合《ぐあい》にぎしぎしとやっているわけであるが、この檳榔の実というのが見たところそれほどでもないのに噛んでいると本来の赤い色が次第に濃く唾液に泌んできて、そのため口の中じゅう常用しているとついには歯までがまっ赤に染まってしまう。

住民の中でも印度のキリン族と呼ばれる一種族は実に体色がくろく賤業に従事している者がほとんどであるが、このキリン族の洗濯女などがどうかして愛想笑いをする時を見ると金鍍金《メッキ》の鼻輪等やっているまっ黒なその顔の中に、この檳榔《びんろう》を噛むまっ赤な口がぱくぱく動いて気味わるいも何も全く見られたものではない。しかもこうした連中と来ては、そんなこちらの気持ちなど頓着するどころか、もう当然の権利かのようにまっ赤なその唾液まで何所と構わずぺっぺっとあたり一面に吐き散らして平気なのである。よく乾いたまっ白なコンクリートの路上へこいつがすこし多量に吐かれたりしていると、最初こいつに打突《ぶっ》かった者だとたいてい誰でもおや、とそこで誰かが血でも吐いたか、怪我でもしたのではないか、何か惨劇でもあったのではないかなどと必ず吃驚《びっくり》して立ち停まるのである。

半月以上も滞在していてそれがピナンだと判るようになってみると、赤いと言ってもその赤はむしろ朱の赤にちかく、時間が経っても血液のようには変色しないからもう散歩なとしてもまるで意識へは上がって来ないほどになってしまうが、最初はともかく誰でも驚く。——これが一つ。

もう一つは印度人の大道手品であるが、これが白昼殺人というのをやって見せる。使用する血液は豚の血だと言うけれど、元来が宗教的に豚をきらう印度人のことであるからあるいは牛の血であるのかもわからない。いずれにしても絞り立ての生き血を種にするから甚だ実感を伴ってその効果はとてもピナンの比等ではないのである。長年あちらに居る知人からあらかじめそのことを聞かされていてさえ、実際にその手品を見せられると気の弱い者だと本当に脳貧血を起こしかねない。——

時間はたいてい午前九時か午後四時頃。と言うのはあちらは正午をはさんで二三時間を暑熱に対する午睡時間と定めてあって、この時間内は諸官庁はじめ一般商家までが完全に一時仕事を中止してしまうからであるが——その頃になると手品の大先生は普通二人くらいの介添え、あるいは弟子といった風なのを伴れてどこからともなく街のほどよい所へ現れて来る。

道具といっても第一が表看板の例のコブラを入れた半抱えほどな草籃《くさかご》、それからドンゴロスの袋が一枚、何か水でも入れているらしい硝子《ガラス》瓶、小袋、鼻笛、まあそれくらいのまるでお手軽なもので、これらを、そこにわずかの樹蔭でもあれば樹蔭、蔭がなければ直接舗道のどこかにおろし場所を極めると、さて弟子の一人は手慣れた鼻笛を鼻先に当ててその頼りない音色を炎天に吹き流しながら、界隈《かいわい》一円へ、いま印度奇術の大先生がそこの四辻へやって来た、見逃したらもう一生に二度とは見られぬ大奇術、コブラの踊りや白昼の人殺し、さあお早く、お早く、といったようなことをふれて歩く。残った先生の方は行人に向かってべらべらと口上をのべ始める。もう一人の弟子は荷物番でこれはその荷物の横に腰を落とし、ともすれば籃《かご》の蓋《ふた》を中から突き上げ外へ飛び出そうとするコブラ蛇を何か叱りつけてはそのたび蓋と一緒に抑えつけているのであるが、実際はそのようにしてあのぐろてすくなコブラの顔——事実は顔でなく咽喉部の扁平なふくらみが黒い斑点のために人間に似た眼や口に見えるのであるが、それをさり気なく行人の眼につくように適度に籃と蛇とをあやなしやはり客寄せを行っているのである。

人情はどこも同じで、そうしているうちにはまず近所の子供らが集まって来、やがて一人二人と行人が立ち停まるようになってやや人垣ができて来ると、もうしめたものでこんどは用事で自転車を飛ばしているような連中までがつい何であろうかとわざわざ自転車を降り、見物の背後から中を覗きに来るようになる。

そのうち大体客山が築かれると、大先生はそろそろといよいよ手品にとりかかり、最初はまあ小手調べといったところで小袋の中へ鶏卵を入れたり失くして見せたりそんな他愛もない二三番をやって見せ、次にはお待ち兼ねのコブラの踊り、この毒蛇を踊らしてご覧に入れる、とよろしく口上を言いながら、しかし見物の円陣を拡げてまわったりまた中央に立ち戻ってコブラがいかに恐るべき猛蛇であるかといったことを虚実取り混ぜながながと喋舌《しゃべ》ってみたり、コブラを踊らすどころかそうして寄せられるだけ人を寄すと、また一二番子供欺《だま》し程度の手品をやって、こんどは弟子と一緒に缶詰めの空き缶などを持ちいわゆるお賽銭をあつめて歩く。

案外なのはこのお賽銭が割にチャリンチャリンとひっきりなくその空き缶へ投げこまれることで、この点、むこうは日本などとちがい住民の気持ちにもよほどゆとりのあることが観取されるのである。——

ともあれ文字通り灼熱の太陽というのがじりじり照りつけているのだし、舗道のコンクリートは灼けきっているし、見物だって汗を流して立っているのであるから、お賽銭は投げた、手品の方はなかなかやらぬ、となるといかにゆとりのある住民達にはしても自然にその場が湧いてくるから、お賽銭もある高が得られたとみると手品師の方でも割に正直についに一世一代と称するその白昼殺人に取りかかる運びになる。

ただし舞台と言ったところで青天井の路傍のことだし、また大先生と称するのも裸にサロン一枚なら殺される弟子という方も同様にサロン一枚。このサロンにしたところで洗濯仕立てでもあるのならまだしも薄汚れた安物のよれよれのやつであるから、先生弟子ともに威厳のないことおびただしく、先生が鼻下にチョビ髭、手に金の指輪二本くらいを嵌めてはいても一向に引き立つところがない。

だが、表情なども何か疲れたような、そのうらぶれた姿だけにかえって白々しいある無気味さを感じさせると言えないでもない。大先生はまず二歩ほどの間隔で殺されるその弟子を自分の前に立たせ、右手で何やら空に描きつつ口に呪文を唱えると、弟子はその施術につれだんだんに眼を細めて放心状態になってくるが最後には眼を瞑ってしまい体を硬直させて、見物が何やら容子がおかしいぞと気付きはじめる頃になると、いやもうそれこそ突然に、弟子は、しかも朽木を倒すという言葉そのまま、もろに横倒しにぶっ倒れる。——固いコンクリートの上にがつんと頭の角の打突《ぶつ》かる工合など実際意識してやっているものだとはどうしても思えない。見物はまず第一にこの弟子の顚倒に肝をぬかれるのである。

大先生はこの倒れた弟子の首のあたりへ両手をかけ、コンクリートのザラザラの上を何か荷物でも手掛けるかのようにまことに邪慳《じゃけん》にずるずる中央へ引き摺って来ると、改めてこれを正しい仰臥の姿勢にさせ、それから見物へ口上を言いつつコブラの籃の所から用意のドンゴロスの袋を取り出し、裏と表を検《あらた》めて見物に納得させてからバサリとこれを弟子の上半身——頭まですっかり隠れるように被せてしまう。

さてこうしてから、次に大先生がやはり荷の所から取り出すのは誰の眼にもドキドキして見える物凄い豚切り庖丁である。刃渡り一尺余、幅、手許で四寸はあろうかと思われる先細の研ぎ澄ましたやつ。指先でその刃を当たって見、よく切れるということを眼顔で見物へ示して、さてそろそろと弟子の枕頭へ踞《かが》みこむと、まず左手をドンゴロスの下へ差し入れて弟子の首根をしっかりと押さえた身構え。ついで庖丁の右手をじりじりと差し入れて、やがて、

「うん!」

と、言うように大事を仕終《お》おせた身振りよろしく、ホッと急に疲れを覚えたさまで気抜けたように立ち上がるのであるが、この時、見物が気がついて見ると、大先生の両手、それから右手に力なく提げているその豚切り庖丁へはべっとりと生々しい血が食い付いており、いやそればかりでなく弟子の首を掩《おお》うたドンゴロスの下からは、灼けたコンクリートの上へじんわりと同じどろりとしたのが流れ出して来ていて、しかも、間もなくその腥《なまぐさ》い匂いがぷうんと見物の鼻孔を刺戟してくるのである。

輝かな南方の太陽の下、犬の隠れる蔭さえもないようなその舗道のまっ昼間、ついその辻を曲がれば電車も通り洋車も引っきりなしといった場所にあって、殊に手品であるとは判っていながら、この時ばかりは誰の胸にも森羅万象、何もかもが一時に呼吸を止めたかと思うよう、しいん、としたものが沁みこんで来る。最初にこの白昼殺人に出会《でくわ》した者は、職業の貴賤、男女老幼の別なく思わず手巾で鼻を掩うて、その時に感じる軽い吐き気

からのがれようとするほどである。

かくて大先生は、殺した弟子をそのままにしここでまたお賽銭をあつめてまわるのであるが、後はもう簡単なもので、お賽銭をあつめ尽くすと早速弟子を元通り生きかえらせる続きに移る。

やはり呪文のようなものを唱え問題のドンゴロスをずるりと無雑作にめくり取り、再びその裏と表とを見物に検めさせた上で、こんどはなお地上に眠っている弟子の首、肩のあたりに付着しているその血潮を拭き取ってやってから、棒のようなその体を気合いをかけてそこに押し立て、更に呪文を唱えつつ空に何やら描く仕科《しぐさ》をすると、弟子はやがて追々に薄眼をあけて来、やがて瞬《またた》き一つしてすっかり常態に立ち返ってしまう。——見物の喝采があって、これでまあ白昼殺人は終わりとなるのであるが、大道芸人とは言い条、さすがにそこは手品師だけのことはあって、この手品の種になっている豚の血の点はどうしても尻ッ尾を摑ませせない。消息通によればなんでも別に皮の小袋を用意しこれに問題の血を充たしていて、ドンゴロスの下で巧みにそれを絞るのだとは言うのであるが、私などには二回三回と見物しても結局そのからくりを見破ることはできなかった。——

——さて戦争前も私が最初に新嘉坡《シンガポール》へ行った時のことであるからもう十五年からの昔になる。私は当時も趣味から小説など書き多少はその方面でも虚名を博していたが、本業は相変わらずの会社員で、B産業会社の南方係という——まあその会社関係で視察に赴いたわけであったが、新嘉坡の支店で一ト月以上も愚図愚図していて後、次に彼南《ピナン》の支店へまわって行ったのである。

彼南は全マレイでの最も美しい土地で、ある意味では新嘉坡を凌ぎ、華僑のこれという財界人の本宅あるいは別宅そういったものがみなこの彼南にある。会社の関係でそれらむこうの名士からも招待を受けていたし、かたがた有名なこの美都を見ておきたいとの気持ちも以前からあったので、実は非常な期待を持って出かけたのであるが、支店で会社直接の用事を二三日に片付け、さて見物となってみると正直な話が私はいささか失望した。

ここには七名所と称し、熱帯植物国、黒水寺の眺望、蛇寺の奇、花岬の海水浴場等、旅行者が必ず一度は杖を曳くという名勝があるのであるが、私は二三ケ所の見物で、もうそれらの旅行者を目標に造られた低俗さには倦《あ》いてしまった。これは一つには私が体質的に本来酒を嗜《たしな》まぬせいもあって、妓女を擁し一瓢を携える者以外へは別段の勝地でも眺望でもないからである。自然に私はステッキ一本を小脇に街の大通りや汚いその横丁等をうろつく結果になったのであるが、これも小説など書くエキセントリックな性格のためであろう。私には定められたケラワイの散歩路や、体裁を張ったビショップ街をしかつめらしく案内されるよりも、そうしてあるがままの下層民地区の様子などをぶらぶら見物して行く方がはるかに面白く感じられたのである。

私の一人歩きを心配して、自らその案内に立ってくれた銀行家の楊氏《ヤン》には大変お気の毒であったけれど、だから私は毎日そういう街々をあてどもなくさまよい歩いた。そして暑さに疲れるとその付近の、身分がら楊氏が嫌がるであろうような汚い珈琲店《コーヒー》へ構わず入ってこころゆくまで時を消した。一杯二仙か三仙かのミルクもない安物の珈琲に咽喉をうるおし、店頭の粗末な卓から往来の多種多彩な風俗にぼんやりと眼をやりなどしているのも、時に取ってまた私にはこよない楽しさでもあった。

ところでそうした或る日の午後であったが、私達はペナン・ロードとマゼスチック・ロードとの交叉するちょっとした広場の所で、ちょうどこの印度手品の始まったところへ行き合わしたのである。家の中に凝《じ》っとしていてさえホッと溜め息の出そうな暑熱の街頭、立ち樹一本椅子一脚ないコンクリートのそこへ立ち尽くして、そんなチャチな大道手品に見惚れるなどいうのは、観方に依れば日本人の沽券《こけん》にも拘わり、国際人である楊氏などにはたいてい馬鹿くさく思われたにちがいないのであるが、私としては真実こういったものの方がキャバレや劇場へ招待されるよりも数等愉快であるのだから、この時も楊氏には構わず群集の背後から前へ前へとせり出して行って、とっくりこの白昼殺人を見物したのである。

手品はちょうど、これから仰臥させた弟子の体へドンゴロスを被せようとするところ。見ていると、新嘉坡で見たものと同じに、芸はだんだんすすんでいって、いよいよ大先生が豚切り庖丁を取り出し、弟子の枕頭へ蹈んでその首を刺す——ここの時に、ドンゴロスの下からはみ出しているその弟子の四本の手足がビリビリッと断末魔の痙攣をして——この技巧は私には最初で予想していなかっただけに甚だ新鮮かつ意外なものであった。そしてもちろんこの方が実感が出る。——やがて手品師は手を引き気抜けたように立ち上がると、その手先、また庖丁にもべっとり血が付き、弟子の首の下からは徐々に路上へ濃厚なのが血溜まりをなして流れ出るところ、新嘉坡のものと別段に変わりはしなかったけれど、ここで、お賽銭をあつめるであろうと思っていたのが、大先生は汚い小ぎれで手を拭うと、何か用事でも思い出したらしく、フイと観衆の輪をかき分けて舗道に出、そのマゼスチック・ロードの、広場からは二三十米あろう東のゴミゴミと小さな自転車の修繕屋や一文菓子屋や蠟燭屋や、そんなもののあるあたりへふらふら出掛けて行って見えなくなったのがまた意外であった。

おそらく水でも飲みに行ったのであろうと、観衆はじめ私達もその手品師がすぐにも引き返して来ることに思い、変な感じのまましばらく待っていたのであるが、五分経ち十分経ち、十五分からの時間が経っても大先生は帰って来ない。新嘉坡の時とはちがって、この時のはその殺された弟子のほかにはもう助手も介添えも他にいなかったから、そのようにして取り残された手品中途の円陣の空気というものはまことに変なものであった。気早な観衆の中には見切りをつけてもう二三立ち去った者もある。と——それが甚だ自然にしかも突然のことだったのであるが、ちょうど観衆の輪の前の方で、それまで顔色を変えるまで熱心に見物していた一人の若い華僑が、ツイと輪の中へ飛び出したと思うと、殺されている弟子の片足に手をかけ、かけたと思うと、

「死……死んでいる……」

と、素頓狂に声をあげて、弟子の半身を掩うているそのドンゴロスをぱっと引きめくってしまったのである。

観衆は総立ちになった――が見ると弟子の肩から首のあたりは一面の血の海で、それに何より無気味だったのは頭をぐたりと不自然に横ざまにしている弟子のその片頬のあたり。死相、とでもいったある感じがそこに白々と現れていたこと。――華僑が続いて何か叫びながら弟子の体をゆすぶると、頭も手も、それにつれて固いコンクリートの上をゴロゴロぶらぶらと他愛もなくゆれ動くさま。私達が幾分かこれは怪しいぞと思い始めた頃には、もう誰かが知らしたとみえそのあたりの交番から二人もの土人の巡査がかけ付けて来たのである。

巡査はさすがにまず傷口を調べ、なんだか不審を抱いた様子で、これもやはりその弟子の体を強く幾回もゆすぶってみるのであったが、依然としてそれは性体のない物体のごとく灼《や》けたコンクリートの上に不自然な姿態で転がるだけ。――巡査は二三の観衆を残して他の者を円陣から追い払った。そしてその二三の者から問題の手品師が例の蠟燭屋の方へ行ったことなど訊き出すと、一人の方がすぐさまその方面へ駈け出して行き、残った巡査は例のドンゴロスをちょうど物のようにまた弟子の体にかけて警戒に立った。

私も楊氏も仕方がないから、追い払われるままに角の雑貨屋の逓子脚《ていしきやく》の所まで引き揚げ、これはこの先どうなるであろうと他の土人や印度人や、そんな市井の連中と一緒になお遠くからその場の成り行きを見ていたのであるが、その結末はまた案外で、最後は、驚いたことに私自身のことにまで関係して来たのであるから只事《ただごと》でない。

十分ばかりすると例の蠟燭屋の付近から、巡査は手品師を引っ張ってそこへ戻って来たのである。もっともこの時は手品師が先頭に立ち、巡査が横に付いて、その後からわいわい弥次馬が群《たか》って来たから、巡査が手品師を引っ張って戻ったというよりも手品師が凱旋将軍のように、と説明した方が当たっている。そして引き返して来た手品師がどうしたかというと、ドンゴロスを被せた弟子の死体の所に立って、広場の各々の角や逓子脚の付近になお残っていた私達観衆に対し、その位置から手品を中断したことを詫び、なおご心配をかけたが自分の奇術はこのまま弟子を死なしてしまうような詰まらぬものではない、今から蘇生の術を施してお目にかけるから、というような大言を吐いて実に平然とまたこの白昼殺人の手品の続きにかかったのである。そして予定のようにドンゴロスをめくり、呪文を唱えて弟子を立たせ、更に空に何やら描く仕科《しぐさ》をして、何のことはない当たり前に弟子を生き返らしてしまったのである。巡査は苦笑する。大先生はちょっと見栄をきる。観衆は拍手喝采する。私もこの時くらい笑ったことはあまりない。いや私自身は最初から弟子の死のことなど信じていたわけではなかったのであるが、この時、それほどまで素ッ呆《とぼ》けて長い時間死人の真似をしていたその幾分か足らない人間かのような容貌の弟子が、生き返って眼をぱちつかせて、やっと正気に返ったらしく見物を見まわしてニヤッと愛想笑いをしたその笑いの中に、何とも形容のできない、実に滑稽至極な、愉快なある馬鹿馬鹿しさを見て取ったからである。

そして私はこの時には楊氏が、

「いかがです、お気に召しましたか」

とその言葉とともに、私の愉快を愉快として一緒に笑ってくれた本当の意味にはなお気がつかないでいたのであるが、この晩、楊氏の家庭的な食事というのに招待されてその家に行くと、驚いたことに、昼の手品の時の二人の巡査が、これは食卓はともにしなかったけれどやはり招かれて来ており、それから弟子の足を摑んで『死んでいる』などと叫んだ例の若い華僑が、これは楊氏の家の召使いと見え、何かとそのあたりを立ち働いているのに出会《でくわ》して、私ははじめてことの真相に気付き大いに自分の至らなさを恥じたのであった。しかもこの時でさえ、楊氏の方から私に対する非礼を詫びるといった、そんな招待の形式がとられていたので、実のところこの時ほど私は挨拶の言葉にも窮したことはなかったのである。

楊氏はその時こんな風に言った。

「あなたが紳士でお酒はお飲みにならず、ダンスもなさらず、自分としてはおもてなしの方法がなくて困りました。そのうち、小説をお書きになったりまあこうしたことに何より興味がおありだということに気が付きましたので、あの手品師に頼み、また家の者など使って、ちょいとあのような失礼をいたしました次第です。幸いにあなたが喜んでくださったので、自分としてもこのようにうれしいことはありません」

華国の人達が客を待つことの巧みさは天性だなどと言われているが、これほどにも相手に対して、いや相手を調べて誠意を以てそのごとく実に適切な方法で歓待これを尽くす――無論理屈を言い出せばきりのないことであろうけれど、この印度手品の一例からでも、私は支那――中国というものが自然に備えているある大らかな力、そういったものを感じるのであるが、そして私達の先輩識者もそれを理解していなかったわけではないだろうにと此度の戦争を甚だ残念に思うのであるが、同時に、それだけ今後の日華親善ということにも大きな期待をもつのである。

（二一・四・六）

評論・随筆篇

やけ敬の話——山下利三郎氏へのお答へその他——

拙作「赤鱝《あかえい》のはらわた」（新青年五月号所載）について、先々月の本誌上に、山下利三郎氏は親切に批評され、なお、「作者は岡山の者ではないか、自分もあれと寸分違わぬ話を聞いている」と申されました。このお言葉には少し説明が必要のように思いますので、失礼かもしれませんが、今二三それについて書いてみたいと思います。

私が岡山の者であるか否かはともかくとして、あれと寸分違わぬ話が私以外の誰かによって、すでに世にあったという事実には、私も驚かざるを得ませんでした。今後、私の書く物も、すべてそうした情けない運命を負うのではないかとも心配せられます。

あの作の主題である赤鱝のはらわたを、人間の臓腑と見せて割腹したという、単にそれだけの話は、事実私も他からあの今様イガミの権太のその他の話と一緒に聞いたのです。だがそれには、周囲というものも時間というものも、もしくはそれらの関係といった風なものは少しも求めることができませんでした。それが、無論他に比べるなどという訳にいかない拙いものではあるが、あの一篇の「赤鱝のはらわた」となるまでには、多少の時日を要しております。

他の方《かた》のことは存じませんがおよそ私の書くものは、私のこれまでの何かの経験（正しい意味での）から出発していないのはないようです。でその判然としないような経験でも、あるいは他の方の経験と相類似したものがあるかもしれません。しかし一篇の作としてできあがった物は、それがたとい万人既知の事柄であったとしても、作者以外の誰の作品でもないと存じます。

こうした例は、どんな作品からも指摘できるように思います。作者と読者の気持ちが、作品を通じて何らかの交渉があるとすれば、それは要するに作者の経験と読者の経験とが相一致するのではないでしょうか。でなくば、作品を理解する（単に読むという程度としても）というようなことは言い得ないと思います。

古来幾多の作家が幾多の作品を造り、現在また幾多の作家が幾多の作を公にしていても山下氏の言のようであれば（これはこの文の冒頭にあるべきものですが、山下氏としても恐らくどんなに簡単な字句にせよ、それが普遍的意味を持つ誌上に現れる性質のものとすれば単に隣家のおかみさんは近頃あやしい、うんそのことなら僕も聞いた、と言うほどの親しい意味でお書きになったものとは考えられません。とすれば明らかにそれは拙作に対する真面目な批評ととれますから、であれば這般《しゃはん》のお言葉は、これはお前の作品ではない、ぬすんだ物だ、と申されるのと同様に思われますから、たといある時に盗人の気持ちで筆を執ることがあるとしても、事実において盗人となりまた盗人だなどと言われることはこの上もなく嫌なことですからあえてこうして拙筆を弄しているのです。このようなことは分かり切った常識で貴い紙面を汚す必要もなし、私としても甚だ嫌なのですが、誤解ということは時に思いも設けぬ悪い結果を来すことがありますから。）それらはすべて盗人の金時計といった風なものとしなければなりません。

とすれば、山下氏ご自身お書きになるものも盗人の何とかでしょうか。万々高潔な氏においてそんなことはあるまいと存じます。しからば明らかにここに置かれた問題は誤謬ではないでしょうか。

私の考えの根底をなしているものが卑劣であるのか、山下氏にいま一度ご説明を願いたいと存じます。若輩としての失礼はいかようにもお詫び致します。

さて、腹切り一幕で親父から五百両せしめた今様イガミの権太のお話ですが、近所の老人あたりから聞くと、明治初年青年であったらしく、家は貧しく、親父は釣り漁夫（その地方の漁夫の富裕な者は網によって漁す）、彼の名前は敬、あるいは他のケイという字かもしれません、性来が乱暴で身軽で勝ち気であったところから、地方の者はヤケケイさんと呼んでいたそうです。

彼が身軽であったというのは、青竹一本五尺ばかりのものの弾力に依って、足駄のまま往来から廂の上へひらりひらりと猫以上の軽やかさで飛び上がり、飛び下りしていたと言うのです。どんな動機からそんなことをするようになったかは分からないのですが、ある日そうして屋根の上に上って、今日はひとつ村中の屋根から屋根へ飛び回ってみようと言うので、やはり屋上に青竹をためて、その反動につれて次から次へ飛び回ったのです。恐らく用事のない村の人々が下からこれを眺めていたことでしょう。ところが最後の家で、飛び切って立った足場が腐っていて、そこから落ちて腰骨をうち、以後屋根上りはやめたと言うのです。

道楽者で、思い出したようにしか仕事に出ず、でも他から頼まれればかなり危険な仕事をやってのけたそうです。例えば、ある時その村の岬の岩蔭に、大蛇の頭に似て、もっと奇怪な色彩の大きな怪物がいるという世評《うわさ》がたち、漁夫はその付近で仕事をすることを危ぶむようになり、村はそのために不安に包まれてしまったのです。無論こうした話につきものの神様のお告げ、何かの前兆というような説もその不安を色濃くしたのでしょう。この時に振るいたったのがヤケケイさんです。

「ヨシ、おいらが一番退治てやる」と言うので、向こう鉢巻き勇ましく、腹がけ一枚のまま水竿一本でその怪物に立ち向かい、とうとうそれを殴り殺したのです。そしてこれを見世物にすることになったのですがその形態や感じが、言いようのない物凄さで、ずいぶん遠くからも見物が出て来、ケイさんもうまい酒の一杯も呑めたのですが、この怪物がいったい何というものか、魚属のようでもあり獣類とも思われ、村の話題がまたひとつふえたのです。

面白いことには、この村にはひとりの漢学者が隠居していて、ある日村長がその老人と会談中、談たまたまその怪物の上にわたった時、おもむろに漢学者が言うには、

「一文銭にその怪物のあぶらを塗って、そして指の先で二つに割ってごろうじられい、もし一文銭が割れたならば、それはまず、オットセイと申すものでござろう」

そこで村長が帰って村の者にそれを話し、一文銭に実験したところ、奇妙に指先でそれを割ることができたので、この怪物はオットセイという物であることが分かったそうです。それからのヤケケイさんが、赤鱏のはらわたをやったのか、これらのお話はみな時代も時間も、くわしいことは分かりません。村の長老連がこれだけしか知らないのですから。

最後に、拙作「狆《ちん》」脱稿後、大岡政談のあるところに、その主題としたものに類似した事柄を読みましたので、これもあるいは他から「俺もそれと寸分違わぬ話を聞いている」と申されるかもしれませんが以上のような考えから、不才をもかえりみず発表致しました。そうした色々のことを言われるというだけ、自己の天分？　というものを悲しんではいますが、正しいことはどこまでも正しいと考えます。好ききらいということは誰しも言いますが、いいとかわるいとかという問題になれば、たとい大家と定評のある人でも、よほど慎重な用意が必要なのではないでしょうか。

つまらぬことに紙面を汚したことを、編輯者及び読者諸兄にお詫び致します。

大下宇陀児《うだる》

ある温泉宿の泉水のほとりで、この先輩は湯上がりのサル股ひとつのまま、私に土俵入りの真似をしてみせたことがある。艶々《つやつや》した皮膚の、二十何貫の巨体が実にみごとであった。

またある席後では得意の謡曲を美しい声でうたってきかせた、うたい終わるまでどれくらいの時間が経ったであろうか、ひとびとは幾分根まけのした形であったけれど、この先輩の咽喉《のど》は最後まで崩れずたゆまずそして澄みきっていた。

健康と精力とが、羨むべく讃《たた》うべく、この先輩の上では常にひとつのものであるようである。

私はちょうど五年前の四月に、はじめてこのよき先輩の風貌に接したのであるが、いろいろ覚えている中で、最も強く頭にのこっているのは、その時この先輩が私に燐寸《マッチ》を用いてするある手品を見せてくれたことである。

ひとたび気合をかけますれば、このとおり、ハア——といってこの先輩はその巨《おお》いなるつぶらな双の眼を私の前で動かして見せたのである。私はその器用さに感心させられた。

表裏のないこの先輩が、一介の田舎書生にすぎない私に与えてくれたその襟度は、以後今日までずっと私をなぐさめあるいは鞭撻して止《や》む時がない。

私はこの先輩が教壇にたって、幾十人かの生徒にむずかしい化学の講義をするのを見ていたことがあるが、実に手に入った、生徒をして思わずしらず好学徒たらしむる底の講義ぶりであった。

またある時、この時はもうこの先輩がその教壇と縁を切った頃であったが、当時の一生徒が受験の心配のあまり、心得やそれから問題などについて、先輩の意見をただしに来ているところへ行き会わしたことがあったが、この時とて、この先輩の昔の生徒に対する真実は、聞いていて、涙を感じるほども深い、そうして大きなものであった。

この先輩のどこからも、どんな意味でものよくない方面を見ることはできないのである。のびやかな、正しい子供のたましいが、この先輩の全幅《ぜんぷく》に漲《みなぎ》っている。

私はかつて市電水道橋の交叉点で、この先輩が春トンビの裾《すそ》をからげて、折から発車しかけた飯田橋方面行の電車にかけつけるところをひそかに目撃したことがあるのだが、この時とて、この先輩の態度には、いささかも他人の目をおもうなどというひねくれたものは見えなかった。

小山のゆるぐような格好で、この先輩が車掌台にやっと乗ると、同時に電車は動きだして、扉が閉まった。その時先輩はくるりと身体《からだ》をこちらに向けて、ふうと大きな呼吸をはいた。頬のふくらむのが橋の袂《たもと》にいた私にはっきりと見えた。と思う間はなくその呼吸がかかって、扉の窓硝子《ガラス》がぼうっと曇ったのであるが、この時、この先輩がした仕草はとうてい私の忘れることのできない、うれしいとも微笑ましいとも言いようのないものであった。

この先輩は、この時その赤んぼのような厚ぼったい手をあげて、そのまるまるした人さし指で、なんと、その曇りの中にいくつもいくつも丸をかいたのである。

私は思わず靴先で拍子をとって、ヒュウヒュウ口笛を吹きはじめたが、この口笛を止めるのが惜しくて、待っていた電車をやめて春日町まで歩いたほどであった。

私はこのよき先輩を、誰にでも誇りたい気持ちでいっぱいである。

フレチャーの大・オップンハイムの強さ

森下氏は、現在日本において言われているところの探偵小説なるものを、はじめて世に問うた先見の士で、同時にまた、その探偵小説の価値を現在にまで高揚した功労の人でもある。

この人の作品を考えることは、数においては秋天の星斗《せいと》のごとくであり、質においてはまた今日の太陽のごときである。氏の作品が示すものは、世界のあらゆる探偵作家を網羅した面白さであり、美しさであり、剛健さである。氏の作品には一部探偵作家の間に見られるごとき、暗さ、陰険さといったものが微塵もない。常に正しく明るく堂々としている。

氏の作品の大きさは、かのフレッチャーをはるかに凌ぎ、力強さはオップンハイムの諸作を超え、面白さに至ってはとうていビーストン、ハガード等の遠く及ぶところではない。この人の作品には常に新しいものが溌剌として躍っている。

試みに氏がこれまでに為《な》したどの物語の一編をでもご覧になってみるがよい、読者はたちまちにして自己の職業さえも忘れ、その日から氏の狂信者となるであろう。次回に、氏の新大作が発表されることをきいて、私は今からその期待に胸を躍らしているのである。

才気過人

「力能扛鼎《りょくのうこうてい》」という言葉があるが、まったく、このひとの作品を読んでいると、しばしば「才気過人」の感じを受ける。

「恋人を食べる話」「空で唄う男」などのどちらかといえば純文学的な作品から、「死の顫飾」「片耳太郎をさがす女」等の大衆もの、「怪しの花束」その他の少年少女物に至るまで、どんなものを読んでみても、随所にこのひとの「才」の輝きを見ることができるのである。

雑誌『新青年』編輯という大きな仕事の関係からか、ここ一二年、たまにしかその香気高い作品に接することができないにしても、読者が既にご承知であるかの『新青年』の気品や規模や、明るさや面白さは、すべてこのひとが持つ、良き芸術的なものの現れであるし、次回にその長編が発表されるということは、たしかにわれわれが刮目《かつもく》して待って悔いるなき喜びである。

仏文学に造詣ふかいこの作者が、果たしてどんな恐ろしい事件を、どんな甘美な夢を、どんな楽しい人生をわれわれの前に与えてくれるか、その日の一日も早からんことを切望してやまない。仄聞《そくぶん》するところによると、作者は今度の長編のために約半年の間、想をねり人物を案じたという、その一本がわれわれの手に入る頃には、必ずや読書界はその人気に沸騰するであろう。

支那の探偵小説

満州問題が姦しくなって、満蒙あるいは支那本国に注意を向けろということが、あちらでもこちらでも叫ばれている。そのために私が支那の探偵小説を読んだわけではないのだが、この方面のことは、あまり新聞雑誌へも書かれていないようであるから、時節柄、何かの話題にでもなればと、意味もないことを二三お話ししてみようと思う。

それも、私がそれほど支那語が読めるわけではなく、いわゆる漢文で書かれたものは別であるが、あの眼の痛くなるような現代文という奴では、おおよその意味を読みとるだけでもなかなかの困難である。でも私は、どんな興味にひかれたのか、次のようなものを、気のむくままに読んだり読みかけたりしてみた。読みかけにしたものはたいていが外国物、あるいは日本物の翻訳である。というのは支那という国の面白さはこんなところにもあるのかと思うのであるが、そんな翻訳でも、ちゃんと原著者、法国大仲馬とか、英国男爵夫人奥姐とか断ってあるのはいいとして、多くは何某著と堂々著者の名を揚げていながら、読んでみると、それがフリーマンの物であったり時には三津木春影の物らしかったりするのである。読んだり見たりしたもののうちで、

玫瑰花下（尼楷忒星期報社）傀儡美人（格斯達夫）青酸毒（格理尼）三名刺（葛威廉）

怪医案（企格林）狡獪童子（式勤徳）それから黄金舌、生死美人、猿幻奇案、玉環外史、秘室、一声猿、狡兎窟、等の長篇中篇はみな翻訳物である。そして後記の原著者名のないものは、みな淦銘溥氏や蔣景緘君等の著ということになっている。

短篇の方でも、俠士箴（天虚我生）珠還記（張碧梧）情演血潮（程小青）猜疑公案（龍吟）孤島三年記（范煙橋）雨夜呼声（張松濤）古屋蔵奸記（碧梧桐館）復讐記（張林）等みな麗々しく著者名をあげながらこれが純然たる翻訳である。

そして、翻訳物はとにかく、創作では殺人事件というのが割合に少ない。主題となっているのは多く財産横領、宝玉骨董品等の紛失、お手のものの秘密結社に関する物である。

土匪、兵変、秘密結社などのために、支那では絶え間なく殺人が行われ、良民もそれを日常茶飯事のごとく心得ているると聞いたり、街頭で行われる無残な処刑を、群集が平気で見ているばかりでなく、首をチョン斬られる被刑者その者が、また平然とその台上に上がるなどとの話から考えれば、そのように支那の探偵小説で殺人が第一のものとして取り扱われないことも肯けるが、これに伴って、支那、殊に上海方面の、あのわれわれには深い興味を感じさせる婦女売買や大賭博場や、阿片や不老長生術や、野鶏や苦力の生活や、城門や、賄賂や金や銀や、それら人智でできるだけの歓楽、姦淫、残虐等の方法が、殺人の場合同様、日常茶飯の感じのためか、どんな物語にも多くオミットされているのは支那の探偵小説のためには悲哀である。

しかし不得要領、四千年からの歴史を有する老大国のものだけに、じっくり読んでいると、その国民の太々しい、傲岸不屈な、それでいてチャチな、人道とか家庭とかいうものについての興味ある真実をのぞくことができる。面子体裁というものの姦しい国だけに、他の、嘘っぱちないわゆる漢籍や、公的という新聞や、決して現していない支那の真実が、物が探偵小説だけに、割合に誇張されずに、そんな物には仕方がなくてか気が付かないでか、白々とさらけ出しているのを知ることができるのである。

極端な例をとってみれば、われわれの有する仁義忠孝などの感念の全然別であるかの国の探偵小説では、子が親を殺したり、親が子の女房を盗んだりといったことは、たいして問題とはならずに探偵の推理の中に含まれている、といった工合《ぐあい》である。

それと、今ひとつ興味があるのは言葉――文字である。これは文字の国といわれるだけあって、われわれの使用し得ないような立派なものが並べられてある。概して、支那の書籍に見られる特別な点は、その言葉――文字の持つ魅力ではあろうが、それが、探偵小説においては、特に、その神秘に関する方面の文字が、あるいは凄惨にあるいは豪華に、すぐって用いられているということである。支那の探偵小説は、ある意味では神秘方面の文字の辞書といえるかもしれない。だがこれ日本の言葉に訳すことは至難である。

――以上意味もないことを書き並べたが、時節柄、こんなことでも食後の話題ともなれば幸いである。

近藤勇の刀

幅一寸五分はあったろうか、白鞘《しらさや》の大きな刀だった。抜いてみると、研ぎのせいなのか全体にぼんやりして、直刃ということのほかは、ニオイなどは鑑別できにくかった。

「何者だろう、勇壮な刀だなあ」

僕が言うと、

「近藤勇が持っていた奴だよ」

と、にこにこしながら佐左木君がいった。

「近藤勇？」

と頓狂にいって、ほかの刀を見ていた内藤賛氏が眼の色をかえて席をうつしてきた。

「近藤勇の愛刀だよ、凄いだろう」

佐左木君は得意だった。僕はその言葉を、勇の遺愛のものと聞いた。で一驚したのであるが、それは勇の愛刀であった虎徹、これもその虎徹であるとの言葉なのだった。

「虎徹かねえ」

内藤氏がついに中身をあけてみた。長曾根興里入道虎徹と立派に銘がはいっている。

「どうだ、虎徹だろう。千円といったのを三百円で買ったんだ。友人がさ。それを僕がもらったんだ」

佐左木君は嬉しそうだった。君が嬉しそうな時はまったく、菓子をもらった子供のように邪気がなかった。

だが僕たちは、あまりその刀が大物なので小さな嫉妬心から、

「ほんとかなあ」

とただ一言いったのだった。

祖師ケ谷の、君の新居での話であるが、それから以後、妙に佐左木君は刀の話をしなくなった。

たくさんな仕事をしていった君を考える時、僕はこの時のその一言を、わるいことをいったなと、今も申し訳なく思うのである。

大下宇陀児を語る

碁はご存じないようだが、将棋は私よりもうまい。強くはないが、定石を踏んだ指し方をされる。上品な将棋といえる。それで私はたいてい負ける。

麻雀もずいぶんうまい。しかしこの方は上品とはいえない、それは物凄い三味線という意味である。三味線をのべつやりながらであるからそのうまさはご想像がつくであろう。

暗誦――趣味とか余技とかの部類へ入れるには、暗誦とは変であるが、文字どおりの暗誦なのである。何かの文章の暗誦である。感銘を受けたような相当ながい文章を、すらすらと暗誦される。それもただの暗誦ではなくて口調がつく。和文は和文のように、漢文は漢文のように、荻生徂徠の父云々《うんぬん》というのが中でも得意である。

したがって、声色の名人であることもお分かりになるであろう。ことにこの方は、その場でもうご自分の物にしてしまわれる。トーキーにおける猛獣の咆哮《ほうこう》などは特にすごいもの。もっとも、かような秘技を公開される場合は、甚だ特別なる場合とご承知願いたい。

謡曲は、まさしく師についてのご習得で、これはうたいを知らない僕などの批評の限りでないが、うまいことは素人の僕にも分かる。

手品は――どうも、だんだんと秘中の秘へ筆が入ってゆくようであるが、氏を語る目的のためでどうも致し方がない――これまた、堂に入ったものである。手の上に卓上のマッチをのせて、気合いと同時に、それを立てたり寝せたりといったまあ手品である。確かにうまい。あの大きな眼をくりくりと動かして、これなるマッチを――ご覧に入れまあす、ハイ、なんてやられると、全く拍手をするのである。

近年ますます体重を増加しておられるので、山登りは敬遠していられるようだが、水泳は相当のものである。抜き手が得意。東京近辺の海水浴場あたりでは、たいていの荒れも大丈夫のように按《あん》じられる。

三四年前から、羽子板を蒐集《しゅうしゅう》しておられるが、氏の部屋の天井は実に美麗な五彩の虹で飾られている。書物は無論、刀剣類も持っていられる。

その他、衣、食の方面で趣味をさぐると数限りもないが、僕がこれだけ、氏に無断で氏の秘中の秘を書いたのは、氏がいかに多趣味な方であるかを説明したかったため、その多趣味が皆ある程度にまでこなされていることを知っていただきたかったためで、この多趣味は、つまり氏の作品がどんなに広いか、美しいか、面白いか、という一部の証明になるものと思うのである。氏は巧みな話術家である。

ポワロ読後

この間、延原さんから『十二の刺傷』を頂いて面白く読んだが、わけても、最後のところでポワロが犯人一味を暗黙裡に許す——法の外の正義を認める——という点に至って、急にポワロの作者が好きになってしまった。

『十二の刺傷』は、リンバーク大佐の幼児誘拐事件をモデルにしたものらしいが、この作で想像されるような事実がもしあったのだとすれば、その誘拐犯人、あるいは幼児殺害犯人は、実に憎みてもあまりある人物である。

実際、かような人物がなお法網をのがれ、幾多名探偵家の捜査を失敗に終わらせ、しかる後、悠々と我々の住む世界で、同じように、もしくは幸福に生活していると仮定したらどうであろう？

いったい、悪事を働いても、それが発覚しないですめば、その悪事はなかったも同じである、賄賂を用いても、ある位置を摑んで自己の所信を行えば、その方が行わぬよりもいいのである——という考え、こんな考えは排斥されていい考えなのではあるまいか。

社会の上層部が、こうした考えの所有者によって占められると、その時代の中層下層社会は、どうしてもこれら上層部と同様の考え方をしなければ生きてゆけなくなる。背に腹は代えられないから、誰もが発覚しないように悪事をし、しきりに賄賂をつかうようになるのだが、そして賄賂もつかわず悪事をしない人間を嗤《わら》うようにまでもなるのだが、それでも皆、こころの底では、その悪事を悪事と知り、賄賂は賄賂と知っている。けれども、それが排斥さるべき行為だとは左様な時代に生きる者としては言い切れない。宗教家すらが言い得ない、芸術家すらが言い得ないのである。

しかし、筆を持つほどの者として、正義を叫び、真実を高唱することができなくて、それが何の宗教家、何の芸術家であろう？　エロも真実、グロも真実ではあるけれども、たとえ探偵小説家としたところで、もっと真実を叫んでもいいはずである。

ポワロは好々爺《こうこうや》で、この事件を解決した時も、ホームズなどのように、「諸君、何々犯人何の誰兵衛君をご紹介します」などと大見得はきっていないが、いかにも美しい、静かな姿で、この真実のこと、正義のことを叫んでいる。僕はきっと、ポワロの作者であるクリスティー小母は、リンディ事件を新聞で見て、女らしい正義感をまき起こし、さて『十二の刺傷』の構想にふけったものとその書斎の様子などを想像したりしたのである。

因《ちな》みに、このリンバーク幼児誘拐事件について、このほど米国帰りのあるひとから面白い話を聞いた。古い事件のことで、大方の読者に興味があるかどうか疑わしいが、事のついでにご紹介してみると、そのひと――紐育《ニューヨーク》に二十年ばかりいたという料理人《コック》さん――の話では、この誘拐事件は、実は誘拐ではなく、過失致死事件であると言うのである。

その晩、リンディの子供と、守《もり》の女中とは二階にいた。女中の恋人が忍んで来た。口笛でも吹いたのであろう。しかし女中は、夜のことであるし、子供を抱いて玄関からは出て行けない。男を部屋へ引き入れることは、いつ家人《かじん》に見つけられるか知れないからこれもできない。そこで一策を案じて、男をして窓へ梯子《はしご》をかけしめ、この梯子によって庭へ出ようとしたのである。ところで、子供はやはり伴れて行かなければならないが、女の身で、子供を抱いて梯子を降りる芸当はちょっとできないから、まず男を窓の口までその梯子をのぼって来さして、先にこの男へ子供を渡した。

ところがである。男というものは、子供を抱くのは普通女よりも下手であるから、殊には不慣れな梯子の上のことであり、つい身体《からだ》の重心を失った拍子に、思わず手を辷《すべ》らしてはっとする間にリンディの赤んぼを地上に取り落としてしまった。もちろん幼児は死んだのであるが、さてこの始末をどうしたらいいであろう、恋人二人はそこで種々協議したが、いや突然のことで正常に考えをすることができなかったのか、やがて死体を林へ隠して、リンバークへはただ、幼児の見えなくなったことだけを告げた。

ギャングの国、アメリカのことであるから、官憲がこれをギャングの仕業だと考えたのは無理もない話。しかし、事実は、これが世間の問題になってから、ギャングが一儲けしようと脅迫状などを送ったのが事の真相である。だから永久にこの事件の犯人の告白があることはない。――とその料理人《コック》さんの話なのである。

広瀬中佐の前

先日、早稲田の学生が遊びに来て、「これは僕一人の考えですがね」と言うから、何の話かと思うと、「広瀬中佐は、中佐の前は少佐ですよ」と言って独りでくつくつ笑い出した。何でも万歳《まんざい》から出た言葉で、目下学生間に大流行であるという。へんてこなものが流行する昨今ではある。しかし、小生はこの広瀬中佐云々を聞いて、小生らが口にする探偵小説論などいうものも、どうやらこの「僕ひとりの考え」に似ているようでないか、とひそかに苦笑したのである。万歳《まんざい》はうまいことをいった。小生らも中佐の前が少佐であることを、小生ら個々人の考え、あるいは発見、発明として喋々としていないとは言いきれない。探偵小説が芸術であるかないか、芸術たり得るか否か、本格がどう、変格がこう、罵り騒いでいると学生らに嘲《からか》われる。笑われることが職業の万歳なら結構といえるが、探偵小説論などというものは、どうも公衆を面前に控えた舞台の上ですることではないように考えられる。ところで、これは小生一個人の考えであるが、何が故《ゆえ》に日本人というものは探偵小説においてそれほども殺人事件を好むのであろうか。殺人事件というと、それ自体がすでに恐怖、戦慄、異常、何々、といった探偵小説的要素の集合体であるが故に——分かっている分かっている、しかし、殺人事件にも、事実の上はともかく、これが探偵小説の上では、恐怖も戦慄も、異常も論理も、なんにもない殺人事件だってあるのである。面白いはずがないではないか。まったく、だからいっこうに面白くないのである。それでも探偵小説というとすぐ殺人事件である。実に不思議な現象である。

放火事件にだって、紛失事件にだって恐怖もあれば異常もある。推理も戦慄もテン学も望めないわけではない。だのになぜ、紛失事件や宝さがしをわが同胞は喜ばないのであろうか。紛失したと言えばすぐ鑽石《ダイヤモンド》である。鑽石は小さいのでいいらしいから隠すには便利である。しかし鑽石なんて物は一体どんな人種が所有するのであろう、百貨店へ行ってみると飾り窓に飾ってある、けれど二三千円出せばちょいとした品は手に入れられる。命に代えても、というような物はまだ日本にはない。日本では鑽石よりもまだ浮世絵の方が値段が高い、写楽あたりは一枚が八千円もする。もっと古い絵画になったら、まるで想像もつかぬ値段である。仏像となるとまるで天井がない。徳川様の蔵の中を捜したって、鑽石なんてないのである。それでも日本では鑽石である。そして絵画も刀剣も仏像も、ほとんど探偵小説には現れてない。刀剣といえばすぐ拳銃のことが考えられる。日本で拳銃を手に入れることがどれほどむずかしいか。それでも轟然一発である。扉《ドア》が問題になっても雨戸が問題になったことはほとんどない。

手巾は遺棄されるが豆絞りの手拭いなんか見たこともない。パイプは机の上に載っているが、キセルは火鉢の傍《そば》にはないのである。どろぼうはよく窓から忍びこんで、決して雨戸を外したり、勝手の戸を外して侵入したりはしないのである。ホームズが床の上から豆絞りの手拭いを拾いあげたり、伯爵家の便所の汲み取り口から忍びこんだりしたらどんなにおかしいであろう。外国の便所に汲み取り口があるかって。それはあるだろうさ、日本にだってずいぶんと洋風住宅はあるように。

さてこれも小生一個人の考えであるが、ホームズという青年が突如として英国に現れた時、彼はどんなにかまあ当時のモダン・ボーイであったであろう。怪傑ルパンが仏国社交界を脅かした時、彼はまあどんなにか当時のモダン・ボーイであったであろう。日本だって山名耕作や井深君がモダン・ボーイだった時代はあるのだ。しかしわが日本では、弁護士だの医学博士だので多少でも世に知られるには、少なくも頭に霜を置くまでの時代が要る。そこで俵巌にしても明智小五郎にしても帆村壮六にしても法水麟太郎にしても何やら博士にしても何々君にしてももはやモダン・ボーイではなくなったのである。モダン・ボーイは現在青年処女の間で意味もなくげらげら笑っていたり、それからやはり東山三十六峰、京落の夜中に愛刀虎徹を振りまわしたりしているのである。モダン・ボーイの出てこない探偵小説なんて面白くはない。モダン・ボーイもひと頃のようにラッパズボンを穿《は》くだけでは真似だ。どの娘も、どの青年も、どの老人も、学者も労働者も、なるほど、とそのイナセな容子にちょいと惚れ惚れするようなモダン・ボーイが出て来いである。

支那偵探案「仙城奇案」

正直に言って、支那の探偵小説には、あまり感心した物がない。どれを読んでみても現代支那の諸事と一般、欧米の借り物ということが第一に鼻にきて、まずは没法子《メイファーズ》ポコペンである。

しかし、この「仙城奇案」というのは、僕はそのうちに訳してみようかと思っている。四六判本上下二冊、通巻二十章三百頁のもので、訳すとすれば四百枚にもなるだろうが、面白さから言えば、この枚数も問題ではない。

作者の謝直君氏については、僕は何ら知るところがないが、「仙城奇案」を読んだり、それから上海商務印書館の図書目録で、同氏が多数欧米の探偵物を訳している様子を見ると、相当な腕の作者には違いがない。

「仙城奇案」は広東省城の薄暮の叙景から始まり、万盛当という質屋の番頭で、凱陳——馬鹿の陳さんというのが主人に罵られて事件の幕が開《あ》くが、僕がこの物語に惹かれるのは、この作にいささかも欧米の借り物という感じがない点と、それから主人公の馬鹿の陳さんが、いかにもよく描かれて、作全体が、奇妙な朗らかさを有って、読後感をいかにも楽しいものにしてくれるためらしい。

無論殺人事件で、これに陳さんが巻きこまれ、白痴だけにとんでもないことをしでかし、インチキな弁護士が出て来て堂々法廷でタンカを切り、陳さんを無罪にするかと思うと、医者と易者を兼業の算盤高い先生が飛び出したり、共産党の騒動で市街戦が始まるため、かえって思う男女の逢曳《あいびき》のチャンスがきたり、ヤマを盛ってある点でも相当な作品である。

一体、支那現代の探偵小説というと、多くは支那製のシャーロック・ホームズのキザ以上の衒学ならぬ衒学か、でなければ老国一流のアノ詠嘆趣味がほとんどなのだが、この「仙城奇案」には、そんな危なげが一切ない。僕にはちょっと掘り出し物の気がしている。

謝直君氏の短編があれば紹介してみたいと思っていろいろ注意してみたが、幸か不幸か短編は見付けることができなかった。

なお同氏の長編には次の二つがある。

飛絮欺花録　三冊　（上海商務印書館）

僑蹤萍合記　二冊　（右同）

盲人の蛇に等し

処女作と言ってここへ発表する価値があるかどうか、とにかく自分の書いたもので、最初に活字になったものは、「レテーロ」であるが、これを私は朝鮮の兵隊から帰った年の冬に、田舎の家の八畳の、うす暗い障子の蔭に幼稚園の頃からの羅沙の禿げた机を置いて無鉄砲に書いた。全く何も知らなかった頃のことで、『新青年』の百枚物だかの募集に応じてみようと思い、百枚書くつもりで書き出してみたら、やっと二十二枚にしかならなかったおかしさを今もよく覚えている。二十二枚ではどうにもならないので、なお十枚くらいのもの、十八枚くらいのもの、二十五枚くらいのもの二三編を書き、総計百二三十枚になったところで自ら慰めて『新青年』へ送っておいた。百枚物の募集へ、私がそんな規約を無視した応じ方をしたについて、不審に思われる方があるか知れないが、これには少し訳があるのである。いったい私が探偵小説というものに興味を覚えたのは、その前年の兵隊に行く年はじめてで、田舎では異端者扱いにされているある放蕩児の私の友人で毎月『新青年』をとっていた男であり、同様に仕事を有っていなかった私が、二人で撞球に耽《ふけ》ったり高歩き（隣村などへ行って遊興する意味）をしたりする間にその男から話をきき、やがて『新青年』を借りて読んだのがそもそもで、当時連載されていたのは確か「スミルノ博士の日記」であった。スミルノ博士一編を読んだきりで私は兵隊に行った。兵隊の中で、たった一度『新青年』を手にしたことがあるが、この『新青年』は、手箱にかくしてこっそり読んでいたのを、中隊長から「社会主義の雑誌」ということで没収されてしまった。つまり私は、スミルノ博士だけを読んで、『新青年』の募集に応じるような大冒険をしたのである。規約を無視したり大冒険をしたり、よく探偵小説も知らない私が何故そんなことをしたかというと、根本の原因は、私が何か文筆で食おうと志した点は無論なのであるが、実はもっと、ここに発表するには、あまりに子供らしく恥ずかしいような切実な理由があった。がまあその理由のことはいずれ別の機会にでも発表するとして、これらの短編を書いた直後、私はなお同じ机で、朝日新聞の長編と、神戸の新聞の短編とを、これは現代物であるが、その懸賞金めあてにやはり一週間くらいで書きあげて送っていた。よくもまあ、あんなに次から次へと話があったものだと思うのであるが、そうして後のひと月ばかりは、兵隊前と同じように、帰隊を待っていた田舎のわる仲間と、遅くまで球を撞いたり高歩きの琴平詣りをやったり、飲み屋の女中をからかってみたり、寺の和尚と碁を打ってみたり、といったまるで訳のわからない毎日を送っていた。確か三月のはじめであったと思ってるが、当時はまだ『新青年』編輯人であった森下さんから手紙が来て、短篇がみな面白いから、募集物とは別に頂戴する。そして取り敢えず中二篇を五月号に発表するから――とあるのを読んだ時の何と言うかあの嬉しさ。私はこの手紙を持ってすぐ家を飛び出し、いつもだとまだ寝ているはずのある仲間を起こしに行った。仲間は寝ぼけ眼で感激してくれて、その晩は、わる仲間のひとりがくすぶっていた空き別荘で四人の馬鹿息子達が町の店から肉や酒やを借りて来て遅くまで心祝いをした。「レテーロ」の題材となったのは、多分は事実もあったこのわる仲間の一人の男に関係していて、私はただ、その手紙を嘘のものにしたり、多少探偵小説的な案配を考えたりしたにすぎないのである。『新青年』の五月号は、森下さんから送っていただいて、私が読み終わらない間にわる仲間が持って行き、持って行った仲間から他の仲間の手に渡り、またその次へ渡り、五月の末に、私の手に戻って来た時には、なんと肝心の「レテーロ」のところが切り取られて失くなっている騒ぎであった。わる仲間のひとりは、その切り取り犯人を知っていると言っていた。あれを手本にして恋文《ラヴレター》を書くつもりなんだ、と憤慨して、そしてともかく二人で苦笑いをしたのである。『新青年』の諸家の批評では、片岡鉄兵氏が、「自分なら最後まであれを女の手紙にする」と言ってくださっていたのをただひとつだけ覚えている。全く無鉄砲な話で、よくまあ『新青年』に載るほどのものが、あんな時代に書けたものだとつくづく思うのである。

面白い話

ちか頃、接吻の風が流行して来て、わが映画の上には早くもそうした場面が取り入れられた、そんな話を聞く。欧米では、男女間の接吻は家常茶飯《かじょうさはん》であるらしいから、やがては日本でも、公衆の面前でも平然とそれを行うようなことになるであろう。

ともあれ接吻ということについて、わたくしの念頭に浮かぶのはレプラの女との恋愛を取り扱ったまず恐怖小説とでも称すべき短いある物語である。ずいぶん昔に読んだもので、無論その作者もその題名も完全に忘失してしまっているのだが、物語の最後の、熱烈な接吻の行われる直後、相手がレプラと判明する時の異様な恐怖だけはなおわたくしの記憶に残っている。

ところでこの物語の恐怖は相手がレプラであったという特定の場合を取り扱っており、直接に接吻の恐怖をテエマとしたものではないのだが、「拍案驚奇」のなかにはひどく露骨に、直接にその恐怖を取り扱った話がある。

大体の筋を言ってみるとここに一組の幸福な若夫婦があり、結婚後七八ケ月経った時、夫は所用のため数日間の旅行をする。すると、同じ街にやくざな男がいて、これがその留守中にこの美貌の妻君を見染め何とか慾望をとげようと肝胆を砕き、かねてある関係にある同地の尼僧にそのことを相談する。老尼は無論やくざ男以上の曲者であるから直ちにこれを承諾し、報酬など取り極めた上で、その翌日口実を設けて美貌の妻君を僧院へ招く。若い妻君は夫の留守、ひろい家の中で、もはや三日間も手持ち無沙汰に暮らしていたところであるからこの招待を非常に喜び、一名の女中を供につれて、相手が尼僧や僧院であることにすっかり安心しきってやって行く。待ち構えていた老尼の方は、これを迎えると弟子の尼僧など指図して歓待これつとめるのだが、しかも時間が来ても食事を供さず、妻君や女中がそれこそペコペコに空腹になった頃を見はからって、ここではじめて強烈な、酒のかすを主材料としたしかし非常に美味な料理を二人に食わせる。美味ではあり空き腹ではあり、二人は無論しらずしらずに鱈腹《たらふく》これを食って、当然の結果、変な具合に、前後不覚に酔いつぶれてしまう。老尼はいやしい笑みを浮かべながら、そこで妻君と女中とを、かねて用意した別々の部屋に運びそれからこのことを別室に待機していた例のやくざ男に告げる。やくざ男は妻君の部屋へ出かけ、そこで無茶苦茶に情欲をとげてしまう。酒のかすに祟られている妻君は、その時、自分の位置がどんなものだかはおぼろ気に分かりながら、肉体的にも精神的にもいささかも抵抗する力がなく、なお一度ならずこの屈辱を受けるのであるが、やがて翌日も夕ちかくなるとおのずから酔いもさめて来、悔恨と憤怒と、まるで気狂いのようになって、当時まで別室で白河夜船であった女中を叩き起こし、僧院を後に自分の家へ帰って来る。が、帰って来たとてどうなるであろう。いかに嘆き、いかに憤るとももう取り返しはつかぬのである。しかも夫の留守。誰に訴えようといって、これが他人に打ち明けられる話か話でないか。妻君がそのように苦しみ悩んでいるところへちょうど旅の夫が帰って来る。妻君は、この夫を迎える自分の笑顔さえ罪悪のように感じるが、よほどこころばえのしっかりしていた女とみえ、彼女はその夜、ついに死を覚悟して一さいを夫の前に告白してしまう。夫は愛妻からこの意外千万な告白を聞き、一時は非常な懊悩に襲われるけれど、やがて何事か沈思すると妻君の耳にあることを囁き、お前がこれを実行するなら、きょうの過失はすっかり水に流し、元通り愛し愛される夫婦になろうと約束する。

妻君は無論承諾する。かくて翌日になって夫が再び偽の旅に出て行くと、この留守に妻君は女中を僧院へやって例のやくざ男をそっと呼び寄す。男は自惚れからすぐに飛んで来、女中はどこかへ使いに出して、さてここでやくざ男とこの妻君との間におそるべき恋愛遊戯がはじまるのだが、接吻のことが登場するのはこの場面からで、死を決している妻君はここで、夫に命じられた通り、その接吻を利用して、相手のやくざ男の舌をできるだけ深くから噛み切ってしまうのである。男は両袖に口を押さえ僧院さして遁げ帰る。とこの時、一室にかくれて様子をうかがっていた夫はかくれ場所から出て来て妻君の手からそのやくざ男の舌を受け取り、それと、別に短刀とを懐中して僧院へ乗り込んで行く。この時はもはや日没であるが僧院へ来た夫は驚きあわてる老尼を一刀の下に刺殺し、二個の屍体を一室に痴態よろしく並べそこに短刀も投げ捨てておいてから妻君の許へ帰って来る。さて翌朝になってこの事件は一般へ知れ、その筋から係官も出張するが、老尼が口中に含んでいたやくざ男の舌が絶対の証拠となって、痴情の上の相殺事件ということで万事が片付いてしまう。僧院の若い尼僧、いつも男を老尼に横取りされていた若い尼僧が、係官の前に、老尼とこのやくざ男とのそれまでの情事を打《ぶ》ちまけたことも、この相殺事件ということを決定的にしたのである。

結局が、仇を討った若夫帰には何のとがめもなく、夫婦は以後その愛し愛される生活を続けることができた。めでたし、めでたし、といったまあ筋なのであるが、この話を読むとうっかり接吻もできないことになるであろう。

接吻のさなか、相手から舌を嚙み切られた時の、やくざ男の気持ちは果たしてどんなだったろうか。

この物語では、男は舌を切られたことでは死んでいないのであるが、「舌を嚙んで死ぬ」と言う言葉は、医学的には果たしてどのへんまで真実を伝えているのであろう。

いずれにせよ、舌を嚙み切られた後というものを想像してみると、どうも、これほど不都合な状態はないような気がする。物が言えるだろうか。食物を咽喉の奥へ運び得るか。

接吻流行とききゆくりなく以上の物語を想起したが、これほどに極端ではなくとも、接吻に何らかの危険の付随することは否むことができまい。パッションの問題があるけれども、まあず接吻もほどほどにすべきであろうか。だが烈しいスリルを味わいたい、といった探偵小説のファン諸君などには、あるいはこの、嚙み切られる話など、いささかぐろめくけれど捨てがたいところかもしれない。

探偵小説の面白さと面白くなさ

わたくしはこの頃になってようやく探偵小説の勉強を始めている。が、始めてみていよいよ探偵小説がむずかしい文芸であることを知り、いまさらのごとくおどろいている。

探偵小説は、その制約の上から一定の型とでも言うべきものを自ら生じ、いかなる探偵小説もこの型から逸脱することはできず、しかも今日までに、まだわずかに五六種の型しか発見されていない不自由さである。

一号型、二号型、三号型、四号、五号……この型にさえ素材を嵌《は》めこんで押し抜きさえすれば、だから探偵小説はいくらでも生産できるという論……あるいは事実も成りたちはする。金ボタンを押型機械でポンポン打ち出して行くようなものである。至極簡単なもので……いや、ひろい世の中には、そのようにしてひどく安易に、毎月毎月短編長編となく探偵小説を打ち出している作家もなくはないであろう。けれども、毎月毎月短編長編となくかしさが伏在するという証拠は、なるほど、そのようにしても探偵小説は打ち出され得るけれどもそのようにして打ち出された毎月毎月の探偵小説は、はや、いっこうに面白くもござらぬとの事実である。

金ボタンはボタンの一種として世間にある程度は必要な品物である。だからその必要に応じてある額だけは売れては行く。けれども多分は中学生の制服に取りつけられることが最後であるこの金ボタンを、毎月毎月、機械で打ち出している人間……作家と呼ばれたり混同される時があるが、一体その仕事を怠屈なものとは感じないのであろうか。

いや横道へそれた。わたくしはあいも変わらぬ、この一号型、二号型、三号、四号……その動かし難い制約の中で、一作毎に、何か目新しいもの、人物、事件、トリック等々と変化を創造して行かねばいっこうに面白くはない探偵小説のその製作のむずかしさについて言おうとしていたのである。

短い枚数で、安い原稿料で、…それで毎月毎月書かされるのではなるほど、いかな天才でも、大家でも、いいものを書き得ないのも無理がない。もっとも、書かされる、という言葉のなかに実のところは大きな秘密がひそんではいるのだが。

アンケート

探偵小説問答

一、これまで読んだ探偵小説で（長短編和洋作品を問わず）何がいちばん面白かったか？
二、右に対する寸鉄的ご感想

お答え――
読みたるほどの探偵小説はみな面白くいずれを一いずれを二とは申し難く候《そうろう》御誌七月号の百枚物完全犯罪など面白きものに候わずや、一部分一部分にもよき面白さを覚え申し候。

（『新青年』第一四巻第一〇号、一九三三年八月）

ハガキ回答

Ⅰ　読者、作家志望者に読ませたき本、一、二冊をお挙げください。
Ⅱ　最近の興味ある新聞三面記事中、どんな事件を興味深く思われましたか？

Ⅰ　特にこれという本も思いつかず候。新作家諸賢には、江口治氏著「探偵学大系」は便利至極のものと存じ候。
Ⅱ　五・一五事件、その他。

右お答え申し上げ候。

（『ぷろふいる』第三巻第一一号、一九三五年一一月）

昭和十一年度の探偵文壇に
一、貴下が最も望まれること
二、貴下が最も嘱望される新人の名

（一）新しい人達の活躍。
（二）右の意味で、新青年、御誌、ぷろふいる、サンデー毎日、等諸雑誌に作品発表をされた新しいすべての方に対して期待いたしております。
右お答えまで。

（『探偵文学』第一巻第一〇号、一九三六年一月）

お問い合わせ

一、シュピオ直木賞記念号の読後感
二、最近お読みになりました小説一編につきてのご感想

上記お問い合わせに対し早速ご回答くださいました各位に深謝いたします。――到着順――

一、記念号としてなかなかよろしきご企図と感心仕り候後段の関係者一覧表など殊によろしく存じ奉り候
二、ただいま、故平林初之輔氏の「犠牲者」と「動物園の一夜」とを読みました。しかしてその精神の新しさ、手法の自然さに感銘を再生いたさせおり候――右お答えまで。

(『シュピオ』第三巻第五号、一九三七年六月)

解題

横井司

江戸川乱歩や横溝正史といったビッグ・ネームの作家はいざ知らず、戦前の探偵作家は多くの場合、戦後になると、その作品にふれることが難しくなった。そうした作家の作品世界を、その一端なりとも示してくれたのが、一九七〇年代に中島河太郎や鮎川哲也によって編まれたアンソロジーと、探偵小説専門誌『幻影城』（七五〜七九）だった。これらが、戦前の雑誌に掲載されたまま埋もれていた作品を愛読者に供したことで、戦前の探偵作家が一般的に再評価されるきっかけともなった。だが紙幅の都合で、いわゆる代表作の再録に限らざるを得ないため、作家のイメージが固定化するという弊害を生んだことは否めない。橋本五郎もその一人といえよう。

橋本の場合、まず「鮫人の掟」（三二）が『大衆文学大系』第三〇巻（講談社、七三）に再録された後、中島河太郎責任編集『新青年傑作選』第二巻（立風書房、七四）にも採られ、さらに雑誌『幻影城』七八年八月号にも掲載された。「地図にない街」（三〇）は、鮎川哲也編『怪奇探偵小説集』（双葉社、七六）に再録された後、中島河太郎編『新青年傑作選集』第三巻（角川文庫、七七）にも採られている。続いてデビュー作「レテーロ・エン・ラ・カーヴォ」（二六）が、雑誌『幻影城』七六年一二月号に再録された。六回も紹介される機会がありながら、結局のところ作品がダブって採られたため、右の三編によって橋本の作家イメージは確定してしまったといっても過言ではないだろう。唯一の長編『疑問の三』（新潮社、三二）が雑誌『幻影城』七七年一一〜一二月号に再録されることがあったものの、さしたる評価も受けなかったようだ。

七〇年代には、江戸川乱歩が『日本探偵小説傑作選』（春秋社、三五）の序文で代表作としてあげている「レテーロ・エン・ラ・カーヴォ」「お静様の事件」（二八）「鮫人の掟」「花爆弾」（三三）

の内、二編までは読めたことになるが、乱歩の評価を追認するにとどまった嫌いがなくもない。特に「レテーロ・エン・ラ・カーヴォ」は、その題名の特異さもあって、橋本の作風を印象づける働きを示したように思える。すなわちユーモアとウイットに富んだドンデン返しの作家という印象だ。

だが、橋本の作風は、決してユーモアとペーソスだけにとどまるものではない。特に『疑問の三』を上梓して後の橋本作品は、それまで同様、ユーモアとペーソスを基調とする作品以外に、現代ものと時代ものの両方でシリーズ探偵を創造したり、架空の世界を舞台に採ってみたりと、さまざまな試みを行っている。ことに、少年（後に青年）名探偵・鶵《はと》ノのシリーズの存在は、管見に入った限りでは、これまで日本探偵小説史の文献で言及・紹介されたことがない。明智小五郎以外はほとんど知られていない戦前の名探偵人名録に、彩りを添えるシリーズだといえよう。

『橋本五郎探偵小説選』第二巻では、『疑問の三』前後に書かれた作品群と評論・随筆を中心にセレクトされている。創作では、右でふれた鶵ノものを全編収めるとともに、荒木十三郎名義で書かれた捕物帖、女銭外二《めぜにそとじ》名義で書かれた戦後の短編を合わせ収録して、鮎川哲也が「一人三役の短距離ランナー」（『幻影城』七八年八月号）と呼んだ橋本の作品世界が鳥瞰できるようにした。「鮫人の掟」を除き、単行本に収録されるのは、すべて今回が初めてである。なお、近年になって細川涼一によって同定された釈十三郎名義作品（「橋本五郎伝ノート――探偵作家の南方徴用」『京都橘女子大学研究紀要』第三二号、二〇〇五年一月参照）は、ミステリ味が乏しい現代小説なので、今回は収録を見送った。諒とされたい。

以下、本書収録の各編について、簡単に解題を付しておく。作品によっては内容に踏み込んでいる場合もあるので、未読の方はご注意されたい。

〈創作篇〉

これまで論創ミステリ叢書では、初出順に作品を収録してきたが、本書ではまず、これまで知られなかった鸚ノ探偵シリーズを最初にまとめることにした。

「箪笥の中の囚人《めしうど》」は、『新青年』一九三三年四月号（一四巻五号）に発表された。

以後の作品で何度か登場する時の捜査課長・伴岡が、十七、八年前の巡査時代に知り合った少年探偵・鸚ノのことを、語り手の「私」に語るという形式をとっている。十七歳で中学三年生だというのは、当時、生まれた時を一歳とする数え年計算によるもの。ちなみに旧制中学は五年制だった。当たり前の不倫騒動を奇妙な事件に変えてしまう、謎の設定の妙が読みどころ。

「花爆弾」は、『新青年』一九三三年九月号（一四巻一一号）に発表された。

当時『新青年』では百枚読み切り長編一挙掲載を連続して試みており、本編はそのひとつ。事件の背景となる「非常防空大演習」は、同年の八月九日から十一日にかけて行われた第一回関東地方大防空演習と考えたいところだが、雑誌が店頭に並ぶのが該当月号のひと月前なので、時期的に合わない。となると、一九二八年に大阪で行われた日本最初の防空演習か、三三年の神戸で行われたものを踏まえたのだろうか。いずれにせよ当時の世相を反映したスパイものである。

「空中踊子」は、『大衆倶楽部』一九三四年六月号（二巻六号）に発表された。

広告気球につるされたレビュー・ガールの死体が発見されるという猟奇的な事件が発生。前作に出てきた吉村が容疑者となるに及んで、共に高等商業学校（三年制の専門学校）に進んだ鸚ノが解決に乗り出す。「柿ノ木とか言ふ盗賊《どろぼう》」というのは、大凧に乗って金の鯱のうろこを盗んだという伝説を持つ柿木金助（?～一七六三）のことで、初代並木五瓶《ごへい》（一七四七～一八〇八）作

『傾城黄金鯱《けいせいこがねのしゃちほこ》』（一七八三初演）や、岡本綺堂（一八八七～一九三九）が友人の岡鬼太郎《おかおにたろう》（一八七二～一九四三）と合作した『金鯱噂高浪《こがねのしゃちうわさのたかなみ》』（一九〇二初演）などの、歌舞伎の演目で取り上げられている。

「寝顔」は、『ぷろふいる』一九三五年六月号（三巻六号）に発表された。

病院に寄宿する娘が、自分を病院まで連れてきた恩人である謎の男の正体を知りたいという願いのために、教会に寄宿する「私」の頼みを容れて鸏ノが乗り出す。この作品の鸏ノは、高等遊民という印象で、初期の学生探偵の面影は、もはや見られない。

「双眼鏡《めがね》で聴く」は、『ぷろふいる』一九三六年七月号（四巻七号）に発表された。

前作同様、高等遊民探偵的な鸏ノが、軍部から依頼されたスパイ事件の謎を解く。後に梶山季之が産業スパイ小説で採用したトリックの先駆である点が興味深い。ただし、トリックの見当がすぐについてしまう題名は、現代の読者には興醒めに感じられるかもしれない。

以下は、鸏ノもの以外の作品を、初出順に並べている。

「第二十九番目の父」は、『文学時代』一九三二年三月号（四巻三号）に発表された。

初出誌の目次には「現代小説」と角書きされていた。「地図にない街」でも垣間見られた貴族社会批判がうかがえる一編。エーヴェルス H. H. Ewers（一八七一～一九四三）は、短編「蜘蛛」Die Spinneで有名な、ドイツの幻想文学作家。

「鮫人の掟」は、『新青年』一九三二年六月号（一三巻七号）に発表された。

先にも述べたとおり、『大衆文学大系』第三〇巻（講談社、前掲）、『新青年傑作選』第二巻（立風書房、前掲）などに採録された。何度もリバイバルされるだけあって、怪奇趣味と謎ときの面白さとが渾然一体となった秀作である。「堤」という名の探偵は「探偵開業」（二六）にも登場するが、本編の「堤」がそれと同じキャラクターかどうかは不明。

「鍋」は、『ぷろふいる』一九三三年九月号（一巻五号）に発表された。

グロテスクなネタをユーモラスにまとめて、おもしろ怖い世界を現出させているのがミソ。

「樽開かず――謎物語を好みたまふひとびとへ――」は、『ぷろふいる』一九三四年一月号（二巻一号）に発表された。

第二次世界大戦後はともかく、戦前には珍しい、ギリシャ時代に舞台を取った歴史ミステリで、橋本作品の中でも一、二を争う異色作といえよう。

「叮寧左門」は、『ぷろふいる』一九三四年六月号（二巻六号）に、荒木十三郎名義で発表された。

八丁堀同心・板東左門を主人公とした捕物帖の第一話。同誌翌月号に第二話「骨牌三千石」が掲載された。編集後記によると、もう一話書かれる予定だったようだが、実現していない。

「二十一番街の客」は、『ロック』一九四六年八月号（一巻四号）に、女銭外二名義で発表された。

初出時には「コント」と角書きされていた。シャーロック・ホームズが依頼人の素性を推理して驚かせるという原典の趣向は、数々の作家によってパロディにされているが、本編もその流れに掉さすもの。

「印度手品」は、『ロック』一九四七年二月号（二巻二号）に、女銭外二名義で発表された。

戦争体験が反映された作品のひとつ。戦後に女銭外二名義で書かれた作品は、全部で三編に過ぎないが、本編や「朱楓林《しゅふうりん》の没落」（四七）では、アジア大陸に舞台を取って独特の異国情緒を醸し出している。

〈評論・随筆篇〉

「やけ敬の話――山下利三郎氏へのお答へその他――」は、『探偵趣味』一九二六年八月号（二年八号、第一一輯）に、荒木十三郎名義で発表された。

橋本にはデビュー作が二つあるが、そのうち荒木名義で発表した「赤鱏のはらわた」（二六）に対して、山下利三郎（一八九二〜一九五二）が、「この作者は岡山市に居られたことはありませんか、私は同地でこれと寸分違はない事質《ママ》を見聞したのですから、鳥渡奇異な感じがしました、併し作としては今一息でせう。」（「五月創作界瞥見」『探偵趣味』二六年六月号）と述べたことに対する反駁である。

橋本の反論に対して、山下は「世間は狭い」（『探偵趣味』二六年一〇月号）で返答して、「何故あの章の『作者は岡山に居た云々』の言を批評的本文とは別な親しい意味に解釈して貰へなかつたか……でなければ何も私が必要なことでもない岡山云々を並べる理由がない筈だらうと云ふ。（中略）私の岡山時代は非常に好い印象を与へられ、また彼の赤鱏事件をやつた人の弟からも忘れられない好誼を受けた、この懐しい印象あるがゆへに不用意に寄せた親しみが、反対に荒木氏によつて盗人呼ばりをしたと解釈されたこと、実にそれは何といふ遺憾なことだ」と述べた。なお、山下は、山下平八郎の別名を持つ、探偵小説勃興期の作家の一人である。

「今様イガミの権太」とは、現代版「いがみの権太」の意。「赤鱏のはらわた」に登場する「悴」、あるいはそのモデルとなった人物を指しているのだろうが、オリジナルの「いがみの権太」は、歌舞伎十八番として知られる『義経千本桜』（もともとは人形浄瑠璃として一七四七年に初演）に登場する、ならず者である。

「大下宇陀児」は、『新潮』一九三二年四月号（二九年四号）に発表された。同誌の「一頁人物論」のひとつとして掲載された。前年から新潮社の雑誌『文学時代』に創作を発表するようになった縁で書かれたものであろう。大下宇陀児《うだる》（一八九六～一九六六）は探偵小説黎明期の作家の一人で、リアリズム探偵小説の書き手として知られる。

「フレチャーの大・オップンハイムの強さ」は、『探偵クラブ』第一号（一九三二年四月一三日発行）に発表された。

『探偵クラブ』は、新潮社「新作探偵小説全集」全十巻の各巻に添付されていた付録雑誌である。創作やエッセイのほか、当該巻と、次回配本巻の作家論が掲載されていた。本編は甲賀三郎『姿なき怪盗』（第一回配本）添付号に寄せられた森下雨村論である。森下雨村（一八九〇～一九六五）は、『新青年』の編集長として、江戸川乱歩（一八九四～一九六五）など多くの作家を送り出し、「日本探偵小説の父」と呼ばれる。橋本を見出したのも雨村である（後出の「盲人の蛇に等し」を参照）。翻訳・創作での仕事も多い。

フレチャー（フレッチャー）J. S. Fletcer（一八六三～一九三五、英）は、『ミドル・テンプルの殺人』*The Middle Temple Murder*（一九）『チャリングクロス事件』*The Charing Cross Mystery*（二三）などの長編で知られる探偵作家。森下雨村には、その『ミドル・テンプルの殺人』を訳した『スパルゴの冒険（謎の函）』のほか、『ダイヤモンド』*The Diamonds*（〇四）『カートライト事件』*The Cartwright Gardens Murder*（二三）などの、フレッチャー作品の訳業があり、その長編はフレッチャー・スタイルのものが多かった。オップンハイム E. Phillips Oppenheim（一八六六～一九四六、英）は、やはり雨村の訳『日東のプリンス』*The Illustrious Prince*（一〇）などで知られるスパイ小説作家。ビーストン L. J. Beeston（一八七四～一九六三、英）は、戦前の『新青年』で絶大な人気を誇った短編作家。意外性のあるどんでん返しが特徴。ハガード H. Rider Haggard（一九五六～一九二五、英）は『ソロモン王の洞窟』*King Solomon's Mines*（一八八五）で知られる冒険作家。これらの作家に比較された雨村の新作は『白骨の処女』（三二年五月刊）であった。

「才気過人」は、『探偵クラブ』第四号（一九三二年八月二五日発行）に発表された。

横溝正史『呪ひの塔』（第四回配本）に添付号に寄せられた水谷準論である。水谷準（一九〇四～二〇〇一）は『新青年』の編集長を長く務め、橋本はその下でサポートを務めていた。このとき刊行された水谷の長編は『獣人の獄』（三三年一〇月刊）であった。

「支那の探偵小説」は、『探偵クラブ』第九号（一九三三年三月六日発行）に発表された。

橋本は中国の探偵小説通と目されており、本編はその一端をうかがわせるもの。ただし、中国の民族的性向に関する記述に、現代の視点から見て時代的偏向が感じられるのは、いたし方がないところ。「法国大仲馬」はフランス・大デュマ Dumas, père（一八〇二～七〇）、「英国男爵夫人奥姐」はイギリス・オルツィ男爵夫人 Baroness Orczy（一八六五～一九四七）ということだろうか。フリーマンは、ソーンダイク博士シリーズで知られる探偵作家R・オースチン・フリーマン R. Austin Freeman（一八六二～一九四三、英）、であり、三津木春影（一八八一～一九一五）は、そのソーンダイクものの翻案作品も含む呉田博士シリーズで知られる明治の探偵・冒険作家である。

「近藤勇の刀」は、『探偵クラブ』第一〇号（一九三三年四月二四日発行）に発表された。

佐左木俊郎『狼群』（最終配本）添付号に寄せられた、佐左木俊郎追悼記である。農民文学の書き手として知られる佐左木俊郎（一九〇〇～三三）は、『文学時代』の編集長を務めており、「新作探偵小説全集」の仕掛け人であったが、叢書の完結を見ないまま、三月一三日に歿したばかりであった。内藤賛は『新青年』などでも活躍した挿絵画家で、「新作探偵小説全集」では橋本の

『疑問の三』の挿絵を手がけた。「ニホヒ」（匂《ニオイ》）は刀剣用語で、焼入れによって生じた刀文と地の境界に浮き上がる粒子の模様のこと。

「大下宇陀児を語る」は、『ぷろふいる』一九三三年一〇月号（一巻六号）に発表された。同誌の巻頭に掲載された。先に『新潮』に発表したものと、ほぼ同じ内容の作家印象記である。

「ポワロ読後」は、『月刊探偵』一九三六年四月号（二巻三号）に発表された。

延原謙（一八九一～一九七七）が訳したアガサ・クリスティ Agatha Chrisutie（一八九〇～一九七六、英）『十二の刺傷』は、一九三五年の一二月に、柳香書院から「世界探偵名作全集」の第二巻として刊行された。原作は、現在『オリエント急行の殺人』*Murder on the Orient Express*（三四）の邦題で知られる作品。「リンバーク幼児誘拐事件」とあるのは、一九三二年に起きた、有名なアメリカ人飛行家チャールズ・リンドバーグ Charles Augustus Lindbergh II（一九〇二～七四）の息子が誘拐された事件のこと。後日、橋本が荒木名で参加した「探偵作家四方山座談会」（『新青年』三九年五月増刊号）の席上で、「ポアロは非常に毅然とした精神を持つてゐるね」と述べているのは、『十二の刺傷』でのエルキュール・ポアロの態度が頭にあったものだろうか。

「広瀬中佐の前」は、『探偵文学』一九三六年四月号（二巻四号）に発表された。

このエッセイが発表された当時、甲賀三郎（一八九三～一九四五）と木々高太郎（一八九七～一九六九）との間で探偵小説芸術論争が交わされており、外野席からの多くの発言を誘発したが、本エッセイもそのひとつといえよう。「探偵小説論など言ふものは、どうも公衆を面前に控えた舞台の上ですることではないやうに考へられる」という橋本だけに、比較的真正面から書かれた探偵小説論は貴重である。「山名耕作」は横溝正史（一九〇二～八一）の、「井深君」は渡辺温（一九〇二～三〇）の、「俵巌」は大下宇陀児の、「帆村荘六」は海野十三（一八九七～一九四九）の、

「法水麟太郎」は小栗虫太郎（一九〇一～四六）の、それぞれ小説に登場するキャラクター。

「支那偵探案『仙城奇案』」は、『月刊探偵』一九三六年六月号（二巻五号）に発表された。

中国の探偵小説通ぶりを示すエッセイのひとつ。樽本照雄編『新編清末民初小説目録』（清末小説研究会、九七）によれば、『仙城奇案』は一九一六年発表。『僑蹤萍合記』は一七年、『飛絮欺花録』は一八年に、それぞれ発表された。

「盲人の蛇に等し」は、『探偵文学』一九三六年一〇月号（二巻一〇号）に発表された。

特集「処女作の思ひ出」に寄せられた一編。『スミルノ博士の日記』*Doktor Smirnos dagbok*（一七）はS・A・ドゥーゼ S. A. Duse（一八七三～一九三三、瑞）の長編で、『新青年』二三年一月号から四月号まで、増刊号をはさんで五回にわたって連載された。初出時の訳者・鳥井零水は小酒井不木（一八九〇～一九二九）の別名である。

前掲「探偵作家四方山座談会」の中でも橋本は「探偵小説でも書いてみようかといふ気になつたのは『スミルノ博士の日記』だ。あれを読んだのは友人が取つてゐた『新青年』を借りてだが、第一回を読んだら非常に面白くて、続いて第二回を読んだ」と述べている。ただし、今まで読んだ外国の探偵小説で一番面白かったものとして橋本があげているのは、R・L・スティーヴンスン R. L. Stevenson（一八五〇～九四）の『ジキル博士とハイド氏』*The Strange Case of Dr.Jekyll and Mr. Hyde*（一八八六）である。また、同じ席上で水谷準が「荒木さんがデビューした二つの短篇は『スミルノ博士の日記』の結果でもないと思ふが、誰の影響だね」と問うているのに対し、橋本は「要するに『新青年』から受けたいろいろなものがあ、なつたんでせう」と答えている。

「面白い話」は、『真珠』一九四七年四月二八日号（一号）に、女銭外二名義で発表された。

中国の探偵小説について書かれた一編。『拍案驚奇《バイアンジンチイ》』は、中国・明時代末期の文学者・凌濛初《リンモンチュー》

（一五八〇〜一六四四）が著した口語短編小説集。舌を嚙み切って殺すという方法は、滝沢馬琴（一七六七〜一八四八）の『南総里見八犬伝』（一八一四〜四二）中に見られると、江戸川乱歩が「類別トリック集成」の中で言及しているが、あるいは『拍案驚奇』が種本だろうか。

「探偵小説の面白さと面白くなさ」は、『真珠』一九四七年一二月二八日号（三号）に、女銭外二名義で発表された。

現在分かっている限りでは、本エッセイが橋本の絶筆である。短いものながら、前出「広瀬中佐の前」同様、探偵小説観を語った一編として貴重である。

アンケートとしてまとめたものの内、**「探偵小説問答」**は、『新青年』一九三三年八月増刊号（一四巻一〇号）に掲載された。「御誌七月号の百枚物完全犯罪」とは、小栗虫太郎のデビュー作「完全犯罪」のこと。『ぷろふいる』一九三五年一二月号（三巻一二号）に掲載された**「ハガキ回答」**で答えている江口治『探偵学大系』は、一九二九年に松華堂書店から刊行されている。また、五・一五事件とは、一九三二年五月一五日に起きた海軍の急進的な青年将校が起こしたクーデター事件のこと。**「お問合せ」**は、『シュピオ』一九三七年六月号（三巻五号）に掲載。木々高太郎が『人生の阿呆』（三六）で第四回直木賞を受賞したことを記念して、木々が海野・小栗と共に主宰していた雑誌『シュピオ』一九三七年五月号は、木々高太郎責任編集で、江戸川乱歩の手になる『日本探偵小説傑作集』（春秋社、前掲）の向こうを張った、探偵小説年鑑めいた一冊として刊行された。問合せの一番目は、その特集号に対する感想を聞いたものである。

本稿執筆にあたり、末永昭二、浜田雄介の両氏からご教示をいただきました。また、浜田知明氏から『探偵クラブ』掲載作品の資料を提供をいただきました。記して感謝いたします。

［解題］ 横井 司（よこい つかさ）
1962年、石川県金沢市に生まれる。大東文化大学文学部日本文学科卒業。専修大学大学院文学研究科博士後期課程修了。95年、戦前の探偵小説に関する論考で、博士（文学）学位取得。『小説宝石』、『週刊アスキー』等で書評を担当。共著に『本格ミステリ・ベスト100』（東京創元社、1997年）、『日本ミステリー事典』（新潮社、2000年）など。現在、専修大学人文科学研究所特別研究員。日本推理作家協会・日本近代文学会会員。

橋本五郎探偵小説選 II 〔論創ミステリ叢書 12〕

2005年7月10日 初版第1刷印刷
2005年7月20日 初版第1刷発行

著 者 橋本五郎
装 訂 栗原裕孝
発行人 森下紀夫
発行所 論 創 社
〒101-0051 東京都千代田区神田神保町2-23 北井ビル
電話 03-3264-5254 振替口座 00160-1-155266

印刷・製本 中央精版印刷

Printed in Japan ISBN4-8460-0431-7